———————— 阅读之前 没有真相

午 夜 文 库

南大命案追凶

陈勇 著

NEWSTAR PRESS
新星出版社

目录

1	第一章	南大碎尸案
45	第二章	菜鸟行动
118	第三章	锁定目标
167	第四章	雨季
227	第五章	与魔鬼的较量
282	第六章	绝地反击
337	第七章	法网恢恢
398	尾　声	

第一章　南大碎尸案

1　马老二餐馆

沈念青手拎鸭血粉丝汤往楼上走,迎面遇见老孟。

老孟说:"跟我去一趟三里营。"

沈念青问:"什么情况?"

老孟说:"马老二的面馆被人砸了。"

沈念青立即把鸭血粉丝汤递给刚巧经过的同事小郭,跟老孟去院里取车。

警车停在三里营美食街街口,两人下车向面馆走去。

沈念青掀起门帘,看见里面桌椅东倒西歪,地上一片狼藉。

马老二迎上来,哭丧着脸说:"警察同志,你们可得为我做主啊!"

老孟说:"说说事情经过。"

马老二说:"今天早上来了三个混混,二话不说抄起板凳就砸,拦都拦不住,那个带头的临走还撂下一句话:明天冯爷还来!"

老孟一怔:"冯爷?"

沈念青问:"你说的冯爷是不是二十来岁,瘦高个儿,戴条金链子,胳膊上文一条青龙?"

马老二跺脚:"对对对!"

沈念青对老孟说:"我知道是谁了。"

马老二喊:"你们可得为我做主啊!"

沈念青挥手:"你等着吧。"

警车离开三里营,沿长江路经过一个十字路口拐进星汉花园小区前的林荫道。

沈念青将车停靠路边,对老孟说:"你在车上等我。"说完下车向对面的神秘岛网吧走去。

网吧被一道幕帘遮得严严实实,里面光线昏暗,烟雾缭绕,电脑屏幕在烟雾中闪烁着荧光,周围人影绰绰。

沈念青看了看,向远处角落走去。

角落里,四名少年叼着烟正在打CS,其中一人面庞清瘦,戴一条金链子,前臂露出半条青龙。

少年们见沈念青走来都愣住了。

沈念青一脚踹翻凳子,挥手扇掉青龙少年嘴里的烟,薅住衣领就往外拽。

青龙少年一边挣扎一边喊:"警察打人啦!警察打人啦!"

沈念青一拳砸在他腮帮子上,嘶喊瞬间变成呻吟,其余三名少年见状一起冲过来。

沈念青转身一脚踹在冲在最前面那名少年的膝盖上,少年腾空而起重重摔在地上。

网吧里所有人都被眼前这一幕惊呆了。

沈念青将青龙少年拖到墙角,瞪眼吼道:"在老子地盘上撒野,你是不是活腻了,嗯?"

青龙少年被沈念青凶神恶煞的样子吓傻了,双手捂住喉咙大口喘气。

老孟远远看见沈念青走出神秘岛网吧,后面跟着一名少年。

老孟问:"他就是冯爷?"

沈念青说:"冯少坤,冯金山的公子,我们是老朋友了,对吧,冯爷?"

冯少坤低头不语。

警车驶向三里营美食街。

车上,老孟问沈念青:"你怎么认识他的?"

沈念青说:"有人举报他骚扰南大女学生,他看上人家了,人家看不上他,他就天天去学校堵人家,女学生父亲知道这件事以后打一一〇报了警。"

老孟说:"马老二。"

沈念青说:"对。"

老孟斥责冯少坤:"光天化日之下骚扰良家姑娘,简直无法无天。"

冯少坤冲他翻了一个白眼:"这是爱情,你不懂。"

听到"爱情"两个字,沈念青忍不住笑了。

老孟问:"那砸面馆呢?也是爱情?"

冯少坤望向窗外,一言不发。

回到面馆,马老二见到冯少坤又惊又怕,站在那儿不敢动。

老孟问:"店里损失统计出来没有?"

马老二立即递上一张纸条:"都在这上面。"

老孟接过纸条扫了一眼，对冯少坤说："给你两个选择：一、向马老二道歉，保证不再骚扰他闺女，赔偿店里损失两千元；二、如果不服，我们以寻衅滋事罪起诉你，你做好准备蹲班房。"

冯少坤说："服，可我没钱。"

沈念青上前一把扯下他的金链子，掂了掂："把这个押这儿，回家取钱，晚上八点之前送到店里，超过八点这条链子归马老二。"

冯少坤伸直脖子瞪着沈念青。

沈念青低吼："滚！"

冯少坤扭头冲出面馆。

沈念青把金链子塞到马老二手上。

老孟问："这么处理，你满意吗？"

马老二说："满意，不过，我怕他晚上又带人来捣乱！"

老孟说："有人民警察给你做主，怕啥？"

回派出所的路上，老孟脸色铁青一言不发。

到了所里，他对沈念青说："到我办公室来。"

老孟，全名孟广田，古都市古桥区水荫街派出所副所长，沈念青的上司兼师傅，同时也是沈念青的亡父沈青山的战友。

办公室里，沈念青毕恭毕敬站在办公桌前。

孟广田关上门："冯少坤脸上的瘀青是怎么回事？"

沈念青说："瘀青？不知道啊，会不会是马老二……"

孟广田瞪眼："呸！你当我是傻子？如果总改不了街头混混那一套，趁早脱下警服滚蛋！"

沈念青低头不语。

孟广田说:"滚。"

2 借调函

所长办公室。

所长张国华递给孟广田一份文件。

孟广田一看笑了。

张所长问:"你笑什么?"

孟广田说:"这份借调函来得正是时候。"

张所长不解:"我以为你舍不得呢。"

孟广田说:"自从比武大赛得了冠军,这小子膨胀得很,去市局刑警队锻炼锻炼也好,让他碰碰钉子。"

张所长说:"那我喊他进来了。"

孟广田点头。

沈念青走进办公室,见孟广田也在,顿时紧张起来。

他从张所长手里接过文件。

文件全文如下:

借 调 函

水荫街派出所:

　　古都市公安局决定征调贵所民警沈念青同志加入市局刑侦大队协助调查相关案件。三日内报到,具体任务由市刑侦大队统一安排,借调期三个月,自2006年4月至2006年7月,望协助办理。

古都市公安局

2006 年 3 月 10 日

沈念青连读了两遍,紧闭嘴角站在一旁。

张所长说:"想笑就笑吧。"

沈念青脸部立刻松弛下来,呵呵傻乐。

孟广田说:"别高兴太早,借调函年年有,留下来的没几个。"

张所长说:"做好心理准备,迎接更大挑战。"

沈念青立正道:"是!"

从所长办公室出来,沈念青兴冲冲下到一楼,经过户籍科窗前故意放慢脚步往里偷瞟,张馨蕊正坐在电脑前看文件。他走到墙角整了整衣领,回头装作不经意的样子,又一次走过户籍科窗前,张馨蕊还在看文件。沈念青不甘心,转身再往回走,一抬头,看见张馨蕊站在户籍科门口。

沈念青硬着头皮上前说:"这么巧。"

张馨蕊说:"巧什么,你在我眼前晃悠八百回了,说吧,什么事?"

沈念青说:"我……"

张馨蕊抿嘴笑:"我早知道了。"

沈念青问:"你爸告诉你的?"

张馨蕊说:"是孟一凡。"

张馨蕊是水荫街派出所所长张国华的女儿,她提到的孟一凡是孟广田的儿子,现在在古都市公安局法医中心担任法医。

沈念青十六岁从青川镇来古都市投奔父亲,和孟一凡、张馨蕊一起就读于古桥区第一中学,同为警二代,他们是同学也是好友。孟一凡先一年考入南方军医大学，他和张馨蕊次年考入中南警察学院。

孟一凡和张馨蕊是父母指定的娃娃亲，工作不久即进入谈婚论嫁阶段。张馨蕊知道沈念青暗恋自己，她也喜欢沈念青俊朗的外表和桀骜不驯的气质，但是喜欢归喜欢，过日子她还是选择了孟一凡。沈念青对张馨蕊的选择既感到无奈也暗暗自卑，自从父亲三年前因公殉职以后，他就是一个孤儿了。

下班前，沈念青来到孟广田办公室。
孟广田问："工作交接完了？"
沈念青说："交接完了。"
孟广田递给他一杯热茶。
他说："你去了以后多看多听少说。"
沈念青说："记住了。"
孟广田拿起桌上的相框，看着里面的合影说："老话说得好，是金子总会发光的。"

3 悬赏通告

下班后，沈念青回到位于水荫街的幸福里小区。

水荫街是一条百年老街，新中国成立前附近有条大水沟，后来因滋生蚊虫被政府填平，名字则沿用至今。幸福里小区位于水荫街西段，与东段水荫街派出所相距八百米左右，小区居民大多来自古都市公检法系统。沈念青住在四栋二〇一室，这间房屋原来是市局分配给他父亲沈青山住的，沈青山因公殉职后，住过一对在检察院工作的年轻夫妇，后来他们下海经商，房子又空出来了。沈念青毕业分配到水荫街派出所工作后，孟广田替他向局里申请，毕竟父亲当年因公殉职，生前又贡献巨大，因此局里破例批给了他。

沈念青从冰箱里拿出一罐啤酒坐到沙发上。

沙发对面立着一只水箱，水箱里一只硕大的鱼影缓缓游弋。

鱼是父亲养的，俗名老狗，这鱼生性凶猛，浑身布满黑褐相间的花纹，游动时身姿优雅，却会在不经意间向猎物发起突然袭击。

沈念青看见老狗游出水箱，跃入一片湖中，混黑的水体不时漂过一条条人形水草，老狗鱼尾一摆，消失在水草中。

第二天，沈念青起得很早，梳洗完毕，骑电动车驶出了小区。

刚出小区，发现路边的老香樟树上贴了一张告示，再往前，几乎每隔十米就贴一张。沈念青觉得奇怪，将车停靠在路边，去看那张告示，原来是一张悬赏通告，内容如下：

悬赏通告

2006年4月6日9时40分，我市东关区东门街2号农业银行门口发生一起持枪抢劫案。

犯罪嫌疑人特征如下：

男性，年龄大约40岁，身高1.7米左右，身材结实，皮肤较黑，短发，走路外八字，晃肩，操不标准普通话。作案时，头戴深色帽子，着深色上衣、深色裤子，穿球鞋，手拎印有类似青花瓷图案的袋子。（犯罪嫌疑人照片附后）

古都市公安局决定，对提供有效线索的单位或个人给予五万元人民币奖励。

欢迎广大市民积极提供线索。

举报电话：xxx-xxxxxxxx

沈念青看完悬赏通告立即赶回所里，大院里静悄悄的。

他停好车，奔上二楼找孟广田。

办公室里只有孟广田一个人。

沈念青问："师傅，周克华来古都了？"

孟广田表情严峻："是啊，昨天傍晚在东关区农业银行门口枪杀了一名取工资款的女会计。"

沈念青说："他们呢？"

孟广田说："去辖区巡逻了。对了，你怎么来了，不是去市局报到吗？"

沈念青说："我不放心。"

孟广田摆手："去吧去吧。"

沈念青小声问："师傅，调我去是不是为这个案子？"

孟广田说："不知道。"

4 刑警队报到

走进古都市公安局大楼，沈念青先到人事处办理借调手续，然后在办事警员带领下来到二楼刑侦大队。

刑侦大队占据整整一层楼，根据不同职能划分出不同区域，各区域之间用玻璃板隔开，彼此可以看见。敞开式办公区后面是会议室，会议室两边是刑侦大队队长和副队长的办公室，分别用百叶窗与外面隔开。办公区入口处隔出一片会客区，摆放着沙发和茶几供访客暂歇。

沈念青来到二楼，立刻发现气氛不对，隔断里几乎全空了，剩下的人沉着脸，埋头忙碌。会议室大门紧闭，里面正在开会。沈念青小心翼翼走进会客区，看见沙发上坐着一位老者，身穿便服正在看报纸。他想打招呼，见老者眼皮都没抬，只好选择沙发一端悄悄坐下，刚坐下，会议室门开了，从里面走出一群人，沈念青又慌忙站起来。

走在最前面的是刑侦队长朱强，三十多岁，身材魁梧，留着寸头，目光炯炯有神，一看便知是敏于行动的人。朱强身后左侧是副队长王皓，面相斯文，额头宽阔，眼里闪烁着睿智的光芒；右侧是副队长郭大壮，浓眉大眼，肌肉发达，他专门负责抓捕行动和外围侦查，是局里的搏击高手和神枪手。

朱强走到老者面前："师傅，您怎么来了？"

老者说："孙伟民找我开会，你去忙吧，别管我。"

辞别老者，朱强率众人大步往外走。

沈念青见机不可失，连忙迎上去，立正道："报告，水荫街派出所民警沈念青奉命报到。"

朱强问王皓："我们申请援助了吗？"

王皓说："没有。"

朱强对沈念青说："我这儿不缺人。"说完率众人扬长而去。

沈念青站在原地，走也不是留也不是，十分尴尬。

他坐了一会儿，站起来走到会议室门口探头往里看，看见白板上画满建筑物示意图和路线标识，示意图旁边写着：东关区锦绣花园四栋三〇三室，周克华／范小芹。

沈念青站在白板前正看得入神，突然听见有人问："你是谁？"

沈念青回头见一名女警员站在身后，就说道："我是新来的。"

女警员将信将疑："新来的？我怎么没见过你？"

沈念青只好说："我是借调的。"

女警员恍然大悟："哦，我知道了，借调人员都去大会议室了，你怎么在这里？"

沈念青慌了："不是这里吗？"

女警员说："当然不是，跟我来。"

大会议室里坐着七名警员，四男三女，他们跟沈念青一样，都是从基层派出所选拔上来的年轻人。沈念青瞄见被朱队称呼师傅的老者也坐在角落里。

几分钟后，古都市公安局负责刑侦的副局长孙伟民和另一名处长走进会议室。

孙伟民是古都市警界的传奇人物，他最早在东北扫黑除恶行动中立威扬名，三年前空降古都市，在不到一年时间里先后打掉三个黑社会团伙，每次行动都奋不顾身冲在一线，这种身先士卒的工作作风深受警队拥戴。

孙伟民开门见山地说："你们都是基层优秀民警，这次借调市局执行新任务，希望你们珍惜机会努力工作。具体分工由马处安排。"

马处长站起来说："根据公安部指示，古都市被列为首批视频监控网络建设城市，为配合部里天眼通工程，市局决定组建视频监控部门，首批人选就从你们中产生，下面念到名字的同志跟我去技术中心熟悉环境。"

马处一一念出名字，最后只剩下沈念青一人。

他们离开后，会议室里只有孙伟民、老者和沈念青自己。

孙伟民拿起文件念道:"沈念青,二〇〇五年全市警务系统比武大赛全能冠军。"又问沈念青:"你父亲是沈青山?"

沈念青说:"是。"

孙伟民对老者说:"你要的人给你找来了。"接着对沈念青说:"介绍一下,赵长河,古都市刑侦大队前任队长。"

沈念青冲老者点头示意。

孙伟民看表:"今天朱强那边有行动,我得过去看看,具体安排我们明天详谈。"说完匆匆离去。

会议室里只剩下赵长河和沈念青,气氛有点尴尬。

赵长河打破沉默:"老孟说你想当刑警?"

沈念青说:"是的。"

赵长河说:"听说过南大碎尸案吗?"

沈念青一惊,摇头。

赵长河说:"这是一桩悬案,压在局里十年了。"

沈念青试探道:"您的意思是让我来破这桩悬案?"

赵长河说:"还有我。"

沈念青说:"我们俩?"

赵长河说:"不行吗?"

沈念青慌了:"我什么也不懂啊!"

赵长河说:"你去资料中心看看档案再说吧。"

5 关于南大碎尸案

沈念青离开会议室,去一楼资料中心取档案,半路撞见孟一凡。

他刚做完实验,出来透气,见到沈念青问:"见到孙局了?"

沈念青将他拉到一边："你听说过南大碎尸案吗？"

孟一凡说："听老爷子提过，怎么了？"

沈念青说："孙局让我和赵长河一起破这个案子，我有点蒙。"

孟一凡大吃一惊："有没有搞错？这是死案！当年全市出动一万多警力都没破，后来请国外刑侦专家来查，也是不了了之。"说着电话响了，孟一凡接完电话对沈念青说："朱队那边有情况，回头跟你说。"

两人分手后，沈念青去资料中心取档案，可是经办人不在岗，只能明天再来。

从资料中心出来，沈念青去车棚取车准备回家。

刚走出大门，远远望见三辆警车鸣着警笛一路呼啸驶进市局大院，警员们从车上跳下来，个个兴高采烈，一看便知抓捕行动大获全胜。

沈念青与他们擦肩而过，频频回首，难掩心中失落。

到家后，沈念青打开电脑搜索：南大碎尸案。结果令他大吃一惊，这桩案子竟然被网友列为新中国成立以来十大悬案之首，关于案情的描述也是五花八门，但有一个共同点——凶手碎尸手段极其残忍，将尸体分成两千多块，抛尸地点也多达十几处；更诡异的是：凶手在近万名警员拉网式排查中踪影全无，仿佛人间蒸发。

因为是悬案，自然引起网友种种猜测，最流行的传闻有以下几种：

一、军区说

一九九六年一月十日丁爱萍失踪当天，有人看见她在学校附近上了一辆黑色轿车，轿车驶进位于南大附近的军区大院后不知去向。警方根据举报后做了一番调查，但没有实质性结果。

二、器官移植说
一九九六年一月十日，南方军医大学宣布由梁寿民教授领导的医疗团队成功完成世界第一例人体小肠移植手术，有人怀疑用于移植手术的人体小肠来自遇害者丁爱萍，后来官方不得不出面辟谣；但是三年后，梁寿民教授在无任何征兆下跳楼自杀，又给器官移植说蒙上一层阴影。

三、死亡金属说
二〇〇五年一月十日，一位网名叫黑弥撒的网友在天涯社区发文重提南大碎尸案，他以知情人口吻揭示：当年丁爱萍在南大读书期间，结识一群爱好死亡金属的青年，他们在一次地下祭祀黑弥撒的邪教仪式中杀害了丁爱萍，用他的话说——这是一个小圈子的秘密。

四、作家说
据知情人透露，丁爱萍遇害前在学校附近的书店里结识了一位作家，作家儒雅健谈且独居，曾邀请丁爱萍去家里做客，其间欲图不轨遭到反抗，结果酿成杀人惨剧。

除了以上几种代表性传闻，其他奇谈怪论更是不计其数。
沈念青没有细究这些传闻，一方面它们来自网友的臆想和猜测，另一方面也怕自己受到干扰，影响对案情的独立判断。

尽管如此，他还是对这件案子在网上如此受关注感到意外，其中，对警察破案不力的指责一直是网友们热议的话题之一，这意味着一旦参与案件侦破，便将自己置身于风口浪尖上，无形的压力随之而来。

沈念青并不惧怕来自网络的压力，他平时很少上网，来古都市这一年，下班后唯一的爱好就是去附近一家俱乐部打拳，打累了回家洗个热水澡，然后躲进书房看书。他阅读了大量国内外刑侦专业书籍，也读哲学、心理学和文学方面的书。阅读给他带来别样的人生体验，令他对人性的认知深度远超同龄人。

真正令他感到忧虑的是案子本身，确切地说，是案子本身的侦破难度。随着时间推移，当年令前辈刑警们感到束手无策的案情，如今只会变得更加扑朔迷离。

沈念青算了一下，当年经手这件案子的人正是赵长河和孟广田这批人——也许还有沈青山。孟广田虽然没有提起过，但并不代表心里放下了。赵长河今天的微表情也告诉沈念青：十年了，他需要一个交代。

想到这里，沈念青拿起电话打给孟一凡。

孟一凡接电话的语气有点微醺，他说他刚从市局庆功宴上逃出来，然后问："你在哪儿？我一进家门老爷子就问你，快来快来，一起吃火锅。"

听说吃火锅，沈念青立即换上便装，穿过小区花园，匆匆赶往师傅家。

孟一凡和父母同住，和沈念青在同一小区，一个四栋，一个六栋，隔着小区花园遥遥相对。

屋里热气腾腾，他们正吃着，张馨蕊也在。

孟广田说："去，自己拿碗筷。"

师母拦住他,起身去厨房拿餐具给他。

餐桌上,孟一凡正在向父亲兴致勃勃地讲述警方击毙周克华的经过。

"他是被近距离击毙的。我在验尸台上看到他,浑身精瘦,精神长期高度紧张导致身体脏器严重衰竭。这类犯罪天才一直是刑侦领域的热门研究对象,顾教授已经立项,课题是脑部结构和基因序列与犯罪行为的关系,省厅和部里也发函向我们要这个家伙的脑部切片。"

他在那边喋喋不休地说,沈念青在一旁埋头吃。

张馨蕊冲孟一凡使眼色:"吃饭呢,别说这些好吗?"

孟广田问沈念青:"见到赵长河了?"

沈念青说:"见到了。"

孟广田说:"他说什么?"

沈念青说:"他提到南大碎尸案。"

孟广田:"哦。"

沈念青说:"您当年也参与过这件案子吧?"

孟广田:"嗯。"

孟一凡说:"大青子,这是坑,千万别往里跳。"

孟广田瞪他:"不许胡说八道!"

沈念青说:"市局那边人才济济,我也搞不懂为什么挑中了我。"

孟广田端起酒杯递给他:"想那么多干吗,机会摆在你面前,干就完了。"

张馨蕊说:"加油大青子,我看好你。"

沈念青苦笑。

6 成立专案组

第二天，古都市各大报纸都在头版报道了连环杀人犯周克华被击毙的消息。

报道称，周克华是新中国成立以来极其罕见的独狼式连环杀人犯，自二〇〇五年至今，共作案二十三起，杀害十五人，抢劫人民币五十余万元，逃亡途中多次逃脱警方围捕。

其人生性冷血，反侦查能力极强，采取无差别方式杀人，社会危害极大。古都市警方为民除害大快人心，再次证明正义终将战胜邪恶。

沈念青赶到市局刑侦大队，到那儿一看，里面空荡荡的。

先到的女警员说，周克华案是公安部挂牌督办的大案，如今在古都市画上圆满句号，刑侦大队立得头功一件，孙局特批半天假让他们睡个懒觉。

沈念青看了看，赵长河也没来，只好独自下楼到资料中心调取南大碎尸案档案。资料中心经办人核对身份后将一份卷宗交给他，这份卷宗厚达五百多页，足有十斤重。

沈念青抱起卷宗回到二楼会客区，刚放下又觉得不妥，于是又抱起卷宗来到走廊，走到拐角处，见四下无人，一屁股坐地上埋头翻阅起来。

临近中午，走廊上的人渐渐多了，沈念青不得不加快翻阅速度，这段时间他已经看完三分之二，剩余部分是排查笔录。

虽然没有读完全部卷宗，沈念青已被案情深深吸引，这个来自江堰小镇的遇害少女给了他似曾相识的感觉，她的不幸遭遇背后，有沈念青熟悉的味道。直觉告诉他，只要往前走一步，真相就会浮出水面。

赵长河沿走廊一路找过来,见他坐在地上发呆,上前问:"你怎么在这儿?"

沈念青一惊,慌忙站起来。

赵长河说:"跟我去会议室。"

市局大会议室内,除了孙伟民,刑侦大队正副队长朱强和王皓也在。

孙伟民说:"我长话短说,随着刑侦技术发展,尤其是DNA检测技术和基因库的日趋完善,公安部要求各地重启对命案积案的侦查。对古都市来说,南大碎尸案,无论是社会危害还是社会影响都应当列为首选,所以决定成立南大碎尸案专案组,组长朱强,组员赵长河、沈念青。老赵是当年专案组成员,熟悉案情,沈念青是警队新人,希望你们新老搭配,既要保持警队优良传统,又要运用年轻人新思维、新视角寻找新的突破点,这件案子走老路肯定是不行的。"

赵长河问沈念青:"你想好了吗?"

沈念青手按在卷宗上:"想好了。"

王皓说:"去年比武大赛,我是模拟破案评委,你的犯罪画像理论给我留下深刻印象。"

沈念青笑笑,没说什么。

孙伟民说:"我再说几句。第一,南大碎尸案专案组不对外公开;第二,侦查权限与重案组级别一致;第三,办案经费优先。"

朱强说:"师傅,我下午腾一间办公室给你们。"

赵长河说:"不用,我们去三号楼吧,那里清净。"

朱强还想说什么,被赵长河摆手制止了。

孙伟民说："行，那就这么定了。王皓起草文件走流程，还是老规矩，每周汇报一次案情进展。"

7 南大碎尸案详情

三号楼是一幢灰色砖石结构小楼，位于大院西侧，原先用于行政办公，新楼建成后改作库房，存放一些旧档案和一些旧设备。

沈念青跟赵长河从主楼后门穿过一条走廊，再绕过一座花坛，来到小楼前。

办公室在二楼，面积四十多平方米，里面桌椅、电话、电脑和茶水设备提前配置了。沈念青放下卷宗四下打量，这里除了光线昏暗，其他都还说得过去。

赵长河说："你抓紧时间熟悉案子，然后我们再聊。"

沈念青说："现在聊吧，资料我看完了。"

赵长河诧异："看完了？"

沈念青点头。

南大碎尸案发生于一九九六年，具体案情如下：

一九九六年一月十九日清晨，古桥区华侨路，环卫女工吴三妹清扫积雪时，在垃圾箱边捡到一只黑色塑料袋，里面装满肉块。她以为是猪肉，于是收工后带回家准备煮食，谁知竟在清洗肉块时发现三根手指，顿时吓得魂飞魄散，当即报警。二十分钟后，警察赶到现场，根据手指断定为人体碎尸，立即组织警力对华侨路方圆十公里的范围进行搜查。

三十分钟后，在华侨路西侧金银巷十三号垃圾箱又发现一只装有碎尸的黑色塑料袋。

同日（一月十九日），华侨路以南约五公里处，南方大学附近的红粉巷垃圾箱边又发现两只装有碎尸的黑色塑料袋和两只装有人体脏器的旅行包。

陆续出现的碎尸引起古都市公安局高度重视。警方当天成立专案组，扩大搜索范围。

一月二十日清晨，在南方大学南区西门公交站附近的天津路上，发现一只挂在栏杆上的牛仔双肩包内装有人体骨架。同日，位于南大南北校区之间的汉口路校医院门口发现一只装有碎尸的黑色塑料袋。

同日（一月二十日），在南大体育场旁树洞里发现一只装有碎尸和女性子宫的黑色塑料袋。

同日（一月二十日），在南大北区东侧的青岛路垃圾箱边也发现两只装有碎尸的黑色塑料袋。

正当警方视线被密集出现的碎尸引向南大校园时，一月二十一日，距南大以北十七公里的古桥区水荫街又发现两处抛尸地点：一处位于水荫街西段垃圾箱边用撕开的红色床单包裹的死者头颅和尸块，另一处位于街边下水道井盖下，发现了用另一半床单包裹的尸块，以及死者的红色外套和部分内衣。

警方通过对碎尸的初步分析，于一九九六年一月二十一日，第一时间发布认尸启示。

认尸启示

1月19日我市发现一具无名尸体。死者为女性，20岁左右，身高一米六左右，身材中等偏壮，眉毛较浓，右耳垂前侧有一颗绿豆大小的黑痣。提供线索者将给予重奖。

联系电话：xxx-xxxxxxxx

当日（一月二十一日），南大学生处负责人联系警方，称死者疑似该校九天前失踪的女生丁爱萍，随后组织同学前来现场认尸，最终确认系同一人。

次日（一月二十二日），警方在本市各大报纸刊登悬赏告示，悬赏捉拿杀人凶手。

悬赏告示

丁爱萍，女性，一九七六年出生，江苏江堰人，身高一米六，留短发，一月十日下午五时在古桥区青岛路附近失踪后遇害，生前穿一件藏青色带帽短呢风衣（前胸、肩部夹有红色）。案犯作案使用了三只包，一只为人造革旅行包，上有桂林字样及图案，一只为仿牛筋枕头包，一只为牛仔布背包，上有"中旅社"标签，警方号召广大市民积极提供一月十日晚发现受害者行踪的线索，以及何人曾拥有上述三只包的情况，提供有效线索的，古都市公安局将重奖五万元。

举报电话：xxx-xxxxxxxx

据知情人报告，死者丁爱萍，一九七六年三月出生于江苏省江堰镇丁高村，身高一米六，体重约五十公斤，短发、圆脸、单眼皮，中等身材，性格内向文静，略孤僻，遇到烦心事只会生闷气、不说话。喜欢阅读，常看《辽宁青年》和《电影文学》等，也喜欢听流行歌曲，在宿舍常放下蚊帐打开小收音机轻声唱和——最喜欢的歌曲是《萍聚》。在同学眼中，丁爱萍生活俭朴，不爱交际，防备心很重，路上遇到陌生人搭讪，她从不理睬，并提醒同伴注意安全。

丁爱萍小学成绩不错，中学时一般，一九九四年于江堰二中毕业，高考以四分之差落榜，同年复读，当时住在姐姐丁爱莲未婚夫的父亲家里。一九九五年再次参加高考，仍以三分之差落榜，后经姐姐未婚夫父亲托关系找到南大一位系主任，争取到南大信息管理系现代秘书与微机应用专业成教脱产班的入学名额。因学费问题，丁爱萍推迟一个月入学。成教班非南大正式本科学制，就读人员社会关系复杂，教学纪律和宿舍管理都很松散，旷课和夜不归宿几乎无人在意。

一九九六年一月七日，丁爱萍去南方航空航天大学参加高中好友吴晓丽的生日聚会，当晚未返校，与好友同住，于次日返校。据吴晓丽反映，生日聚会上丁爱萍跟平时一样，没怎么说话。

一九九六年一月八日，丁爱萍正常上课。

一九九六年一月九日，丁爱萍离校，晚归。她自称带家里来的老乡外出游玩。

一九九六年一月十日上午，丁爱萍正常上课，下午以身体不适为由请假在宿舍休息。晚五时（一说七时），她铺展棉被、拉拢蚊帐，身穿红色外套外出。目击者最后一次见到她是在北区东侧的青岛路上。

一九九六年一月十日至十八日，丁爱萍失踪。

一九九六年一月十九日，丁爱萍遇害，案发。

案发后，古都市警方于一月二十日成立专案组，对市内各抛尸地点进行勘查，同时对碎尸和物证进行检测。令人震惊的是，碎尸多达两千四百三十四块，尸块切割大小均为两至三立方厘米，如指甲盖大小，肉色偏淡。内脏被散落抛弃，后经法医拼凑清点，大部分齐全，只缺失少量脏器，其中肠体组织被凶手呈回字形排列共四层放置于旅行包里，部分颗粒状排泄物渗出，骨架躯干与四肢部分被一次性切割，落刀均在关节处，手法熟练。骨肉剥离，从剥离程度判断，凶手具备足够耐心和经验，头颅完整，右耳只剩半截，面部泛红，程度深浅不一，有沸水浇烫痕迹。

一九九六年一月二十二日，专案组进驻南方大学，开始校内排查。

一九九六年一月二十五日，市局组织警力，开始全市大排查。

一九九六年一月二十五日至四月，专案组始终未获得实质性突破，案件侦查陷入僵局。

一九九六年四月二十五日，专案组撤离南大。

一九九六年四月二十八日，专案组提交案情报告，物证封存，专案组解散。

赵长河说："既然熟悉案子，那就说说你的看法。"

沈念青想了想："专案组在结案报告中提到：受害人丁爱萍初到古都，社会关系简单，一时查不到遇害动机，我认为这是一个误区。社会关系与遇害动机不是对应关系，我们作为旁观者，永远不知道一个人在生活中的某一刻发生过什么，而这个时刻也许决定了她的生死。根据受害人画像理论，遇害动机往往藏在遇害者自己身上，她的情感经历，她的隐秘欲望，她的过往经历和性格癖好都可能导致她在某个时刻招来杀身之祸。"

沈念青打开卷宗，拿起丁爱萍的照片："她是典型的小镇少女，渴望摆脱沉闷的生活，对外面的世界充满向往；她不漂亮，没有漂亮女孩的生活际遇，让内心变得丰富美好是平衡自我的最简单方式，这样你就能理解她为什么爱好文学和诗歌了。"

赵长河说："我明白你的意思，贴标签简化了办案人员的思维深度和广度，从而失去了发现新线索的机会。"

沈念青说："大概就是这个意思吧。"

赵长河又问："还有呢？"

沈念青犹豫。

赵长河追问："还有什么？"

沈念青说："我觉得专案组好像犯了两个错误：第一个错误是过早进驻南大，这个举动等于赌博，赌凶手在南大，可当时根本没有充足证据证明凶手是南大的。"

赵长河说："你父亲当年也是唯一一个反对专案组进南大的人，你接着说。"

沈念青说："第二个错误，过早发动全市大排查。案子一旦进入排查等于死了一半，当年参与排查的大多是基层民警，没有受过专业训练，根本无法从排查对象身上找到有价值的线索，只是走过场而已。"

赵长河说："这点我持保留意见，发动社会力量是刑侦工作最强有力的武器，只不过这次情况特殊。"

沈念青忽然意识到什么："都是我在说，您最有发言权，您怎么看？"

赵长河略作沉吟："这些年，我也一直在反思我们当年到底做错了什么。有两个没想到：第一个没想到的是碎尸数量，我们完全被凶手的残忍震惊了；第二个没想到的是抛尸次数，凶手在警方已经开始排查的情况下仍然抛尸，顶风作案的情况实属罕见。我承认，提前将凶手锁定在南大过于草率，正确做法是应该根据抛尸路线做出地理分析图，通过地域特征第一时间判断犯罪现场的位置，可惜我们错过了黄金七十二小时。"

沈念青问："当年的物证在哪里？"

赵长河抬起脚："在你脚下。"

沈念青差点跳起来。

赵长河掏出钥匙："这是钥匙，物证管理中心特批的，你拿去，我只有一个要求，物归原处。"

沈念青接过钥匙，问赵长河："您能陪我去吗？"

8 地库

地库位于三号楼地下一层，通过一段阶梯下到里面，有一条狭窄的通道，通道两侧排列着数间的小屋。通道尽头是一扇暗红色木门，门上的红漆因年代久远大半脱落，露出里面的灰色木纹，斑驳如鬼脸。

赵长河取钥匙试了几把，门"吱呀"一声开了，他们刚要往里走，迎面扑来一股浓重的霉腥味，两人掩面退了出来。赵长河向空中挥挥手，沈念青探头隐约看见一排排铁制支架的轮廓。过了一会儿，两人一前一后再次走进去，赵长河打开开关，屋顶亮起三排日光灯，有一只坏了，噼噼啪啪响个不停。

库房有五十多平方米，中央排列七排铁制支架，支架上堆满纸箱，纸箱侧面贴有封条，上面落满灰尘。靠近门口处，有一张木台，上面也堆了几只纸箱，一些文件从里面散落出来。穿过支架，靠墙立着一排储物柜，柜门上挂着铁锁，锁上锈迹斑斑。

赵长河走过去，找钥匙。

沈念青屏住呼吸等他开锁。

赵长河回头："站那么远干吗？过来。"

沈念青往前挪了几步，第一个柜门开了。

他看见里面摆放一只巨大的玻璃樽，玻璃樽混浊的液体里浸泡着一堆灰白色块状物。

赵长河又打开第二只储物柜，沈念青看见两只玻璃樽，里面零散的骨骼组织若隐若现。然后是第三个储物柜和第四个储物柜……当最后一个储物柜打开时，沈念青闻到一股刺鼻的福尔马林味，这只玻璃樽里的防腐液格外混浊，混浊的液体里漂浮着一团散乱的发丛，发丛又黑又密向四处散开，遮住了脸。

沈念青凑上前睁大眼睛往里看，突然看见那团发丛里藏了一双眼睛，黑白相间的眼珠从破裂的眼眶里突出来，正直勾勾瞪着他，他一惊，慌忙往后退。

从库房出来，沈念青跟在赵长河后面，走着走着突然俯身呕吐起来，吐完蹲在地上大口喘气。

赵长河说："习惯就好了。"

沈念青心里清楚，这不是习惯问题，是那个眼神，那个复活的眼神充满愤怒。

9 排查笔录

回到办公室，赵长河沏了一杯浓茶，劝沈念青喝完茶早点回去休息。

沈念青离开办公室,来到主楼一层,在法医中心门口遇见孟一凡。

孟一凡说:"你脸色真难看,生病了?"

沈念青说:"没有。"

孟一凡说:"走,我带你见个人。"说着带他来到顾维真工作室门口。"这是我师傅顾维真教授,国内法医界权威。他最早将西方犯罪画像理论引入国内,主张犯罪心理学与精神病理学相结合,通过建立行为模型还原犯罪场景。你和他肯定有共同语言。"

他们进去的时候,顾教授正盯着电脑屏幕看一张脑部透视图。

孟一凡说:"师傅,他就是沈念青,犯罪画像理论的忠实追随者。"

顾教授上下打量着沈念青,略显诧异。

孟一凡一旁问:"怎么了,师傅?"

顾教授对沈念青说:"你侧过身让我看看。"

沈念青莫名其妙地转身。

顾教授看看他,又看看电脑,笑了。

孟一凡问:"您笑什么?"

顾教授说:"他的颅相跟他一样。"

孟一凡问:"谁?"

顾教授说:"周克华。"

沈念青说:"教授,颅相学早就被证明是伪科学了。"

顾教授说:"哦,你也懂颅相学。"

孟一凡说:"他懂得可多了。"

随后三天，沈念青沉浸在南大碎尸案的海量资料里，这些资料有当年警方排查时的问讯笔录，有死者遗物和抛尸物证，还有死者碎尸脏器和骸骨，其中问讯笔录占百分之九十，三千多份，这意味着有记录的排查人员达三千多人，他们集中在南大教职员工、学生及周边居民、商铺、企业单位，江堰镇亲戚朋友、同学、同乡等社会关系——抛尸沿线居民区、商铺等营业场所，还有一部分是群众举报，有学生举报老师猥亵的，有同事之间举报欺诈的，有邻居之间举报小偷小摸的，有声称发现灵异现象的，有明显发泄私愤恶意栽赃他人的，还有生活绝望主动认罪的……这些资料尽管不是有价值线索，却反映了古都市当年的人生百态，尤其是灰色地带人们那些不为人知的隐晦欲望和由此引发的畸形行为。

离开地库前，沈念青再次打开六个储物柜，对每只玻璃樽从不同角度拍照用来存档跟进。拍到最后一只玻璃樽时，他又看见那双眼睛，他们对视几秒钟，沈念青默默关上柜门。

回到办公室，沈念青对赵长河说："我出去沿抛尸路线走一趟。"

赵长河说："去吧，不过你可能会失望，这几年古都市变化很大，当年景观早就不复存在了。"

沈念青说："没关系，感受感受气氛也好。"

10 重走抛尸路线

沈念青骑上电动车出了市局大院，首先前往华侨路。

四月的古都，正值小阳春天气，道路两旁的梧桐树新芽萌发，绿意盎然。

沈念青穿过市区主干道，拐进上海路，一路向北来到华侨路。华侨路南北走向，位于古桥区中部，西侧是古都市最大的住宅区光明新区，一九九九年由棚户区拆迁改建而成，这片棚户区在一九九六年叫光明小区，与华侨路隔着几条小巷，其中一条是金银巷，另一条是马举人巷。金银巷十三号垃圾箱也是抛尸点之一，这两条小巷均与华侨路相通，长约一百米，华侨路东侧紧邻古桥区华侨商业中心工地。

沿华侨路往南约五公里，穿过东西走向的广州路即进入南大区域，这片区域是闹市区里的幽静之地，参天古树遮天蔽日，常年雾气缭绕，空气里弥散着潮湿的气息。南大校园分南北两区，北区为生活区，学生宿舍和教职员工住宅集中于此，丁爱萍当年住在北园四舍四〇二室，南区为教学区，新旧教学楼掩映在茂密的树荫间，中央地带是一座体育场，南北两区之间是汉口路，校医院位于汉口路西侧，北区西侧是红粉巷，与南区的天津路相接，北区东侧是青岛路，与南区的仓巷相接。一九九六年，汉口路和东西两侧的街道布满各种商铺和餐馆，周末还有人来摆地摊，比现在热闹。

由于时间关系，沈念青没有进入南大校园，他从青岛路穿过广州路向北直奔水荫街。水荫街与华侨路相距约七公里，与南大相距约十五公里，这里属于旧城区，二十世纪六七十年代区域内有几家军工企业，周围住的都是企业职工和家属。九十年代初，这些企业陆续迁往郊区，开始兴建楼盘，建筑工地比比皆是，形势比较混乱。

一九九六年的古都市适逢改革遇到波澜，国企改制，职工下岗，大批农民工涌入城市，社会治安形势严峻，恶性案件频发，对公检法造成巨大压力。一九九九年，沈念青从青川镇来到古都市，对他来说，这是人生中一个重大转折，他是这座城市的闯入者、窥视者，活在他乡的陌生感无处不在，这种感受想必丁爱萍也不陌生吧。

11　一道骨痕

回到家里，沈念青疲惫不堪倒头便睡，一觉醒来已是晚上九点多钟，他随便吃了点东西，来到书房。他打开一九九六年发行的古都市地图，用彩笔在上面标注抛尸点，然后用红线连起来，地图上出现一个三角形，每个角代表一个区域，分别是华侨路工地、南大、水荫街，这三个区域都可能是碎尸案第一现场。而他更倾向于华侨路工地，这个结论是用排除法得出的，首先排除南大，当年专案组的失败已经证明这一点；其次可以排除水荫街，按照碎尸案远抛近埋的普遍规律，凶手不可能将容易识别身份的头颅抛在第一现场附近。相比之下，华侨路工地更加复杂，西临棚户区，一九九六年的棚户区住户大部分是外来人口，如同一个独立王国，案件频发，其中不乏杀人绑架等恶性案件，历来是治安重灾区，金银巷 13 号垃圾箱明显带有指向性。总之，华侨路将是他的重点考察区域。

沈念青放下地图，从公文包里取出照相机，打开屏幕一张一张看过去。他一边看一边感叹，这些浸泡在防腐液里十年的物体早已不具备检测功能了，只能说它们的存在本身就是意义，警醒后来者这个世界上依然存在未受惩罚的恶。

看到第八张照片时，沈念青的目光落在一截断骨上，这是一根大腿骨，在靠近骨盆连接处有一道长约五厘米的刀劈痕。沈念青屏住呼吸，调亮光线放大照片，没错，是凶手分尸时用刀砍在骨头上的痕迹。沈念青立刻想起之前看过的一个国外案例，警方通过截取刀劈痕在断骨上形成的 V 字形切面计算出刀具大约尺寸和厚度，从而推断出刀具类型和凶手职业。这个发现令沈念青激动不已。

　　第二天，沈念青向孟一凡说出自己的想法，没想到孟一凡给他当头泼了一盆冷水，他说浸泡过十年的骨头酥得像饼干一样一碰就碎，更别提截取 V 字形切面了。另外根据《物证管理条例》，凡触及物证资源造成损耗的必须提前申请，获得批准后方可实施。

　　沈念青说，第一个问题是孟一凡应该考虑的，第二个问题则根本不是问题。在他的坚持下，孟一凡只好答应先去库房看看再说。

　　沈念青带孟一凡来到地库，后者头一次知道市局里还有这种地方存在。

　　孟一凡打开柜门，仔细查看防腐液中的骨骼情况，慎重表示只有取出来检测才能下结论。沈念青说，那还等什么，我只要 V 字形切面。

　　下午，孟一凡带助手再次来到地库，从玻璃樽里取走带有刀痕的断骨，整个过程小心翼翼，看得沈念青提心吊胆。在法医中心，沈念青全程观摩了孟一凡的实验：在操作台上，断骨确如他所言几乎一碰就碎，孟一凡先用特制支架固定断骨，再用一把细钢丝锯横在断骨上，以极细微动作一点一点锯开切面，然后用清水洗去表面杂质，切面露出来了，V 字形隐约可见。

　　孟一凡说："效果比预期好。"

　　沈念青问："能测出切面数据吗？"

孟一凡说:"肉眼肯定不行,要用仪器放大再测。"

回三号楼等结果的时候,沈念青问赵长河:"老爷子,你们当年找到碎尸工具了吗?"

赵长河说:"没有。"

沈念青说:"凶手反侦查能力极强,他事先并没有准备包装物,都是临时采用现场已有物品。凶手宁可使用正铺在床上的床单也不去购买旅行箱编织袋,目的是防止案发后警方查到这些物品的购买源头,电影里经常这么描写。"

赵长河说:"也可能是临时起意来不及购买。根据天气预报,一九九六年一月十七日,阴转小雨,气温零到二摄氏度;一月十八日突然暴雪,气温零下四摄氏度。突然而至的暴雪让凶手有了抛尸的想法。"

沈念青说:"一月二十日水荫街抛尸,凶手有足够的时间上街购买包装物,但他没有。"

赵长河点头:"而且将床单撕开两半分别包装衣物和碎尸,可见凶手当时条理清楚,相当从容。"

沈念青说:"凶手一遇机会就急于抛尸,说明他对现场没有控制权,抛尸不是凶手主动选择。"

赵长河说:"你是说第一现场不在家里。"

沈念青摇头:"不在家里,应该在租住的房子、租赁的工作间或类似的地方。"

赵长河问:"外来人口?"

沈念青:"可能。"

电话响了,孟一凡通知沈念青结果已出。

在法医中心,孟一凡说:"如你所愿,V字形切面三十五度,按照等边三角形推算，当刀背厚度达一点五厘米时刀宽约二十厘米，这么宽的刀一般家庭是不会用的，通常都是屠夫或卖肉小贩专用。"

12 法医老秦

下班前，赵长河问沈念青："眼看周末了，案情分析会准备好了吗？"

沈念青说："我想见一个人。"

赵长河问："谁？"

沈念青说："当年负责尸检的法医。"

赵长河说："你说老秦啊，他退休了。"

沈念青说："我能见见他吗？"

赵长河说："我联系一下，你等我消息。"

骑车回家经过水荫街时，沈念青不停回头看街边的垃圾箱，虽然早已不复当年景观，他还是忍不住试图发现什么。街尾有一棵香樟树，树干斑驳，看上去历尽沧桑，沈念青站在树下，与树干上一块酷似眼睛的疤痕默默对视，世事难料，没想到这桩悬案的凶手曾经离自己这么近，如果树能说话该多好，它一定知道凶手是谁。想到这里他抬头望向远处，远处一群楼房刚亮起灯，正是万家灯火时分。

沈念青锁好车，向街区菜市场走去。

菜市场里熙熙攘攘，沈念青站在角落，远处一个汉子正在剁骨切肉，手持砍刀起起落落，摊档前围了一群人。

沈念青正看得出神，忽然有人拍他，回头一看是师傅孟广田。

孟广田问:"你在这里干吗?"

沈念青说:"我来买点菜。"

孟广田说:"别瞎折腾了,想吃啥让师母给你做。"

星期天,沈念青还在睡觉,电话响了。

赵长河在电话里说:"老秦回来了,我带你去见他。"

老秦住在江宁路麒麟御府,两人约好在那里见面。

见面后,沈念青:"这里是富人区吧。"

赵长河说:"嗯,他退休以后靠倒卖医疗器械发财了。"

他们在小区花园里见到老秦。

老秦问:"他就是沈青山的儿子?"

赵长河说:"是。"

老秦打量沈念青:"嗯,有点像。"

赵长河说:"部里号召利剑行动,孙伟民想到南大碎尸案,召我回来和年轻人搭档搞了个专案组。"

老秦说:"这个案子难哦。"

赵长河看表:"找个地方边吃边聊吧。"

老秦说:"去小东北吧,离这儿不远。"

走进小东北餐厅,老板主动上来跟老秦打招呼,老秦点了四个家常菜,还叫了一瓶二锅头。

一巡酒过,老秦问:"说吧,找我啥事?"

赵长河说:"还不是案子的事。"

老秦说:"如果我是孙伟民,我才不去碰这个案子,他以为人人都是沈青山。"

赵长河跟他使眼色，老秦不说话了。

赵长河对沈念青说："你有问题现在可以问他。"

沈念青举杯敬老秦。

沈念青说："我看过您那份验尸报告，里面除了说明部分脏器缺失，没有提到女性性器官的情况，这部分也缺失了吗？"

老秦说："没有提到就是缺失了，也可能有部分残存，我不记得了。"

沈念青问："死者生前遭过性侵吗？"

老秦说："碎得太厉害了，查不出来。"

沈念青从包里取出一张照片，问："您见过这道劈痕吗？"

老秦举起照片："这是哪来的？"

沈念青说："这是从死者大腿骨靠近骨盆连接处发现的。"

老秦说："我记得凶手从关节处下刀，手法十分熟练，没留下什么劈痕。"

沈念青说："这是经过防腐液浸泡后偶然发现的，对了，您对骨肉剥离怎么看？"

老秦说："通常来说，碎尸无外乎两个目的：一是泄愤，二是抛尸；但是这种碎法显然不是出于这两个目的，到底为什么，我也不知道。"

沈念青说："凶手用两种刀法分尸是否意味着两个人？"

老秦说："法医只陈述事实，推理判断是你们的事。"

沈念青说："一个人在高度紧张状态下是不会轻易改变行为习惯的，两种刀法不可能出自同一人。"

赵长河问："你认为凶手是两个人？"

沈念青说："是的。"

老秦倒酒："来，走一个。"

放下酒杯,赵长河问沈念青:"还有问题吗?"

沈念青摇头。

老秦突然说:"等等,我想起一件事。"

赵长河和沈念青异口同声问:"什么事?"

老秦说:"当年在拼凑死者脏器时,我发现死者患有雌性激素分泌失衡症,民间俗称白虎。"

赵长河和沈念青面面相觑。

老秦说:"我当时觉得这条线索对案子没啥用,就没写进验尸报告。"

沈念青说:"也就是说这条线索除了死者本人,只有我们三人知道。"

赵长河说:"还有一个人。"

沈念青问:"谁?"

赵长河说:"凶手。"

13 第一次案情分析会

星期一,朱强匆匆赶到三号楼。

见到赵长河,朱强说:"对不住师傅,前几天和王皓去外省办案,昨天刚回来,案子进展顺利吗?"

赵长河说:"下午案情分析会,小沈会向你们汇报这几天的工作情况。"

朱强说:"好,有什么需要我做的吗?"

赵长河问沈念青:"有吗?"

沈念青摇头。

下午三点，南大碎尸案第一次案情分析会准时召开。

参加会议的有古都市公安局副局长孙伟民，刑侦大队正副队长朱强、王皓、郭大壮，法医孟一凡以及专案组成员赵长河。

孟一凡偷偷向沈念青做V字手势，沈念青假装没看见。

会议开始后，沈念青首先发言："大家好，我第一次陈述案情没有经验，请在座各位多多包涵。这几天我在赵老师指导下查阅了当年专案组前辈们留下的南大碎尸案卷宗和排查笔录，对案子有了初步了解，下面我结合屏幕上的图表说说我的想法，我说的时候你们可以随时提问。"说着打开投影仪，屏幕上出现一张表格和一张地图，表格是南大碎尸案抛尸地点统计，地图是抛尸路线。

"我将分三部分陈述：抛尸，碎尸，受害人。

"首先说抛尸，包括抛尸方式、抛尸次数、抛尸路线和抛尸物。大家请看这张表格，据统计，凶手于一九九六年一月十八日至一月二十日三日内抛尸多达十七处，其中十三处位于垃圾箱，由此可见，垃圾箱是凶手抛尸的首选，这个选择传递三个信号：第一，凶手极其冷血，对待死者如同垃圾；第二，行动仓促，似乎并非主动选择；第三，企图借助环卫工人之手销毁证据。我从古桥区环卫处了解到，多年以来，环卫工人几乎都遵照同一作息，每天早上五点和晚上七点两次清理垃圾箱，白天则有巡保人员不定时巡视路面，这意味着凶手最安全的抛尸时间是晚七点至次日凌晨五点。根据当年专案组的卷宗记载，抛尸时间果然都在这个时间段，环卫女工吴三妹误拾肉块导致案发后，垃圾箱第一时间被列为重点排查对象，凶手随后抛尸很难再逃过排查，每抛一次基本都在第一时间被发现，可以说凶手抛尸次数就是警方发现碎尸的次数。一九九六年一月十九日至二十一日，警方集中发现碎尸次序如下：先是一月十九日，在华侨路工地—金银巷—红粉桥一线，然后是一月二十日在天津路—南大校园—汉口路校医院—青岛路一带，最后是一月二十一日在水荫街一带。

"大家请看这张地图，凶手三次抛尸分别集中在这三个区域，从华侨路到南大大约五公里，从南大到水荫街大约十五公里，从水荫街到华侨路大约七公里，我把这三片区域用红线连起来是一个三角形，不出意外的话，第一现场就在这个三角形里。"

朱强说："这个区域差不多覆盖大半个古桥区。"

沈念青指地图："我个人倾向这里。"

朱强问："为什么？"

沈念青说："很简单，排除法。首先排除南大，当年专案组进驻南大已经证明是失败的，在此不必多言；其次排除水荫街，根据碎尸案远抛近埋的普遍规律，凶手不可能将可识别身份的头颅抛在案发地附近；最后剩下的就是华侨路。说到华侨路，我认定这里是第一现场还有两个重要的理由，大家看地图这里，华侨路穿过马举人巷和金银巷，就是当年古都市最大的棚户区——光明小区，这里住的大部分是外来人口，治安混乱，案件频发。请注意，金银巷十三号垃圾箱也是抛尸点，实际上我认为这是凶手从光明小区出来的第一个抛尸点。

"另一个理由还是关于垃圾箱的，感谢前辈们细致入微的工作，他们将发现碎尸的垃圾箱环卫编号也记录在档案里，我从古桥区环卫处了解到，这些垃圾箱环卫编号有一个共同点：位于街道同侧，根据交通靠右行规则，如果我们将垃圾箱统一定位于街道右侧，那么华侨路就是出发点，自北向南是南大，自南向北是水荫街。特别说明一下，我这个推断是有案例可循的，一九六二年六月十二日，古都市也发生过一起碎尸案，当时负责侦破工作的是古都市公安局第一任刑侦队长王忠同志，这个案子是古都市自新中国成立以来第一起碎尸案，引起中央高度重视，周总理亲自批示：抓紧破案，安定民心。当时凶手将碎尸抛在五处水塘和五处厕所，这十处抛尸点都位于自南向北的前进方向右侧，而骑自行车必须遵守靠右行规则，王忠同志由此判断凶手杀人分尸现场很可能在抛尸路线上，事实证明他是正确的。"

王皓说："分析案情不能只关注对自己有利的线索，还有四处不是垃圾箱的抛尸点，你是怎么考虑的？"

沈念青说："一九九六年一月十八日夜间，凶手在暴雪之夜抛尸后并不知道案发，于是十九日夜里继续抛尸，当他经过红粉巷往天津路行进时突然发现联防队，慌乱之际在天津路西门外的公交站抛下牛仔双肩包后潜入南大，从校园南区向北出汉口路校门，沿青岛路向北逃离。"

王皓听了沉默不语。

沈念青接着说："关于抛尸物，凶手三次抛尸分别使用不同包装物，第一次抛尸使用的是印有桂林山水的人造革旅行包，第二次抛尸使用的是牛仔布双肩包，第三次使用床单，由此可见凶手使用的包装物应该临时取自现场，尤其床单还是新的。凶手这个举动向我们传递了一个信息，他在刻意避免购买新的抛尸工具，因为购买新抛尸工具很容易向警方暴露身份，电影里经常看到这样的桥段，说明凶手有一定的反侦查能力。"

朱强说："也不排除凶手临时起意，一时找不到合适抛尸物。"

沈念青说:"不排除这种可能,但是一月二十一日水荫街抛尸,凶手是有足够时间上街购买包装物的,但他没有,用了床单。"

朱强没再说什么。

沈念青接着说:"综上所述,抛尸部分的结论是:此案第一现场位于光明小区附近,凶手分别于一月十八日晚至一月二十一日晚三次抛尸。由此可见,抛尸路线为华侨路自北向南至南大区域,华侨路自南向北至水荫街,凶手具备一定反侦查能力。"随后他问在座各位:"关于这部分大家还有问题吗?"

王皓问:"你前面说,凶手抛尸似乎并非主动选择,能详细说说吗?"

沈念青说:"是的,凶手一九九六年一月十日控制受害者,直到一月十九日抛尸,起因看似一场意外而至的暴雪,这种一遇机会就抛尸的举动让我怀疑凶手并不具备对环境绝对的控制权,换句话说,第一现场可能是凶手租赁的场所。"

王皓点头。

沈念青问其他人:"还有问题吗?"

众人沉默。沈念青看赵长河,赵长河点点头。

于是,沈念青接着说:"第二部分,碎尸。"说着打开投影仪,屏幕上出现断骨照片。"通常来说,碎尸无外乎两个目的:泄愤和抛尸。泄愤的碎尸特征是凶手情绪化的暴力行为集中于对死者身体加以残害如刀割、火烧、撕裂等,抛尸的碎尸特征是肢解四肢和躯干方便藏匿、包装和运输。但是在本案中,碎尸特征完全不同于常见碎尸案,主要体现在:一、过度碎尸;二、骨肉剥离。先说过度碎尸,过度的意思是碎尸两千四百三十四块,每块大小二至三立方厘米,如指甲盖大小,完全超出我们对碎尸案的认知，说明凶手极度冷血，极度变态。另外，我认为如此细碎的分尸行为还说明凶手可能具备销毁碎尸的渠道，比如投入下水道或混入猪肉一同售卖。"

沈念青的话引起众人一阵骚动。

他接着说："再说骨肉剥离，我与菜市场肉贩交流过，他们说将肉从肋骨间和脊柱上剥离下来是一项技术性很强的操作，需要特制刀具和固定支架，在案板上很难完成，既然如此，凶手为什么不直接抛弃尸块，反而选择难度更大的骨肉剥离呢？我认为是为了后面过度碎尸，过度碎尸不是为了抛弃而是为了销毁，据卷宗记载，尸块里发现猪肉屑，猪肉屑一般来自绞肉机或案板。

"大家请看照片，我在靠近骨盆位置的大腿骨上发现一条刀劈痕，长约五厘米。在孟法医的协助下，提取到刀劈痕V字形切面，经过角度换算得出，这条刀劈痕所用刀具大概宽二十厘米厚一点五厘米，属于屠夫专用砍刀。我在菜市场见过这种刀，所以我的结论是：分尸者是屠夫或肉贩。"

朱强说："屠夫怎么可能接近一个性格内向的女大学生呢？"

沈念青说："这的确是一个问题，但是请注意，我刚才说的是分尸者不是行凶者，行凶者可能是另一个人，这个人更容易接近丁爱萍，通过丁爱萍的性格反观此人，他应该是熟人、同乡或同学，而且两人年纪相仿。在行凶者与分尸者关系选项中，我首选父子。"

他的话又引起一阵窃窃私语。

沈念青继续说："过度分尸需要投入大量时间精力，需要强大的内心驱动力，如果不是性欲亢奋的变态行为，而只是为了掩盖他人的杀人罪行，我认为也只有父子关系是最合理解释。"

朱强问："杀人动机是什么？"

沈念青说："青年男女因性冲动导致过失杀人。"

王皓说："父子协同作案，这个说法好像有人提过吧。是不是，赵老师？"

赵长河点头。

沈念青问："这部分还有问题吗？"

众人沉默。

沈念青说："最后一部分，关于死者丁爱萍。我们对死者认知有一个误区，认为她刚到古都市，社会关系简单。其实任何看起来毫无头绪的案子，受害人都是最可靠的信息来源，每个人都是独立个体，每个人都在属于其自身的时空里由无数细节塑造而成，细节决定了其生死。当我们讨论死者时，首先要将其还原成现实中的个体，根据犯罪心理画像理论，被害人研究是重要侦查手段，描绘真实的被害人画像包括如下内容：被害人自身特征，即民族、身高、体重、年龄等；被害人每天的生活规律习惯活动；被害人的家庭成员信息；被害人的交友情况；被害人的同学、老师信息；被害人病史；被害人经济背景；被害人教育背景；被害人居住背景；被害人常去的地方；被害人的日记、相册、杂志、音乐歌曲和文学爱好；被害人的崇拜、信仰或向往的人或事；等等。

"在受害人画像里隐藏着犯罪嫌疑人的身影，大家请看，这是死者失踪前最后三天的活动轨迹图。"

屏幕上出现一张图。

"一九九六年一月七日，丁爱萍去南方航空航天大学参加高中好友吴晓丽的生日聚会，当晚未返校，与好友同住，次日返校。一九九六年一月八日，丁爱萍正常上课。一九九六年一月九日,丁爱萍离校,很晚才回来。她自称带家里来的老乡去外面玩。一九九六年一月十日上午,丁爱萍正常上课,下午以身体不适为由请假在宿舍休息。晚五时又说七时,铺展棉被,拉拢蚊帐,身穿红色外套外出。目击者最后一次见到她是在南大北区东侧的青岛路上。

"这三天的活动轨迹明显异常,所以,我下一步打算从死者社会关系入手,先查三个人。第一个是丁爱萍同宿舍好友丁美兰,她是去认尸的女生中唯一一个见到死者的人,见过死者后精神崩溃,几天后退学没有参与后续调查。第二个是当年南大信管系教师吴梦飞,案发一年后他因聚众换妻案被判了刑,这个案子社会影响很大,目前人已出狱。第三个是青岛路学人书店老板,丁爱萍常去这家书店看书。除了这三人,我将对原光明小区出租屋和菜市场经营小贩进行调查。"

孙伟民问:"你们怎么看?"

众人沉默。

孙伟民说:"想好了就干吧,等你们好消息。"

散会后,朱强问王皓:"你觉得怎样?"

王皓耸耸肩没说什么。

众人离去,沈念青长吁一口气。

孟一凡走来冲他竖起大拇指:"行啊,这么快就进入状态了。"

沈念青说:"快吗?这一刻我等了二十年。"

孟一凡说:"哈哈,矫情。"

沈念青收敛夸张的表情,低头整理桌上的文件。

孟一凡说:"下班后跟我回家,陪老爷子喝一杯,让他也乐和乐和。"

回到三号楼。

沈念青问赵长河:"当年有人提出过父子协同作案的说法吗?"

赵长河说:"有。"

沈念青说:"谁?"

赵长河说:"你父亲,可惜他只参与半个月就被调走去破一桩跨省大案了。"

沈念青沉默。

第二章　菜鸟行动

1 光明小区

沈念青从公文包里取出一张泛黄的纸页对赵长河说:"这是从卷宗里找到的一九九六年华侨路棚户区示意图,当时叫光明小区。"说着走到白板前拿起笔边画边说:"光明小区北起赵家桥,南至御前街,东起华侨路,西至龙头坡,方圆三十平方公里,区内街道三纵四横,纵街有建设路、朝阳路、长寿路,横街有聚贤里、和平路、状元巷、荣升巷,居民大约八万人,其中一半是外来人口。大小菜市场共计十七家,散落摊点更是不计其数。九十年代,这里治安混乱,属于案件多发区,仅一九九四年至一九九五年两年间就发生刑事案件二十九起,其中重大伤害案十三起,死亡七人失踪五人。"

赵长河说:"当年光明小区是重点排查对象,可惜苦于警力不足,很多地方没查到。"

沈念青说:"拉网式排查在这种地方很难见效。"

赵长河说:"现在更难了。"

沈念青说:"所以我只能尝试从工商注册查起。"

赵长河忽然想起什么:"我差点忘了,孙局配了一辆车给我们。"

沈念青喜出望外："太好了。"

2 见习警员孙梦瑶

下午，朱强打电话给赵长河，说从中南警校来了一批实习生，他特意挑中一名补充到南大碎尸案专案组协助工作。

沈念青闻讯，立刻放下手中地图赶去主楼领人。

朱强冲门外喊："孙梦瑶！"

"到！"应声走进来一个姑娘。

姑娘身高一米六五左右，短发圆脸单眼皮，虽然不惊艳却清秀耐看，身穿警服，身姿挺拔，充满朝气。

朱强说："从今天开始，你加入南大碎尸案专案组协助沈念青工作。"

孙梦瑶立正："是。"

朱强说："去人事处办手续吧。"

孙梦瑶走后，沈念青打开卷宗。

朱强说："中南警察学院刑侦专业优等生。"

沈念青说："老家也是江堰，跟丁爱萍是同乡。"

朱强说："安排实习生进专案组是为了方便你出外勤，明白吗？我师傅老了，跑不动了。"

沈念青说："明白。"

从人事处办完手续，沈念青带孙梦瑶回三号楼见赵长河。

路上，孙梦瑶跟在沈念青后面一直保持三米左右距离，沈念青停下她也停下，显得异常拘谨。

见到赵长河，沈念青介绍道："这位是实习警员孙梦瑶，这位是刑侦前辈赵长河老师。"

孙梦瑶上前鞠躬致意。

介绍完毕，孙梦瑶问："我可以看看卷宗吗？"

沈念青说："今天太晚了，明天开工。"

孙梦瑶走后，沈念青问赵长河："老爷子，有什么问题吗？"

赵长河说："孙梦瑶，这个名字耳熟。"再看卷宗上登记的籍贯地址，恍然道："是她！"

沈念青问："谁？"

赵长河叹息："你听说过'江堰百草园4·15杀人案'吗？"

沈念青摇头。

赵长河说："二〇〇一年四月，三名外省流窜犯夜里打劫江堰镇上的百草园药店，没想到遭到店主夫妻强烈反抗，三名恶徒一怒之下杀害了他们，随后将晚自习归来的女儿也杀了，另一个女儿因参加同学聚会侥幸躲过一劫，这另一个女儿就是孙梦瑶。案子当时轰动全国，我和你父亲都参与侦探了。"

听完赵长河的介绍，沈念青感到无比震惊，他看见一个小女孩蜷缩在地上，四周人影晃动。鲜血渐渐染红画面，淹没了小女孩的头发，发丛散开像一朵盛开的花……

第二天，三号楼。

赵长河在看报纸，旁边桌子上多了一些姑娘的小摆设。

沈念青进来问："孙梦瑶呢？"

赵长河说："去地库了。"

沈念青说："不可能，钥匙在我这儿。"

赵长河问："你没给她？"

沈念青说："没有。"说着冲出办公室。

地库门虚掩着，里面静悄悄的。

沈念青走进去，穿过支架看见孙梦瑶站在储物柜前。

沈念青不吭声，看她想干什么。她什么也没干，就静静地站在那里。

沈念青忍不住喊道："孙梦瑶。"

孙梦瑶回头，两人对视瞬间，沈念青眼前闪过一片血光，血色渐渐褪去后剩下一双手的形状，确切说是一双手的骨骼。

他问孙梦瑶："你怎么进来的？"

孙梦瑶说："门没锁，一推就开了。"

沈念青心想：难道自己忘记锁门了？

孙梦瑶指储物柜问："那里面是……"

沈念青说："是丁爱萍的遗骸，想看吗？"

孙梦瑶摇了摇头，转身往外走。

3 走访光明小区

正是上班高峰期，街上人来人往。

沈念青将车停靠路边给孙梦瑶打电话。

电话没人接，沈念青正要再打，突然看见远处孙梦瑶和一名身穿灰色风衣的男子并排往警员宿舍走。快到门口时，孙梦瑶停下，掏出手机低头看，风衣男子拍拍她肩膀，大步向警车走来，沈念青慌忙低头藏在座位一侧。

这时，手机响了。

孙梦瑶说她已经出来了，刚说完就见她向自己走来。

孙梦瑶问:"吃早餐了吗?"

沈念青说:"没有。"

孙梦瑶说:"去吃点东西吧,我在这里等你。"

沈念青说:"算了。"

于是两人上车出发。

孙梦瑶问:"我们去哪儿?"

沈念青说:"光明新区。"

光明新区位于古都市古桥区西侧,一九九九年市政府启动旧城改造工程,对华侨路以西方圆三十多公里棚户区——光明小区实施拆迁重建,共拆除危房十八点六五万平方米,棚户一点八二三万平方米,动迁一点九四万户居民,搬迁企业一百零八家。经过三年建设,至二〇〇二年建成光明新区,其中多层住宅二百七十四幢,高层住宅八十三幢,大型购物中心五座,医院学校等设施配套齐全,是古都市最大的居民住宅区。

沈念青和孙梦瑶驱车沿华侨路向西拐进一条支道,前行三百多米后停在光明新区派出所门前。

出来迎接他们的是派出所副所长马洪彪,一位从警三十多年的老警察,棚户区改造前就在这里当片警。

他将二人带到会议室,开门见山道:"老赵给我出了个难题。"说着从文件袋里取出两份地图:"你们看,这是光明小区改造前后的地图。改造前这里有大大小小菜市场二十几处,改造后全拆了,新建起五座大型购物中心,原先小区里登记的商户资料清理过一次,涉及工商登记的要去工商局那边查,我这里只有几袋残留的旧文件,如果你们需要就拿去。"

沈念青从文件袋里抽取几张泛黄的纸页看了看,问:"您能给我们说说当年棚户区的情况吗?"

马洪彪说:"改造前棚户区住了古都市差不多四分之三的外来人口,这里好比一个独立王国,可以用三个字形容:脏、乱、差,虽然没发生过什么惊天大案,可也没少死人,小偷小摸案件更是不计其数,还有人口失踪,是治安重灾区。"

沈念青问:"当年菜市场里的商户是什么情况?"

马洪彪说:"商户大多也是外来户,他们从本地人手里租到摊位后再转手租给其他人,几经转手到最后已经查不到谁是实际经营者了,这些黑心小贩卖假货卖私宰肉,抓完一批又一批,十分猖獗。"

沈念青听完马所介绍,心凉了半截。

临走时,马洪彪拉住沈念青小声问:"是不是查一九九六年那个案子?"

沈念青说:"是,您想起什么记得联系我。"

离开派出所,沈念青沉着脸不说话。

孙梦瑶拍拍文件袋:"也不是一无所获,还有这些。"

沈念青没理她,发动汽车。

孙梦瑶问:"现在我们去哪儿?"

沈念青说:"南大。"

4 初访南大

警车从光明新区出来,一路向南经汉口路驶入南大南区,停在一幢灰色办公楼前。

出来迎接他们的是南大学生处副处长马明礼。

马明礼说:"你们昨天发的协查通告收到了,不过,我去年才到任,当年的老同志已经退休了。"

沈念青递给他一份名单:"我们在查这份名单上的人。"

马明礼接过名单,戴上眼镜,一边看一边摇头:"信管系不属于南大正规体系,所以学籍不归学生处管,我这里查不到。"

沈念青说:"想想办法。"

马明礼摇头:"没有办法。"

沈念青说:"那我有办法。"

马明礼问:"你有什么办法?"

沈念青说:"我们明天派专案组进驻学校,帮你们查,查到为止,你觉得怎样?"

马明礼慌了:"查查查,没说不查。"

沈念青说:"好,我们明天再来。"

从教学楼出来,孙梦瑶往前走了几步突然停下。

沈念青问:"怎么了?"

孙梦瑶说:"这里看着眼熟。"说着从背包里掏出一沓照片抽出其中一张:"师兄,你看。"

沈念青走过去,她手里拿的是当年专案组拍摄的校园抛尸现场照片。

孙梦瑶指照片:"你看,这里有三棵梧桐树,中间那棵有树洞。"

沈念青看看照片再看看前方,前方也有三棵树,树后面是南大体育场。

他说:"对,是这里,过去看看。"

他们来到树前。

孙梦瑶喊起来:"树洞!"

中间那棵梧桐树根部果然有一个碗口大的树洞。

沈念青说："我们沿操场走一圈。"

他们走完一圈向西直行约百米，看见南大南区西侧的天津路校门。

沈念青说："凶手一月十九日晚逃进南大后沿这条路走到体育场门口，借助路灯发现那个树洞，抛尸后再从体育场旁边小路往北逃向汉口路校门。"

孙梦瑶说："根据卷宗记载，凶手在校园只抛过这一次尸，在汉口路和青岛路又各抛了一次，你说他为什么不全抛在校园里，却带着尸块出校园后再抛？"

沈念青说："也许校外抛尸的是另一个人。"

孙梦瑶说："你的意思是两个人？"

沈念青说："对，是父子。"

5 信管系班主任吴梦飞

回到三号楼，赵长河扔给沈念青一个卷宗："这是你要的信管系微机老师的资料。"

沈念青打开卷宗：吴梦飞，古都市南方大学计算机系副教授，自一九九八年至二〇〇〇年创建"夫妻情侣俱乐部""古都派对"等QQ群，先后在其住处和多家宾馆组织淫乱活动多达三十五起，其行为已触犯《中华人民共和国刑法》，于二〇〇一年被捕。吴梦飞对自己行为的社会危害缺乏清醒认识，量刑时被从重判罚，判处四年有期徒刑。二〇〇五年刑满释放，出狱后，吴梦飞成立梦飞科技有限公司，主要从事电脑组装和零部件销售业务。

关于吴梦飞，卷宗这样记载：吴梦飞家族有三个精神病患者，母亲年轻时患有精神病，现已痴呆；二哥患有精神病，自杀；侄女患有精神病，自杀未遂。换妻行为在他眼里不是性放纵的淫乱活动，而是改善夫妻关系、释放精神压力的一种手段，是生活的一部分，就像观察一朵花开那么自然。他本人有过两次失败婚姻，尤其第二次，离异后，儿子和房产都判给前妻，自己还背上一身债。吴梦飞任职南大计算机系副教授期间，主要教授计算机基础课程，据学生反映，他是一位精通业务的好老师，曾经带领学生获得一九九八年全国大学生计算机设计大赛优胜奖，二〇〇一年案发后，被南大开除。他曾是一九九五届信管系成人脱产班的计算机老师兼班主任，当时正跟第二任妻子闹离婚。

卷宗里有吴梦飞的照片，面容清瘦，神色憔悴，眼窝深陷，戴眼镜，双目虚视镜头，给人一种不屑的感觉。

沈念青将卷宗递给孙梦瑶："你也看看。"

孙梦瑶看了几页，合上卷宗又甩给沈念青："恶心！"

6 再访南大

第二次见到马明礼，他态度明显变了，承认南大碎尸案当年将南大推上风口浪尖，严重损害了百年名校的声誉，所以校方要求内部人员一律不得私自接受外界采访，对于警方问讯必须谨慎应对。

马明礼打开那份名单："名单上这十个人，我们查到七个，剩下三个实在查不到。"

沈念青问："查到丁美兰了吗？"

马明礼指名单："查到了，据当年带队老师说，认尸那天，她当场吓晕了，醒来后一直哭，逢人就说下一个是她，好像精神出了问题。"

沈念青看名单："青川镇？"

马明礼说："我们只有她入学时登记的户籍信息，你们可以根据这个信息去青川镇看看。"

告别马明礼，沈念青和孙梦瑶前往下一站：古桥电脑城。

路上，沈念青问孙梦瑶："丁美兰为什么说下一个是她？"

孙梦瑶说："我也觉得奇怪。"

沈念青："丁爱萍失踪时穿着一件红色外套，当时谣传说凶手专挑红衣女孩下手，丁美兰会不会也有同样的外套？"

孙梦瑶说："或者丁爱萍失踪当天，丁美兰见过凶手。"

沈念青说："我们捋一捋，丁美兰是同宿舍女生里面唯一一个坚持要看丁爱萍尸体的人，说明什么？"

孙梦瑶说："说明她们关系不一般。"

沈念青说："见到尸体后，她说下一个是她，说明什么？"

孙梦瑶说："说明她意识到自己受到了威胁，可能见过凶手，凶手也见过她，她是丁爱萍遇害的关键目击者。"

沈念青说："对。"

孙梦瑶说："还有，她走得匆忙，没有接受警方问讯。"

沈念青说："关键的一点，丁美兰可能是丁爱萍失踪前三天活动异常的知情人，这个人太重要了。"

孙梦瑶问："我们必须去一趟青川镇。"

沈念青说："嗯。"

他们一路说着话，不知不觉到了古桥电脑城。

沈念青将车停在旁边的停车场向电脑城走去。

走到门口，沈念青对孙梦瑶说："吴梦飞有家族精神病史，我们小心点。"

孙梦瑶说:"你搞得我好紧张。"

7 走访吴梦飞

电脑城里熙熙攘攘,人头攒动。

他们穿过密集的摊档,沿扶手电梯上二楼,二楼同样拥挤嘈杂,到处都是买电脑的人。

他们根据商铺编号在商场一角找到"梦飞科技有限公司"。

店铺只有十几平方米,里面堆满纸箱和各种电子配件,一个身材高大的男人正在门口往推车上搬货,见沈念青和孙梦瑶走来便停止了手上的动作。

里面有人喊:"大黑,你干什么?"

沈念青和孙梦瑶走进店里,喊话的人从玻璃挡板后面探头看见他们立刻站起来。

沈念青问:"你就是吴梦飞?"

吴梦飞说:"是我,你们是警察?"

沈念青说:"我们是市局刑侦大队的,向你了解一些情况。"

吴梦飞冲大黑说:"这儿没你事,快去送货。"然后走出柜台:"了解什么情况?"

沈念青说:"关于南大碎尸案的情况。"

吴梦飞燃起一根烟:"哦,又是那个案子。"

沈念青说:"你当年是一九九五届信管系成人脱产班班主任,应该了解丁爱萍吧。"

吴梦飞说:"该说的我都对警察说了。"

沈念青问:"一九九六年一月十日下午丁爱萍有两节电脑

课,她托人请假的事你还记得吗?"

吴梦飞说:"不记得了。"

沈念青说:"你再想想。"

吴梦飞挠头:"实在想不起来了。"

双方谈话随之陷入沉默。

孙梦瑶走到桌边拿起一本厚厚的英文书:"吴教授在研究谷歌?"

吴梦飞一惊:"你也懂这个?"

孙梦瑶掂了掂手里的书:"这种版本的外文书可不多见。"

吴梦飞说:"这是在南大学人书店买的盗版书。"

沈念青立即警觉起来:"南大学人书店?"

吴梦飞说:"在南大的时候,书店老板知道我是南大计算机系的老师,经常向我推销这种盗版书。"

沈念青问:"你跟书店老板熟吗?"

吴梦飞说:"不熟,只记得他姓商,好像是南大物理系主任的儿子。"

沈念青递给吴梦飞一张名片:"这是我的联系方式,如果想起什么记得联系我。"

返回市局路上,沈念青说:"学人书店老板是南大物理系商主任的儿子,这个商主任就是当年丁爱萍姐夫的父亲托关系找的那个人。"

孙梦瑶说:"你确定?"

沈念青说:"卷宗里每个字我都记得清清楚楚。"

孙梦瑶说:"卷宗里还提到,丁爱萍曾经在书店里遇到过一个作家。"

沈念青说:"这个作家就是书店老板。"

孙梦瑶说:"这个卷宗里没写。"

沈念青说:"我猜的。"

孙梦瑶看他一眼,没说话。

8 明信片的秘密

回到三号楼,赵长河不在,留下一张纸条:老伴病了,我先回去,明天见。

沈念青掏手机打给赵长河,没人接听。

沈念青说:"今天找到两条线索,一条是丁美兰,一条是学人书店老板,没想到开局这么顺利。"

孙梦瑶问:"现在我们干什么?"

沈念青说:"再去地库看看,说不定还有其他线索。"

两人来到地库。

沈念青指着支架:"你从第二排第三格开始,那里是丁爱萍生前留下的书籍信件和笔记本,我再看看其他笔录。"

两人分头忙碌起来,地库里一片静默,只听见翻动纸页的声音。

过了一会儿,孙梦瑶说:"师兄,你过来一下。"

沈念青过去,孙梦瑶递给他一沓泛黄的明信片。

爱萍妹妹:

　　唤起天上的彩虹

　　点燃心中的祝福

　　在你每一刻的目光里都洋溢着欢欣、喜悦

给爱萍：

　　总是时光倒流，飞鸿飞千里，我对你的祝福，对你的寄语仍不改变：生命如春，春天快乐！

萍妹：

　　好久未见了，真想念你啊！

　　新的一年在不知不觉中来到了，你我亦都长大了一岁。过去一年带着我们曾有的憧憬曾有的失意飞逝而去，不能挽留也留不住，对不对？

　　在新的一年里，但愿你永远快乐，对了，高考到了，祝你顺利通过！但愿我的祝福与你常伴！

孙梦瑶又递给他一张："你再看看这张。"

沈念青接过明信片，上面写着："冬天来了，春天还会远吗？"落款是"萍，一九九六年一月九日"。

孙梦瑶说："这是丁爱萍失踪前一天写的，还没来得及寄出去。"

她的话引起沈念青的注意，他仔细端详明信片：正面是雪花图案，再看背面却是夏天的风景，上面写着：愿你生如夏花。

沈念青举起明信片对着灯光仔细看："这是两张明信片。"

孙梦瑶说："对呀，好奇怪。"

沈念青将明信片放进物证专用胶袋轻轻拍了拍："她到底有多少秘密呢？"

孙梦瑶意味深长地说："女孩的秘密你是猜不透的。"

物检中心的报告出来了，报告将两张明信片拆开分别拍了照片，上面字迹清晰，经过笔迹鉴定确系出自丁爱萍本人。

孙梦瑶拿起明信片轻轻念了一遍："距离越来越近，思念越来越深，离不开。萍。"

赵长河问："你们听出来没有？"

沈念青对孙梦瑶说："你再念一遍。"

孙梦瑶又念一遍："距离越来越近，思念越来越深，离不开。萍。"

沈念青说："这是恋人间的语气。"

孙梦瑶说："这段话省略了主语，完整的表达应该是：我们的距离越来越近，我对你的思念越来越深，我离不开你。"

沈念青说："她有一个倾诉对象：你。还用了一个暧昧的称呼：萍。"

孙梦瑶说："她还描述了与倾诉对象的动态关系：空间上越来越近，情感上越来越深。"

赵长河问："你们想过没有，她为什么把两张明信片粘在一起。"

沈念青说："从时间上看，她和倾诉对象第二天即将见面，没必要寄出。"

赵长河摇头："明信片一般用于泛泛之交，比如节日祝福，熟人之间才写信，有共同的经历才有表达的欲望和内容。"

沈念青说："您的意思是丁爱萍与倾诉对象不熟，处于感情萌发阶段。"

孙梦瑶说："写信太重，明信片又太轻，所以两张粘在一起表达了隐晦的意思。"

赵长河说："对。"

沈念青说:"我还有一个问题,丁爱萍失踪那天下午以身体不适为由没去上课,有人推测是生理期,这跟她的遇害有关吗?"

孙梦瑶断然道:"不对!"

沈念青不解:"什么不对?"

孙梦瑶说:"不对就是不对。"说完拿起背包先走了。

沈念青一脸茫然,看赵长河。

赵长河说:"她的意思可能是受害人不是生理期,另有原因。"

沈念青问:"什么原因?"

赵长河看着他没说话。

9 最后的生日聚会

第二天,沈念青和孙梦瑶从地库里搬出丁爱萍一九九六年一月七日去南航参加好友吴晓丽生日聚会的问讯笔录,一页一页看起来。

据记载,吴晓丽生日聚会一九九六年一月七日晚七时开始,地点在南航附近一家名叫翠竹轩的餐厅,参加聚会好友共七人。

八点四十分聚餐结束,众人散去,只有丁爱萍和吴晓丽返回宿舍继续聊天。

吴晓丽一九九五年从江堰二中考入南航就读空气动力学专业,比丁爱萍早一年来古都,当年读大二。据她反映,生日聚会上,丁爱萍像平时一样不怎么说话,聊的也都是在江堰镇上的中学生活和一些琐事,当晚正好有本市同学回家空出一个床位,吴晓丽便安排丁爱萍睡在那里。

一月八日早上七时，丁爱萍跟吴晓丽匆匆打过招呼离开南航返校。

吴晓丽事后回忆，丁爱萍聚会上送给她的生日礼物是三毛散文集《撒哈拉的故事》。

随后，沈念青又翻出当年专案组对南大物理系主任商毅教授的问讯笔录。

商毅，时年六十八，"文革"期间因反动学术权威罪名被造反派下放到江堰镇向阳公社劳动改造，在劳动改造期间结识生产队会计吴宝友，此人就是丁爱萍姐夫的父亲。吴宝友为人忠厚善良，暗地里经常照顾商毅，使他免去不少皮肉之苦。商毅回城后与吴宝友依然保持联系，一九九六年吴宝友因丁爱萍入学一事求助商毅，对方一口应承，很快申请到入学名额。商毅夫人钱芳女士是南大英文系教授，夫妻二人育有一子名叫商小军，商小军从小贪玩，少年叛逆，中学辍学后在社会上混了几年，然后下海经商。他先在青岛路上开餐厅，因经营不善倒闭后又改开书店，书店风格前卫，吸引了一批文艺青年，案发时这批文艺青年曾是警方重点排查对象，不过从他们身上并没有找到什么有价值的线索。丁爱萍入学后曾登门拜访过商教授，也见过商小军，后来两人在书店又见过几面，也仅此而已。

地库里静悄悄，沈念青走到孙梦瑶身后拍她一下。

孙梦瑶尖叫起来。

沈念青毫无防备，被她吓了一跳。

孙梦瑶冲他跺脚："你吓死我了。"

沈念青往后躲："到底谁吓谁呢。"

他转身刚要走，脚下被什么绊了一下，低头看见地上堆了一捆旧杂志，是丁爱萍生前留下的遗物。

沈念青拎起杂志交给孙梦瑶："拿回办公室慢慢看。"

中午，赵长河回家照顾老伴去了，沈念青和孙梦瑶来到市局公共食堂吃午饭。

吃饭的时候，他问孙梦瑶："你读过《撒哈拉的故事》吗？"

孙梦瑶说："读过，怎么了？"

沈念青说："这是一本关于爱情的书吗？"

孙梦瑶说："不全是爱情。"

沈念青盯着孙梦瑶，突然说："你化妆了？"

孙梦瑶脸红了："女孩化个妆有什么大惊小怪的。"

下午，赵长河回到办公室，沈念青向他提出去青川镇的想法。

赵长河问："什么时候？"

沈念青说："明天。"

赵长河说："去吧，记得找朱强申请配枪。"

沈念青问："带枪干吗？"

赵长河说："安全第一。"

10 走访丁美兰

第二天，沈念青开车去警员宿舍接孙梦瑶，孙梦瑶已经在约定的地点等他了。

上车后，孙梦瑶递给沈念青一盒鲜奶和一个三明治："吃完早餐再走吧。"

沈念青问："你吃了吗？"

孙梦瑶说:"吃了。"

沈念青一边吃一边打嗝。

孙梦瑶递水给他:"慢点,又没人跟你抢。"

警车沿长江路驶出华中门拐入省道,一路向西直奔青川镇。

青川镇位于苏皖两省交界处,距古都市九十公里。

出城后眼前是一片开阔地,尚未播种的田野上笼罩着一层薄雾,村庄和树林在薄雾里若隐若现。

沈念青打开音响,里面传来李翊君演唱的歌曲《萍聚》。

歌唱到一半的时候,孙梦瑶说:"换一首吧。"

警车翻过海拔八百多米的青龙山后进入一片平地,青川镇越来越近了。

沈念青说:"没想到我第一次出外勤去的是青川镇。"

孙梦瑶问:"那边还有家人吗?"

沈念青说:"有,我母亲的亲戚都在。"

孙梦瑶不解:"那你母亲呢?"

沈念青迟疑了一下:"她……不在了。"

孙梦瑶忙说:"哦,对不起。"

临近中午,他们终于抵达青川镇。

小镇的风景在沈念青眼里几乎没什么变化,狭窄的街道依旧纷乱嘈杂,街道两旁房屋依旧拥挤不堪。

孙梦瑶说:"看上去比我们江堰还乱。"

沈念青说:"这是旧城区。"

警车驶过一座石桥进入青川新城,新城区道路明显宽阔起来,商场和高楼临江而立,青川江缓缓流淌。警车向前行驶约三公里，停在一栋办公楼前，楼前标识格外显眼：青川镇公安局。他们将警车停在大院里。

一名年轻警员过来问："您是古都市刑侦大队的沈念青吗？"

沈念青回答："是的，这位是我同事孙梦瑶。"

年轻警员说："你们好，刘队正在办公室等你们，请跟我来。"

他们来到二楼刑侦支队长办公室。

队长刘坚强迎上来："欢迎欢迎，一路辛苦了。"

刘坚强，三十多岁，身材粗壮敦实，平头宽额鹰眼，说话带有浓重的青川口音。

他说："我们接到市局协查通报后，按照原籍线索找到了丁美兰，这是详细资料。"说着递给沈念青一份卷宗。

沈念青说了声谢谢，打开卷宗。

刘坚强问："是南大那个案子吗？"

沈念青说："是的。"

刘坚强说："丁美兰现在青川新城商贸中心经营一家茶艺馆。"

沈念青将资料递给孙梦瑶，对刘坚强说："我们现在过去看看。"

刘坚强说："茶艺馆一般下午营业，让小孙先带你们去吃饭吧。"

告别刘坚强，沈念青和孙梦瑶跟警员小孙来到青川新城商贸中心附近一家港式茶餐厅用餐。

小孙问："你们吃什么？"

沈念青说："随便吃点吧。"

用餐时，孙梦瑶一直在看那份卷宗。

沈念青问孙梦瑶:"丁美兰现在什么情况?"

孙梦瑶放下卷宗:"丁美兰今年三十二岁,从二〇〇一年开始经营慧心茶坊,丈夫在税务局工作,他们有一个五岁的女儿,目前居住在青川新城御花园。"

吃完饭,他们又坐了一会儿,大约两点钟时起身前往青川新城商贸中心。

商贸中心是一座大型购物商场,商铺鳞次栉比,餐厅、咖啡厅、茶馆在一楼,这里也是人流最集中的地方。

慧心茶坊面积不大,显眼位置有一座茶台,茶台上摆满精美的茶具。茶坊主人不在座位上,他们走进茶坊的时候,一位头扎方巾身着汉服的姑娘正在清点货架,她说老板娘很快就回来。

正说着,一位身材娇小、五官精致的少妇向他们走来。

姑娘说:"她就是我们老板娘。"

三人身穿便服,丁美兰以为他们是来买茶叶的客户,热情招呼道:"坐下喝杯茶吧。"

三人坐定后,丁美兰走进茶台坐到主人位上,熟练地冲水洗杯烹茶。

沈念青抬头看见丁美兰头顶上挂了一幅字:菩提本无树,明镜亦非台。本来无一物,何处惹尘埃。

丁美兰一边倒茶一边说:"你们是外地来的吧。"

沈念青说:"我们从古都市来。"

丁美兰递茶:"你们来得正是时候,雨前云雾茶刚上市,来尝一尝。"

三人举杯喝茶。

沈念青放下茶杯说:"我们不是来买茶叶的,我们是古都市刑侦大队的，向您了解一些情况。"说着向丁美兰亮出警官证。

听到"刑侦"二字，丁美兰的手颤了一下，茶汤溅在茶台上，她拿起茶巾轻轻擦拭台面，问道："你们想了解什么情况？"

沈念青说："十年前的南大碎尸案你还记得吗？"

丁美兰摇头："对不起，不记得了。"

沈念青说："丁爱萍呢？你当年在南大最好的朋友，也不记得了？"

丁美兰站起来："对不起，我真的不记得了。"

孙梦瑶说："丁女士，据我们了解，你每年给丁爱萍家人寄一次钱，十年来从没间断，这十年我们也一直在帮她讨回公道，请你帮帮我们。"

丁美兰说："我信佛，做善事是应该的。"

沈念青说："佛讲因果报应，你也不希望杀害丁爱萍的凶手一直逍遥法外吧。"

丁美兰叹了口气："唉，我们换个地方说吧。"说完推开茶台一侧的小门，小门的装饰和墙体外观一样，里面却是一间私密茶室。

沈念青示意小孙在外面等候，自己和孙梦瑶跟丁美兰走进茶室。

茶室正面是一尊佛龛，供奉着观音像，观音像前有香案，案上摆着贡品和香炉，炉里燃着三支细香，青烟缭绕，木质地板上摆了三只蒲团。

丁美兰先对观音像拜了三拜，然后说："随便坐吧。"

沈念青和孙梦瑶盘腿坐在蒲团上。

丁美兰说："你们想了解什么？"

沈念青说："我们想了解关于丁爱萍的所有情况，尤其是她失踪前几天的情况,见过什么人,干过什么,说过什么,越详细越好。"

孙梦瑶拿出录音笔轻轻放在丁美兰面前。

丁美兰说:"丁爱萍出事后,我得了抑郁症,第二天就回家了,家人把我送到心理医生那里,当时采用的是记忆中断疗法,通过催眠清空记忆,再结合药物延长清空时间达到彻底遗忘的效果。"

沈念青问:"有效果吗?"

丁美兰说:"有一点效果,不过还是会做噩梦。有一天我去北山弘法寺烧香,遇见一个老和尚,跟他聊起我的病,他教我打坐冥想,现在好得差不多了,我真的不想再提过去,对不起。"

沈念青说:"不用对不起,你又没做错什么。"

孙梦瑶嗅了嗅:"这香好好闻。"

丁美兰说:"这是老和尚送的奇楠香。"

沈念青闻到一股清幽的药香味,这香味让他忽然想起什么。

他说:"丁女士,如果,我是说如果,我们也安排催眠师为你做一次催眠,通过催眠调动潜意识重现过去记忆,催眠结束后一切恢复原状,不会破坏你目前的精神状态,你是否接受?"

丁美兰犹豫:"你确定催眠后不会影响我现在的生活?"

沈念青说:"确定,这是经过多年实践得出的科学结论。"

丁美兰想了想:"好吧,我试试,不过我不保证什么。"

沈念青说:"明白。"

离开慧心茶坊,沈念青立即向朱强汇报在青川镇走访丁美兰的情况,提出安排催眠师的请求。过了一会儿,朱强回话:

同意。他安排市局法医中心顾维真教授次日由孟一凡陪同，前往青川镇为丁美兰实施催眠。

一切安排妥当，孙梦瑶问："我们现在怎么办？"

沈念青说："我们今晚只能住在这里了。"

他将车钥匙扔给小孙："小孙，你带孙梦瑶去老城区找家旅馆订两间房，价格不要超过二百二十元一间。"

孙梦瑶问："你呢？"

沈念青说："我去办点私事。"

送走小孙和孙梦瑶，沈念青看看表，走到街边拦了一辆出租车向北山脚下驶去。

11　私人事务

青川镇北山是青龙山的支脉，自北向南山峦起伏，常年云雾缭绕，著名的青川云雾茶便产自这里，北上脚下有座徽式建筑的庄园，白壁青瓦马头墙，庄严气派。

庄园主姓唐，经营茶叶生意，属于家族产业，拥有百年历史。唐氏茶叶是今天唐风茶叶集团的前身，集团董事长唐云龙是唐氏茶叶的第三代传人，沈念青的母亲唐宛如是唐云龙的妹妹。唐宛如与沈青山的婚姻当年未得到家族认可，属于私奔行为，唐氏家族为此断绝与唐宛如来往，沈念青出生时，唐宛如与沈青山的感情又出现裂痕，他是不幸婚姻的受害者。母亲的失踪在当时轰动一时，各种流言满天飞，唐氏家族向法院起诉沈青山，沈青山自此陷入人生低谷，在警方长达一年的调查中几近崩溃。沈念青的童年和少年就是在这种背景下度过的。

出租车停在唐氏庄园正门，沈念青抬头看了一眼门檐上的

"唐氏"巨匾，上前敲门。

这是他第一次以成年人身份走进唐氏庄园。

门开了，一位身穿灰色制服的老者将他迎进门，绕过影壁，沿鹅卵石甬道往里走，甬道两边是茂密的竹林，前方有一片灯光，灯光来自竹林尽头的一座木阁楼。

沈念青随老者走进阁楼，里面是一间茶室。

茶室陈设简朴，茶几上有一只白色瓷瓶，瓶里插了一支梅花。沈念青四下望望，走到茶几前看那梅花，这时身后传来脚步声，他闻声回头，见一中年男子从阁楼上下来，此人中等身材，身穿中式休闲衫，戴一副金丝眼镜，头发梳理得一丝不乱，轻手轻脚，神色泰然，来人就是唐云龙。

唐云龙对老者说："帮我们泡两杯茶来。"

老者离去后，他上下打量沈念青："我以为你会穿警服来见我。"

沈念青说："我们执行任务时也穿便装。"

唐云龙示意："坐下聊吧。"

老者端上两杯茶。

唐云龙说："尝尝今年的新茶。"

沈念青端起茶杯轻轻呷了一口。

唐云龙问："你今天有二十五岁了吧？"

沈念青说："二十四。"

唐云龙点点头："二十四，我上次见你的时候，你只有这么高。"

沈念青看着他。

唐云龙问："你想你妈妈吗？"

沈念青愣住了，不知如何回答。

唐云龙深叹口气："二十年了，我只有翻开相册才能见到她，好像她只活在相册里。"

沈念青说："我这次见您就是想了解母亲的情况。"

唐云龙说："你想了解什么？"

沈念青说："沈青山留下一本日记，里面提到一个叫白玉川的人，您认识这个人吗？"

唐云龙说："白玉川是我大学同学。"

沈念青说："听说他也失踪了。"

唐云龙呷了口茶："我们和白家是世交，白玉川自小认识宛如，得知宛如嫁给沈青山后，他大病一场，病愈之后移民去加拿大了。"

沈念青说："您有他的照片吗？我想看看。"

唐云龙起身上阁楼取相册。

他打开相册指其中一张照片道："这就是他。"

白玉川身穿中山装，中等身材，偏瘦，戴眼镜，看上去稳重老成，他身旁站着一位身穿旗袍的少女，面对镜头微笑。

唐云龙说："这是他们唯一一张合照，当时宛如只有十六岁。"

沈念青头一次看到母亲少女时的模样，仔细端详了很久。

唐云龙一旁说："她就是你的母亲唐宛如，记住她，总有一天你们会见面的。"

沈念青听了心里一颤，这话背后的意思令他不寒而栗。

他合上相册问："白玉川移民是在唐宛如失踪之前还是之后？"

唐云龙想了想："之前。"

沈念青又问："白玉川移民后联系过您吗？"

唐云龙摇头："没有。"

沈念青说："您不觉得奇怪吗？"

唐云龙一怔："你怀疑他们？不，不可能。"

沈念青问："为什么？"

唐云龙说："不为什么，就因为宛如是你的母亲。"

沈念青说："您的意思是，为了我，她宁可留在沈青山身边？"

唐云龙说："是的，对一位母亲来说，孩子就是全部，她别无选择。"

沈念青喉结动了动，说："所以她不是离家出走，而是……"

唐云龙说："而是遇害，杀人凶手就是沈青山，虽然我没有确凿证据。但是在梦里，宛如把一切都告诉我了，有时候梦比证据可靠。"

沈念青说："可是据我所知，自从您举报他，他接受了一年的调查，结果不成立。"

唐云龙冷笑："他们是一伙的。"

沈念青说："不，是外省派来的调查组。"

唐云龙说："那又怎样，天下乌鸦一般黑。也许你跟他们不一样，你虽然也是警察，但你首先是唐宛如的儿子，你有责任查清楚你母亲的遇害真相，如果连杀死你母亲的凶手都抓不住，你就不配穿那身警服。"

沈念青低声说："他已经死了。"

唐云龙突然提高嗓音："死了也不能放过他，犯下的罪，造过的孽，他得认！"

沈念青低头不语，额头渗出一层细密的汗珠，话说到这个份儿上他已经接不住了，只好起身告辞，怅然离去。

12 红玫瑰夜总会

离开唐氏山庄,回到老城区,沈念青有一种恍若隔世的感觉,不知不觉来到镇南街和府前街交界处,这里曾经是老城区最繁华的地方。

沈念青放慢脚步,似乎在寻找什么。

时间过得真快,转眼十年了,他在青川镇街头混日子的荒唐岁月仿佛就发生在昨天。当年青川镇的少年分成两个帮派,以镇南街和府前街为界,镇南街的叫飞虎帮,府前街的叫秃鹰帮,他凭着身手敏捷和一副好脑筋成为飞虎帮骨干,两个帮派经常找各种理由打架,别看他年龄小,下手却很重,在一次群殴中挥板砖拍碎了秃鹰帮一个小喽啰的脑袋,被警察抓进警局。当时,父亲沈青山就是这个警局的一名刑警,出外勤刚回警局,听同事说儿子又在外面闯祸,顿时火冒三丈,冲到禁闭室抽出皮带就打,同事们见状慌忙上前阻拦。

趁众人推搡之际,沈念青突然冲到父亲面前大喊:"打啊,打啊,有种把我也打死!"

那一刻,空气突然凝固了,沈青山眼中露出一丝不易察觉的惊慌。

他对看守民警说:"看住他,别放他走。"

沈念青在禁闭室整整被关了一天一夜,走出警局时,天已经黑了。

一辆敞篷吉普"吱嘎"一声停在路边打断他的思绪,车上跳下两个人。

其中一人喊道:"大青子,果然是你!"

沈念青定睛一看，原来是刘刚和刘强兄弟俩。

当年他们在街头打过架，被警察拉进派出所关了一夜，没想到这一夜竟让他们成了朋友，正所谓不打不相识。

刘刚说："听说你当警察了，回来也不打声招呼。"

沈念青说："来办个案子，还没来得及招呼你俩。"

刘强说："走，上车。"

沈念青问："去哪儿？"

刘强说："到那儿你就知道了。"

敞篷吉普一路疾驶，穿过府前街拐进一片灯火闪烁的街区，这里是青川镇酒吧一条街，车子停在一块巨型霓虹灯前，跳动的光影里映出几个大字：红玫瑰夜总会。

沈念青觉得眼熟："这里不是绿洲网吧吗？"

刘强说："现在归我们了。"

沈念青警觉起来："你们哪来的钱？"

刘刚说："别傻站在外面，进去聊。"

夜总会门厅由红色玻璃拼成宫殿的样子，里面传来摇滚乐的轰鸣声。

推门进去，巨大的声浪迎面扑来，无数人在追光灯下尽情舞动，舞池正前方的高台上，三名领舞一男两女，扭动腰肢向台下发出阵阵尖叫，舞池中央十几名少年围成一圈，头甩得像拨浪鼓，根本停不下来……

沈念青跟刘刚刘强两兄弟沿舞池边的阶梯往楼上走。

二楼全是包间，经过走廊时，一名男子从包厢里出来冲他们喊："你们跑哪儿去了，来来来陪我喝一杯。"

三人回头，见一男子身穿皮夹克牛仔裤，叼着雪茄摇摇晃晃向他们走来。

刘刚说:"刘队,先让阿玉陪您,我们马上过来。"

男子没理他们,径直上前:"这不是沈警官吗?"

沈念青应道:"你好,刘队。"

刘坚强问:"你们认识?"

刘刚说:"我们是从小玩到大的兄弟。"

刘坚强说:"你们先聊,我一会儿过来跟你们喝。"

刘坚强走后,沈念青问:"你们怎么跟他混到一起的?"

刘刚说:"干我们这一行,哪有不拜码头的。"

沈念青说:"他知道你们卖摇头丸吗?"

刘强一惊。

刘刚故作镇定:"摇头丸,什么摇头丸?"

沈念青说:"别以为我没看见,楼下那帮小孩脖子都快摇断了。"

刘刚说:"你说那帮小孩啊,他们喝的是咳嗽水,跟我没半毛钱关系,我从来不碰那玩意儿。"

沈念青说:"最好别碰,否则菩萨也救不了你。"

两兄弟带沈念青来到一间豪华包房,里面装饰得富丽堂皇。

刘刚说:"今晚不醉不归,强子去拿酒。"

沈念青说:"顺便给我弄碗牛肉粉。"

刘强愣住了。

刘刚说:"愣着干啥,快去弄啊,记住要庙前街三福子家的。"

刘强应道:"好嘞。"

过了一阵,青川大曲和三福子牛肉粉都齐了。

沈念青顾不及旁人大口吃了起来。

刘刚边吃边说："真怀念一起吃牛肉粉的日子。"

刘强说："那时候没钱，一碗粉几个人分着吃，吃到最后连汤都不剩。"

沈念青看他一眼，推开空碗燃起一根烟。

刘强打开酒瓶，取杯倒酒："来来来，喝酒。"

沈念青长长吐出一口烟，问："其他人呢？"

刘刚说："都散了，马猴去云南了，小齐去东北了，剩下几个都回家了，听说大飞去了你们省城，在一家酒吧里唱歌。"

沈念青问："小红呢？"

刘强说："小红嫁人了，老公是包工头。"

三人边喝边聊，渐渐生出几分醉意。

刘刚说："这么喝没劲，强子，你去把阿玉叫来。"

刘强起身离去。

过了一会儿，阿玉来了。

阿玉是红玫瑰夜总会的公关主管，身材高挑，穿着一件黑色暗花镂空旗袍，梳着一头复古小波浪，五官精致，皮肤白皙，眼睛水汪汪，顾盼生情。

刘强说："阿玉，过来陪青哥喝一杯。"

阿玉接过酒杯，笑吟吟地说："青哥，请。"

两人碰杯各自饮尽。

阿玉说："今天你们兄弟团聚，我给你们唱支歌助助兴吧。"说着脱下裘皮坎肩，走到麦克风前。

音乐起，阿玉拿起话筒唱起来。

　　人生的风景
　　就像大海的风涌

有时猛，有时平
亲爱朋友你着小心
人生的环境
乞食嘛会出头天
莫怨天，莫尤人
命顺命歹拢是一生
一杯酒，两角泪
三不五时嘛来凑阵
若要讲，博感情
我是世界第一等
是缘分，是注定
好汉剖腹来参见
唔惊风，唔惊涌
有情有义好兄弟

这是一首闽南歌，被阿玉用低沉沙哑的声线唱得有声有色，她一边唱一边看沈念青，刘刚冲刘强使眼色，两人悄悄溜出包房。

阿玉放下话筒向沈念青走去。沈念青靠在沙发上，心怦怦跳。

阿玉斟满酒杯，坐到他身边。

沈念青说："你刚才唱的我一句没听懂。"

阿玉笑了："那我再唱一遍？"说着将酒递给他。

沈念青接过酒杯，一饮而尽。

阿玉将脸凑到沈念青耳边轻轻哼起来，唇间呼出的暖风又软又香撩拨得沈念青浑身一阵酥麻，他翻身将这个女人按在沙发上，动手解她旗袍上的扣子。阿玉咯咯笑起来，笑着笑着，沈念青的手停住了。

阿玉问："怎么了？"

沈念青看着她不说话。

阿玉直起身，理了理弄乱的头发，点上一根烟，幽幽道："你是警察。"

沈念青不说话。

阿玉轻轻将烟吹到沈念青脸上："我喜欢警察，尤其喜欢你们表面一本正经，背地里胡作非为的样子，特别性感！"

沈念青推开她起身往包厢外走。

阿玉撇嘴："哼，假正经。"

沈念青跟跟跄跄下到一楼，一楼的音乐轰鸣声仍在继续，这时有人喊他名字，他没理会快步冲出舞厅，一屁股坐在外面台阶上。

刘刚和刘强赶出来："大青子，你没事吧。"

沈念青说："送我回酒店。"

刘刚问："你住哪里？"

沈念青掏手机给他。

刘刚看过手机对刘强说："镇南街茶苑宾馆，你去取车，我在这里等你。"

过了一会儿，敞篷吉普停在台阶前。

路上，刘强说："大青子变了。"

刘刚说："他现在是公家人，跟咱们不一样。"

刘强说："他要是不当警察，肯定是个狠角色。"

刘刚说："别胡说。"

刘强说:"没事,他听不见。"

沈念青头靠在车框上,前胸衣襟被撑开了,露出里面乌亮的枪柄。

刘强吓一跳:"枪!"

刘刚正在开车没听清。

刘强见沈念青睡得死,悄悄伸手去碰那枪,谁知刚碰到衣襟就被沈念青死死攥住了。

刘强龇牙咧嘴喊起来:"疼、疼,松手。"

沈念青睁眼:"怎么了?"

刘强说:"你弄疼我了。"

沈念青甩开他:"小心走火。"

孙梦瑶从茶苑宾馆走出来:"是沈念青吗?"

刘刚说:"是是。"

孙梦瑶上前看看沈念青又看看兄弟俩:"你们是谁?"

刘刚说:"我们是他朋友。"

孙梦瑶厉声道:"你们不知道他有公务在身吗?"

刘刚说:"知道知道。"

孙梦瑶瞪他:"知道还把他喝成这样。"

刘强说:"是他自己要喝,我们拦不住。"

孙梦瑶推开他:"行了,交给我吧。"说着搀起沈念青往回走。

刘强站在原地呆呆望着他们的背影。

刘刚问:"看什么?"

刘强说:"这小妞带劲!"

刘刚踢他一脚:"想什么呢,走吧。"

孙梦瑶扶沈念青摇摇晃晃往楼上走。

沈念青头耷拉着，迷迷糊糊说："我没事。"

回到房间，一头扎到床上。

孙梦瑶帮他把鞋脱了，又替他脱去外套，卸下枪放到枕头底下，然后从橱柜里取出一床棉被盖到他身上，转身刚要走，沈念青伸手拉住她。

孙梦瑶慌了："你干什么？"

沈念青说："别走，跟我说说话。"

孙梦瑶站住："说吧。"

沈念青坐起来："我告诉你一个秘密。"

孙梦瑶问："什么秘密？"

沈念青说："我想喝水。"

孙梦瑶端起泡好的茶水递给他。

沈念青喝了一口又放下："我告诉你一个秘密。"

孙梦瑶说："嗯，我听着呢。"

沈念青说："我是一个罪犯。"

孙梦瑶一惊："罪犯，你犯什么罪了？"

沈念青凑近孙梦瑶小声说："我犯了出生罪。"

孙梦瑶不解："什么叫出生罪？"

沈念青说："出生罪就是一个人出生另一个人就得消失。"

孙梦瑶说："我还头一次听说这种罪呢。"

沈念青竖起手指："嘘，保密。"说完倒头睡去。

孙梦瑶摇摇头，替他盖好被子，悄悄离去。

13 催眠丁美兰

第二天一早,孙梦瑶来敲沈念青的房门,沈念青一跃而起,看表,慌忙穿衣服。

他们开着警车驶入青川镇公安局大院,迎面遇见刘坚强陪同局长吴刚从楼上下来。

刚打过招呼,顾维真教授和孟一凡就到了。

孟一凡打开车门,顾教授下车伸了个懒腰。

刘坚强碰了碰吴刚。

吴刚大步上前:"欢迎欢迎。"

顾教授说:"打扰了。"

吴刚说:"哪里哪里。"

众人上楼来到会议室。

吴刚握住顾教授双手:"我中午安排了接风宴,请顾教授赏光。"

顾教授说:"我今天忙完还要赶回省城,中午吃工作餐吧。"

吴刚面露难色:"那好吧,我让食堂多弄几个菜。"回头对刘坚强说:"你留下全力配合顾教授工作。"

刘坚强说:"是。"

吴刚走后,顾教授问沈念青:"关于当事人还有什么要说的吗?"

沈念青说:"丁美兰是我们目前查到的一条重要线索,她可能是丁爱萍失踪时重要的目击证人,甚至可能见过凶手。"

顾教授说:"还有呢?"

孙梦瑶说:"我注意到一个细节,打坐时正确姿势应该是双手叠加手心向上,可是丁美兰却手心向内贴住腹部,这是典型的撒谎动作,说明她并没有失去那段记忆。"

顾教授说:"撒没撒谎只有见到本人才知道。"说着走到白板前写下三个字:白日梦。

他说:"我给你们简单介绍一下催眠,催眠在医学上通常用来治疗患癔症的患者,属于精神病临床治疗分支,它的原理是催眠师通过特定动作引导受术者进入潜意识,在这个过程中,受术者感觉器官的感受性逐渐降低,潜意识里的记忆和情绪得以释放。我强调两点:第一,催眠是否成功跟催眠师的诱导技能、催眠环境以及受术者精神状态有关,不是每次催眠都保证百分之百成功;第二,我们这次催眠不是严格意义上的治疗,只是通过催眠手段帮助当事人恢复被压制在潜意识里的记忆,从而取得我们需要的信息。明白吗?"

众人回答:"明白。"

顾教授接着说:"实施催眠的地点要选在舒适放松僻静的环境。"

沈念青问刘坚强:"能找到这样的地方吗?"

刘坚强想了想:"桃源山庄,那里依山傍水,最合适。"

顾教授说:"好,那就麻烦你安排一下。"

桃源山庄位于北山脚下,距市区十公里,由十栋独立别墅组成,树林茂密,流水潺潺,环境清幽。

丁美兰见到眼前的景象,不由感叹:"这里真是喝茶的好地方。"

刘坚强预订的别墅叫陶然居,在一片密林里,可谓静中之静。

他们走进陶然居二楼的套房，里面分为客厅和卧室两部分，均为欧式装修风格。

顾教授推开卧室门看了看，回头招呼丁美兰和孙梦瑶，然后对沈念青、刘坚强和孟一凡说："你们在外面保持安静。"

孙梦瑶按照顾教授嘱咐，提前选择好角度架起摄像机，顾教授拉上窗帘。

催眠开始后，三个人在客厅里无所事事。

刘坚强接到一个电话出去了，屋里只剩下沈念青和孟一凡。

孟一凡问："见到唐家人了吗？"

沈念青说："见到了。"

孟一凡说："他们说什么？"

沈念青说："没说什么。"

孟一凡见他不想说，就没再问。

刘坚强打完电话回来问："咋样？"

孟一凡摇头。

这时，卧室里传来女人的哭声，三个人立刻凑到卧室门口，什么也听不到，只好又回到沙发上。

过了一会儿，卧室门开了。

顾教授表情平静，丁美兰低着头，孙梦瑶忙着收拾摄像机。

顾教授对丁美兰说："感谢你的配合。"

丁美兰摇摇头，没说话。

14 梦境

众人离开桃源山庄，刘坚强送丁美兰回青川镇商贸中心，顾教授一行人当天赶回古都市。

夜幕降临,警车行驶在山间公路上,四周一片黑暗。

沈念青终于忍不住了:"现在可以说了吧?"

孙梦瑶说:"等一下,让我想想。"

过了一会儿,孙梦瑶说:"那是一场噩梦,梦里到处都是树,树枝密密麻麻看不见阳光,即使白天给人感觉也是阴森森的,落叶常年没人清扫,被雨水浸泡后散发出潮湿腐败的气息。"

沈念青打断她:"什么乱七八糟的。"

孙梦瑶继续说:"更可怕的是每天晚上总有人讲鬼故事,水房里的白衣女、图书馆的双面人还有地下室里的无头婴儿。有一次她半夜去厕所小解,听见水房传来哗哗的水声;还有一次,图书馆突然停电,她迷路了,看见走廊尽头有个黑色背影,于是上前问路,背影回头竟然还是一个背影;另一次,她傍晚经过一幢正在拆迁的实验室,听见废墟底下传来婴儿哭声。"

孙梦瑶突然不说了。

沈念青问:"后来呢?"

孙梦瑶说:"一九九六年一月十日中午,我在北区食堂对丁爱萍说我要回家,丁爱萍十分惊讶,说'你怎么想的跟我一样'。她还说昨天晚上在红粉桥遇见一个算命先生,他足足看我三分钟,然后说:'姑娘,你印堂发暗,小心血光之灾,赶紧避一避'。说完她盯着我,我问她看什么,她依然说:'姑娘,你印堂发暗,小心血光之灾,赶紧避一避'。我以为她在开玩笑,没想到这是她跟我说的最后一句话。"

沈念青皱起眉头:"我怎么一句也听不懂。"

孙梦瑶说:"重点来了,睡觉前我瞟了一眼上铺,蚊帐里小挂件都在,被子也铺得整整齐齐,可人呢?我问其他人,她们都说不知道。我下意识又往蚊帐里看,看见枕头上露出一团黑发，立刻叫起来，原来你在这里。其他人吓一跳，问我在跟谁说话。我冲出宿舍，一口气跑到青岛路上，路上空无一人，冷风迎面吹来，吹得我瑟瑟发抖，真见鬼，我骂自己，转身往回走，走到街角时听见远处传来自行车铃声，一个女孩身穿红色外套坐在自行车后座上，我大喊：丁爱萍，她听见了，冲我挥挥手，转眼消失在夜色里，我记得她当时手里拿着一只棕色玩具熊。"

静默片刻，沈念青问："说完了？"

孙梦瑶说："说完了。"

沈念青将车停在路边。

车灯刺穿夜幕将前方路面照得一片惨白，远处连绵起伏的山影如同并排奔跑的巨兽，风从旷野上吹来带着大自然特有的冷冽潮湿的气息。

孙梦瑶走到他身边："你在想什么？"

沈念青说："我在想那只玩具熊。"

孙梦瑶一时没反应过来："玩具熊？"

沈念青一脚踩灭烟头。

回到车上，孙梦瑶突然说："哦，你说的是那只棕色的玩具熊。"

沈念青手持方向盘，前方道路忽明忽暗，在变幻不定的光影里，他的脸时隐时现。

15 梦的解析

上午八时，沈念青准时来到市局法医中心。

顾维真正在观察一台仪器上的数据，看他一眼："年轻人守时是一个好习惯。"

沈念青和孟一凡相视一笑。

顾维真带他们走进会议室:"我十一点去省厅开会,我们只有两小时交流,你先看录像,然后我给你结论,不讨论,你可以问问题,我回答。"说着打开摄像机,屏幕上出现催眠的画面。

顾维真拉拢窗帘,取出纸笔和催眠盘放在桌上,丁美兰从洗手间出来,顾维真示意她摘掉耳环、项链和手镯,然后脱去袜子,松开领口,坐到床中央面向自己。待她坐稳后,顾维真掏出一只怀表,表链长约三十厘米,垂悬于丁美兰眼前,他用缓慢沉稳的语调说:"请注意这只怀表,头和脖子尽量不动,眼睛盯着怀表,一会儿便会疲劳想完全闭上眼睛休息,注意集中精力,眼睛盯着怀表看,你现在感觉疲劳了,慢慢闭上眼睛,你现在感觉眼睛疲劳了,全身都感觉疲劳非常想睡觉,你睡吧,睡吧,但能听见我说话的声音,睡吧,嘈杂声渐渐离你远去,听得到我说话声,按照我说的去做,你已经进入催眠状态。"在顾维真不断重复引导下,丁美兰身体渐渐松弛下来,双目微微闭合,表情呆滞,顾维真探身查看丁美兰面部,扶起她手臂,食指和中指搭在手腕上,一边看表一边数数,数完脉搏轻轻放回原处。顾维真说:有一只苍蝇在你面前飞来飞去,你看见了吗?丁美兰说看见了。

顾维真向沈念青解释:"其实没有苍蝇,她回答看见了,说明她已进入初级催眠状态。"

视频继续。顾维真对丁美兰说:"我要拍一拍你的手臂,我拍打后,你就会感觉手臂像灌了铅一样沉重,你坐在这里抬不起你手臂了,我现在开始数数,当数到五时,你的手臂就会完全僵住不能动了。一、你的右臂越来越沉重了,二、你的右臂变重了,三、你的右臂像灌了铅一样感觉很沉重,四、你感觉右臂压在大腿上很沉重,五、你一点也移不动你的右臂了,右臂完全僵住了,你已经抬不动右臂了,一点也抬不起来了。"顾维真一边说一边轻轻拍打丁美兰右臂,丁美兰的右臂下意识动了动,试图往上抬,很快又松软下去。顾维真继续说:"随着我拍打,我注意到你的右臂很沉重,动不了了,现在你的右臂越来越僵硬了,右臂肌肉收缩得像根木棍,又沉重又僵硬,已经不能动也不能弯曲了。"再看丁美兰刚才松软的右臂又硬又直,僵立在半空,仿佛身体多余出来的部分。引导还在继续,顾维真说:"现在我按摩你的右臂,随着我的按摩,你的右臂逐渐放松下来,放松,你会睡得越来越深,越来越深,头脑一片昏暗。"话音刚落,丁美兰的右臂犹如断了线的木偶一下软了下来。

沈念青看得目瞪口呆。

顾维真在一旁说:"这是进入深度催眠的特征。"

画面继续。顾维真说:"现在开始吧,告诉我,十年前也就是一九九六年冬天,你经历过什么?"丁美兰慢慢睁开眼,眼神空洞涣散,她说:"那是一场噩梦……"

丁美兰的叙述竟然跟孙梦瑶一模一样。

顾维真打开文件夹:"关于这场催眠有以下几点结论:一、当事人催眠状态真实,没有对抗痕迹;二、当事人叙述的是一场梦境;三、在丧失主观意识,受潜意识控制的情况下,当事人强烈表达一场梦境,说明梦的内容已经占据当事人潜意识多年,形成心理黑洞;四、梦的内容包括恐惧、愧疚等元素,可能是一个完整的梦,也可能是几个梦的碎片。以上就是这场催眠的全部内容,现在你可以提问了。"

沈念青说:"第一个问题,根据您的经验,当事人在催眠状态下叙述梦境的情况是否常见?"

顾维真说:"不常见,有百分之十左右。"

沈念青说:"第二个问题,梦境是否可以复原重构现实,只有现实的信息对案子才有价值。"

顾维真边看表边说:"梦境重构现实需要对梦境进行充分解析,解析过程中往往需要当事人参与。今天没时间了,明天这个时间你再来,我们做初步解析。"

沈念青问:"催眠录像我可以拿回去看看吗?"

顾维真说:"可以。"

回到三号楼,赵长河和孙梦瑶正在等他。

沈念青打开电脑调出催眠视频。

看完视频,赵长河说:"我们先聊聊吧。"

沈念青说:"您是前辈,您先说吧。"

赵长河想了想:"好,那我抛砖引玉说几句,先不说梦在多大程度上还原现实,引起我注意的是当事人在讲述时的情绪,情绪不会骗人。当事人情绪明显表现出两个特征:第一,她厌恶南大的环境;第二,她对丁爱萍遇害表现出强烈忏悔。"

孙梦瑶说:"我同意前辈的观点。我想补充的是,我从丁美兰的叙述里找到三个代表元素:鬼故事、算命先生、玩具熊。我发现这三个元素之间是有关联的,三个鬼故事暗示丁美兰对南大的负面印象,由此产生逃离的欲望,算命先生的出现为实施逃离找到一种客观依据,玩具熊是逃离实施的标志。在逃离由欲望到实施的过程中,我认为丁美兰与丁爱萍的身份界限是模糊的,两者之间存在互换关系。我想说的就是这些。你呢,师兄?"

沈念青说:"我同意你们的分析,我的想法比较简单,第一,梦不是线索,梦折射出的现实才是线索;第二,线索的价值在于指明侦查方向,引导我们向凶手逼近;第三,如果这个梦可以满足上述两点,那么我们就能找到前行的路标,路标必须是看得见摸得着的实体。丁美兰是一个路标,第二个路标是什么呢?梦境里出现的第二个实体是玩具熊,所以我认为第二个路标是玩具熊,换句话说,丁美兰在青岛路上曾经目击到丁爱萍随凶手离去,当时她手里拿着一只玩具熊。"

赵长河说:"所有分析最终都要回到案子上来,新物证值得探索,旧物证更要深挖,只有这样才能把死案盘活。"

第二天,三人来到市局法医中心会议室。

顾维真见到赵长河颇感意外:"老赵,您也来了。"

赵长河笑了笑。

沈念青先把昨天他们讨论的结果向顾维真做了汇报。

顾维真说:"你们开了个好头,这样我讲起来就比较轻松了。我首先说明三点:第一,我不了解南大这个案子,我对梦的分析不会刻意往这个案子上靠,就梦论梦;第二,梦的分析从来都不是孤立进行的,必须与造梦者精神状态、生理状态以及生活背景相结合,遗憾的是,我对本案当事人知之甚少,所以我的结论仅供参考;第三,造梦者在叙述梦境时常常受记忆影响,下意识改编或重建缺失的细节,造成梦的失真,不过,在本案中造梦者是在催眠状态下叙述梦境,可以理解为最大限度保留了梦的完整性和准确性,对我们来说是个好消息。我说的这三点你们理解吗?"

众人回答:"理解。"

顾维真接着说:"我从你们三个人对梦的分析开始,老赵提到梦的情绪,这是梦的面,小孙提到梦的元素,这是梦的点,小沈提到路标和玩具熊,是梦的线,点线面是梦的结构,也是梦的语言。下面是我的分析,首先这是一个噩梦,具体说是一个二十二岁女孩远离故乡来到陌生城市不到四个月做的噩梦。在这个梦里她明确表达了对新环境的厌恶,这是梦前半部分的基调,厌恶的情绪是通过三个鬼故事表达的,在叙述完三个鬼故事之后,她又用自己亲身经历证实鬼故事的真实性。那么问题来了,她为什么对新环境即南大充满厌恶情绪呢?答案就在这三个鬼故事里,小孙说梦的三个元素存在内部关联,我告诉你们,这三个鬼故事也存在内部逻辑关系,水房白衣女和半夜水声暗示洗刷羞耻,图书馆迷路偶遇双面男子暗示对某个异性身份产生怀疑,地下室传来婴儿哭声暗示对意外怀孕的恐惧。所以这个梦前半部分的象征意义是,当事人在南大期间与某个身份无法确定的异性发生过性关系,她为此感到耻辱,更害怕自己意外怀孕。"

这个结论令在场所有人目瞪口呆。

沈念青问:"如果梦是潜意识的产物,如何解释内在逻辑关系呢?"

顾维真说:"对同一个梦来说,的确不存在内在逻辑关系,可是当三个梦排在一起的时候,它们的内在逻辑关系受叙述者情绪控制,不受潜意识控制,叙述者不是造梦者。"

沈念青又问:"您的意思是丁美兰在催眠状态下叙述的不是一个梦而是三个梦。"

顾维真说:"不止三个,可能四个或五个。"

赵长河说:"请继续。"

顾维真说:"梦的后半部分出现两个场景:食堂对话和夜间奇遇,还有两个人:算命先生和丁爱萍,这部分的基调是忏悔,问题又来了,忏悔是如何产生的呢?在食堂对话里,丁美兰对丁爱萍说我要回家,她的想法立刻得到丁爱萍的回应,丁爱萍用算命先生的谶语暗示回家不仅仅是简单的逃离,更是逃离一场血光之灾,这无形中增加了逃离的紧迫性和重要性,在梦的结尾,丁美兰目送丁爱萍随陌生人远去暗示逃离的实施。说到这里你们可能明白了,在梦的后半部分,丁美兰和丁爱萍其实是同一人,角色分裂在梦里是常见现象。"

孙梦瑶问:"忏悔呢?这里没有忏悔。"

顾维真说:"忏悔不在梦里,在丁美兰的叙述里,你昨天也在现场,不知道你注意没有,讲到目送丁爱萍随陌生人远去的时候她哭了,因为她知道这意味着什么,所以将现实的情绪带到梦里,此时她依然是叙述者不是造梦者。"

沈念青说:"玩具熊呢?"

顾维真说:"坦率说,玩具熊是唯一困扰我的地方,我原以为它是丁美兰的身份标识,所以丁爱萍随陌生人远去时向她挥舞玩具熊的动作暗示丁爱萍就是丁美兰。另一个细节似乎也证实了我的判断,丁爱萍失踪当晚,丁美兰看到她床铺上小挂件都在,说明玩具熊不是丁爱萍的,但是在催眠现场,我问丁美兰是否有一只玩具熊时,她回答没有。这就奇怪了,玩具熊不是丁美兰的也不是丁爱萍的,那么到底是谁的呢?"

沈念青说:"会不会是凶手的?"

顾维真摇头。

赵长河问:"大家还有问题吗?"

沈念青说:"我可以说说我的梦吗?"

顾维真笑了:"可以,今天的主题就是梦。"

沈念青说:"我上周也做过一个梦,梦见在一个大雪纷飞的夜晚,地面上积了厚厚一层雪,我沿着雪地上的脚印来到一个巷口站在路灯下等人,这时从小巷那边骑来一辆自行车,坐在自行车后座上的人举起手里的黑色垃圾袋冲我晃了晃,然后扔到垃圾箱里。"

孙梦瑶忙问:"你看清他的脸了吗?"

沈念青说:"那个人就是我。"

孙梦瑶捂嘴差点喊出来。

顾维真:"这是典型的角色分裂,如果我没猜错的话,你白天运用犯罪画像理论思考过案情。"

沈念青说:"是的,代入法。"

顾维真说:"那就不奇怪了,白天假设你是凶手,晚上你就成了凶手。"

沈念青突然说:"凶手这些年也做梦吧?"

顾维真问:"你的意思是?"

沈念青说:"如果梦是潜意识的入口,我能在梦里与凶手相遇吗?"

顾维真说:"这个想法有意思,据我了解,荣格的集体无意识理论只说明群体潜意识里有共同的远祖信息,至于个体共享潜意识并进行交流,目前没有定论。"

赵长河说:"打住,再下去要走火入魔了。"

顾维真说:"是的,探索可以,但不可以着魔。"

沈念青耸耸肩。

回到三号楼，三个人谁也不说话。

孙梦瑶悄悄问："师兄，你在想什么？"

沈念青说："我在想刚才顾教授说的角色分裂。"

孙梦瑶说："说说你的想法。"

沈念青说："在梦的前半部分，顾教授得出的结论是：当事人在南大期间与某个身份无法确定的男子发生了性关系，她为此感到耻辱更害怕自己意外怀孕。请注意顾教授用的是'当事人'这个词，并没有指明这个人一定是丁美兰，根据角色分裂理论，这个人也可能是丁爱萍对不对？这样就能解释为什么她在失踪前三天活动异常了。"

孙梦瑶拍手："对呀。"

16 生日聚会

孟一凡满脸疲惫，双手插兜弓着背一摇一晃向沈念青走来。

沈念青说："一凡，找你帮个忙。"

孟一凡问："什么忙？"

沈念青说："我想邀请法医中心和物检中心对南大碎尸案的物证做一次全面鉴定，看看能不能找到新线索。"

孟一凡接过清单看了看，问："打报告了吗？"

沈念青说："打了。"

孟一凡说："这是大活儿，需要评估以后定排期。"

沈念青说："找你就是为了排期的事。"

孟一凡说："这我做不了主，得听领导安排。"

沈念青说："你肯定有办法。"

孟一凡立刻警觉起来："让我加班？没门！"

沈念青说:"你不加班,我在案情分析会上就拿不出干货,到时候丢的可是师傅的脸。"

孟一凡说:"你看你,求人帮忙还这么拽,学不会低头服软吗?"

沈念青连连作揖。

孟一凡说:"我回头问问刘睿。"

沈念青拱手:"大恩不言谢。"

"等等,"孟一凡喊住他,"明天是张馨蕊生日,晚上一起。"

沈念青面露难色:"我就不去了吧。"

孟一凡说:"你必须去,又不是天天过生日,让她开心一下。"

听他这么说,沈念青就不好意思拒绝了。

孟一凡将生日晚餐订在著名的莉莉·玛莲西餐厅。

这家由法国人主理的西餐厅布置得十分考究,处处体现法兰西式的浪漫,菜品地道正宗,价格也是出奇贵。当晚来用餐的客人不多,孟一凡预订的餐桌被安排在餐厅中央,经过精心布置的桌面在蓝色光影映照下犹如一只白色小船漂荡在海面上,悠扬的法国情歌在耳边低吟浅唱,令人陶醉。

孟一凡和张馨蕊坐在一起,沈念青坐在他们对面。

孟一凡挽起衣袖挥舞刀叉,将牛排切成一小块一小块送到张馨蕊嘴边,充满柔情地看她优雅地咀嚼。

张馨蕊嘴里嚼着牛排,眼睛却盯着沈念青:"一凡,你看他,到底是我过生日还是他过生日。"

孟一凡说:"别理他。"

沈念青假装没听见,继续埋头吃,吃完最后一块肉放下刀叉，抬头见孟一凡和张馨蕊正虎视眈眈看他。

沈念青咂咂嘴："味道还不错。"

这时，灯光突然熄灭，暗处人影绰绰，几分钟后头顶亮起一束光，照亮了桌面上一只五彩缤纷的生日蛋糕。

孟一凡点燃生日蜡烛："亲爱的，许个愿吧。"

张馨蕊借着烛光，双手合十口中念念有词，然后一口吹灭蜡烛，灯又亮了。

孟一凡和沈念青高举酒杯唱起生日歌。

沈念青从口袋里掏出一只蓝色天鹅绒锦盒递给张馨蕊："这是给你的。"

张馨蕊打开锦盒一看，惊呆了，里面是一只翡翠胸针。

孟一凡说："这是你家祖传的吧？"

张馨蕊说："太贵重了，我不能要。"

沈念青说："用这个换一份牛排可以吧，刚才没吃饱。"

两人笑了。

沈念青一边吃一边问："吃完我们去哪儿？"

孟一凡说："根据地酒吧。"

张馨蕊补充道："是我的主意。"

根据地酒吧是古都市年轻人夜生活消遣地。

每天晚上九点钟以后，来自全国各地的地下乐队在这里演出他们的原创作品，有民谣、有摇滚、有电子、有说唱，将酒吧气氛推向高潮。

孟一凡、张馨蕊和沈念青走进根据地时，里面已经挤满了人。

舞台上几个长发披肩的青年正在演唱一首英文歌。

三个人挤到吧台前，没有座位，只好站着，周围人都在大声说话，歌声断断续续传来，听不清他们唱什么。张馨蕊站在孟一凡和沈念青中间高昂着头，脑后一根又粗又黑的麻花短辫格外显眼，她今晚刻意描了眼线，两只大眼睛看人的时候更显得咄咄逼人，旁边的人见两个身材魁梧的男子陪着一位美人站在人群里，都忍不住看他们。

张馨蕊冲沈念青扬起下巴："大青子，买酒。"

沈念青叫来两打啤酒。

随着几瓶啤酒落肚，三个人脸上的表情也生动起来。

沈念青问："你们打算什么时候结婚？"

孟一凡说："张馨蕊没告诉你吗？国庆节。"

沈念青问张馨蕊："你想好了吗？"

孟一凡指沈念青："你什么意思……"

沈念青继续问张馨蕊："你想好了吗？"

孟一凡对张馨蕊说："别理他，他喝多了。"

沈念青说："你不觉得少点什么吗？"

孟一凡急了："少什么，你说！"

沈念青突然说："求婚啊，你还没求婚呢！"

张馨蕊恍然大悟："对呀，我差点忘了！"

沈念青说："来吧，择日不如撞日。"说着拽起孟一凡推开众人往舞台走。

孟一凡慌了，拼命挣扎："别这样，大青子。"

张馨蕊咯咯笑："算了，大青子，今天放他一马。"

孟一凡挣脱沈念青，抓起啤酒瓶猛灌起来，喝完一瓶又拿起一瓶。沈念青从他手里夺下酒瓶，孟一凡身体晃了晃，抬起胳膊想说什么，一头扎到吧台上，沈念青见状慌忙去拉他，被张馨蕊推开了，她从旁边拉来一张凳子扶孟一凡坐下。

安顿好孟一凡,张馨蕊说:"你刚才有点过分了,看把他吓得。"

沈念青不吭声,低头喝酒。

张馨蕊打开一瓶酒:"来,我陪你喝。"

沈念青说:"你扶一凡回去吧。"

张馨蕊问:"你呢?"

沈念青说:"我再待一会儿。"

张馨蕊说:"心情不好?"

沈念青说:"没有。"

张馨蕊说:"找个女朋友吧。"

沈念青移开目光:"别开玩笑了。"

张馨蕊说:"我是认真的,你的搭档怎么样?"

沈念青苦笑:"我真的没事,别替我瞎操心。"

张馨蕊叹了口气,站起来:"你帮我扶住他,我去外面叫车。"

三个人跌跌撞撞走出根据地酒吧,一辆出租车停在门口,沈念青扶孟一凡坐进车里。

临上车前,张馨蕊问沈念青:"还记得我们的约定吗?"

沈念青举起手:"记得,朋友。"

张馨蕊说:"对,永远是朋友。"

送走张馨蕊和孟一凡,沈念青转身走进酒吧。

酒吧里依旧人声嘈杂,他来到吧台又叫了一打啤酒。

舞台上,一个少年在唱歌,他唱道:

  我来自青川小镇

我的名字叫小镇少年

小镇上网吧通宵营业

小镇上发廊服务周全

小镇少年风流倜傥

他们一不偷二不抢

他们日子过得不慌不忙

哦，我来自青川小镇

我的名字叫小镇少年

小镇上的姑娘都很漂亮

小镇上到处尘土飞扬

小镇少年四处游荡

他们不谈工作也不谈理想

他们从不在乎生活有没有希望

哦，我来自青川小镇

我的名字叫小镇少年

沈念青见少年唱完歌往酒吧侧门走，立刻跟上去，一直跟到酒吧外的马路上。

他冲少年喊："喂，等一等。"

少年回头。

沈念青问："你认识大飞？"

少年上下打量沈念青："你是谁？"

沈念青说："我是大飞朋友。"

少年摇头。

沈念青问："大飞在哪儿？"

少年反问："你是大飞朋友，怎么不知道他在哪儿？"

沈念青急了，大声问："他到底在哪儿？"

少年说："他死了！"说完哭了。

沈念青心一沉："死了？"

少年哭得很伤心。

沈念青掏出香烟递给少年，替他点上："他怎么死的？"

少年埋头吸烟。

沈念青说："他到底怎么死的？"

少年看着沈念青不说话，似乎在犹豫。

沈念青说："他杀还是自杀？"

少年说："都不是。"

沈念青问："那是什么？"

少年一脚踩灭烟头："嗑药。"

沈念青一把拎起少年衣领。

少年挣扎："你干什么！"

沈念青吼起来："不可能！"

少年脸憋得通红："放开我，你到底是谁？"

沈念青松手："什么时候死的？"

少年说："上个月。"

沈念青问："你是谁？"

少年警觉起来："你是谁？"

沈念青说："我是他朋友。"

少年连连后退："不，你是警察。"说着抱起吉他撒腿就跑。

沈念青追了几步，浑身酸软无力，只好眼睁睁看着少年消失在夜色里。

沈念青瘫坐在路边石阶上，大飞的影子不断浮现眼前，好像走马灯一样。

大飞父亲是青川镇扬剧团团长，母亲是扬剧演员。那些年，剧团常年萧条，没有经费排演剧目，也没有观众捧场，眼看快倒闭了，大飞父亲就破例让大飞在几乎荒废的剧场上折腾，这样总比放他上街省心。

从那时起，大飞开始展现惊人的音乐天赋，他创作、编曲，还从镇上找来几个志同道合的小伙伴组建乐队，每天泡在舞台上面对空荡荡的观众席排练他写的歌。

离开青川镇去古都市投奔父亲前夕，沈念青第一次听大飞唱《小镇少年》，那时候，有的小伙伴已经走了，没有生离死别的场面，更多的是无可奈何，他们就这么无声无息地走了。

得知沈念青也要走，大飞说："今晚来剧场听我唱歌吧，小红也在。"小红是大飞的妹妹，比他小一岁。

那天傍晚突然下起雨，沈念青冒雨赶到剧场，看见剩下的小伙伴们都来了，除了大飞，还有马猴、小齐、刘刚刘强兄弟和其他一些人。

小红正在舞台中央跳舞，她身穿白色连衣裙，头发用红色蝴蝶结扎起来，一看便知精心打扮过，显出几分幼稚的隆重。她在舞台上表情严肃，时而舒展臂膀、时而旋转、时而跳跃，旁若无人。没有音乐，所有人都在一旁静静地观看。

张强忍不住问大飞："她跳的是啥？"

大飞看他一眼，不屑地说："芭蕾。"

现在沈念青知道那不是芭蕾，就是一个女孩随性地跳舞，但是很美，比芭蕾还美。

接着，大飞和乐队成员走到舞台上唱起《小镇少年》。

　　我来自青川小镇

> 我的名字叫小镇少年
> 小镇上网吧通宵营业
> 小镇上发廊服务周全
> 小镇少年风流倜傥
> 他们一不偷二不抢
> 他们日子过得不慌不忙
> 哦，我来自青川小镇
> 我的名字叫小镇少年

歌唱完，谁也不说话，现场一片沉默。

沈念青大声说："大飞，唱《光辉岁月》。"

歌声再次响起，大家一起跟着唱起来。

马猴不知从哪里弄来一瓶青川大曲，又拎出一串杯子，给每个人倒上酒，酒后歌声更响，整座剧场都被点燃了。

小红站在沈念青身边紧挨着他，看看这个又看看那个，眼里亮晶晶闪着泪光，她一点也不害羞，跟着大声唱，激动时表情都扭曲了。每个人的表情都扭曲了，歌声渐渐失调，最后变成嘶喊。

去省城的长途汽车开始广播。

沈念青突然发现小红冲出人群向他跑来。

沈念青问："你怎么来了？"

小红上气不接下气地说："我来送你。"

沈念青问："大飞呢？"

小红说："他喝醉了，来不了。"

广播又响起来。

沈念青说:"我该走了。"

小红使劲点头:"嗯,走吧。"

沈念青转身欲走,小红说:"等等……"

沈念青站住。

小红说:"记住我。"

沈念青说:"好。"

小红说:"千万啊!"

沈念青说:"好。"说完低头钻进闸口。

刚走几步沈念青心想她不会当众哭起来吧,忙回头,小红却不见了。

临上车前,沈念青忍不住再回头,看见小红站在远处台阶上冲他拼命晃动手里的红丝巾。

沈念青也冲她挥手,转身上车。

一直到上车找座位坐下,那一抹红色始终在他脑海里挥之不去:永别了,青川。

酒吧散场,男男女女有说有笑从沈念青身边走过,他坐在那儿一动不动。

17 物证重检

周末,沈念青把自己关在房间里一觉睡到傍晚,醒来时房间已经暗下来,四周静悄悄,仿佛所有人都提前接到一个信号相约奔往别处,唯独将他留在了原地。

星期一,沈念青来法医中心找孟一凡道歉。

孟一凡说:"如果你真向我道歉,就答应我一件事。"

沈念青问:"什么事?"

孟一凡说:"结婚那天给我当伴郎,替我挡酒。"

沈念青拍拍胸脯:"这个世界上没有比我更适合给你当伴郎的人啦。"

当天下午,孟一凡带物检中心的刘睿来三号楼办公室见沈念青。

刘睿又高又瘦,背有点驼,头发乱蓬蓬,长脸、尖下巴,眼圈发黑,眼里布满血丝,一看便知是经常熬夜的人。当沈念青和刘睿发现他们在观察彼此时都忍不住笑了,伸手握了握。

孟一凡说:"走吧,去地库看看。"

刘睿第一次下地库,被眼前堆积如山的纸箱和文件惊呆了。

他指着前方一排储物柜问:"那是什么?"

沈念青说:"死者遗骸。"

孟一凡说:"鬼眼刘,这回看你的了。"

沈念青问:"鬼眼刘是什么意思?"

孟一凡说:"他能通过辨识水纹从一百杯水里找出指定的那一杯。"

沈念青问刘睿:"有诀窍吗?"

刘睿说:"多看。"

沈念青笑了。

刘睿说:"孟一凡说你记忆力惊人,过目不忘,有诀窍吗?"

沈念青说:"多看。"

刘睿和孟一凡都笑了。

沈念青说:"言归正传,这里就是南大碎尸案全部物证,别看堆了一屋子,真正有价值的线索并不多,所以请你们用新技术再筛一遍，怎么干我不干涉，不过我有一个要求。"

孟一凡问："什么要求？"

沈念青说："周四之前给我结果，我周五案情分析会上向领导汇报。"

孟一凡问刘睿："你觉得呢？"

刘睿说："试试吧。"

他们走后，赵长河问沈念青："活儿派出去了？"

沈念青说："派出去了。"

赵长河提醒："你不能全指望他们，还得准备第二套方案才行。"

沈念青说："想到了，我整理了一份丁爱萍的社会关系名单，主要分四类，一类是南大一九九五届信管系脱产班师生名单，一类是江堰一九九四届和一九九五届文科班师生名单，一类是家族亲属成员名单，还有一类是社会上熟人名单，共筛选出三十一人，目前在古都市的只有九人，我将利用这三天时间对这九人进行排查，重点是南大物理系商教授一家。"

赵长河说："也只能先这样了。"

沈念青问孙梦瑶："你那边进展怎样？"

孙梦瑶正在埋头翻阅旧杂志："再等等。"

沈念青说："明天跟我出外勤。"

孙梦瑶头也不抬道："没问题。"

18 作家和《最后的纪念物》

沈念青排查第一站选择的对象是南大物理系商教授一家。

商教授已于二〇〇四年去世，他们这次主要访问对象是商教授夫人钱芳女士和他们的儿子商小军。

校园里静悄悄，一幢幢校舍掩映在浓密的树荫里。

经过校舍时，孙梦瑶发现墙面上布满无名藤蔓，这些藤蔓常年无人清理，早已枯萎腐败，积了厚厚一层，她从藤蔓间一扇落满灰尘的窗户里隐约看见一个人影，一眨眼又不见了。

沈念青问："看什么呢？"

孙梦瑶指远处："你看那儿，像不像鬼？"

商教授的住宅是一幢灰色小楼，位于生活区北端一处布满密林的山岗下。

开门迎接他们的是钱芳女士，一位身材娇小满头银发的老太太。

说明来意后，钱芳女士领他们来到客厅，客厅里堆满了书。

老太太从沙发上挪开书："坐吧。"

面对南大碎尸案的话题，钱芳女士显得比较平静，毕竟是十年前的旧事了。

她说："当年警方找过我们，老商在世的时候已经向警方汇报过相关情况了。"

沈念青说："钱女士对死者丁爱萍或者这个案子的情况还有什么补充的吗？"

钱芳说："没有。"

沈念青不甘心："您见过丁爱萍吧？"

钱芳说："见过一次，刚入学的时候，她姐姐带她来过，还带了些土特产。"

沈念青说："能说说那次见面的情形吗？"

钱芳说:"那不过是一次普通的拜访,其实老商也没有做什么出格的事,只不过在同等条件下向信管系招生办的人推荐了那个姑娘。后来听说小姑娘遇害,我们都十分痛心,尤其老商,经常跟我念叨,如果当初不答应帮忙就不会出事。"

沈念青说:"商教授帮忙合情合理,这种事谁也无法预料,你们不必自责。"

钱芳说:"你们还有问题吗?"

孙梦瑶问:"商小军和您一起住吗?"

钱芳说:"是。"

孙梦瑶问:"他在吗?"

钱芳说:"他出去了。"

沈念青问:"大概什么时候回来?"

钱芳说:"这可说不准。"

沈念青说:"没关系,我们等他。"

钱芳迟疑了一下:"别等了,我告诉你们他在哪儿。"

沈念青问:"在哪儿?"

钱芳说:"在后面山上的小树林里。"

孙梦瑶问:"他去那儿干什么?"

钱芳叹气:"他得了忧郁症,天天去那里转悠,你们见到他好好说话,别刺激他,他对陌生人敏感。"

从钱芳家出来,沈念青和孙梦瑶沿着一条蜿蜒曲折的小径走到一座山坡前,山坡上覆盖着茂密的松树林和各种不知名灌木。这是个阴天,云层压得很低,雾气浸湿了地面上的枯枝败叶,风一吹散发出阵阵腐朽的味道,他们爬上山顶时,雾气尚未散去,山林笼罩在一片白茫茫的水雾里。

商小军坐在石凳上看书,听见身后传来脚步声,回头见一男一女向他走来。

沈念青说:"你好,我们是市局刑侦大队的。"

商小军说:"你好。"

沈念青四下看了看:"这里很安静。"

商小军说:"安静是安静,不过这里有亡灵在哭泣,你听见了吗?还有水雾落在树枝上的声音和枯叶腐败的声音,你听见了吗?"

孙梦瑶问:"亡灵是什么?"

商小军看她一眼:"你站的地方是一座古墓,墓主人叫徐姬,她是南朝皇帝的妃子,因为与仆人私通,被赐死在这里。不过墓被盗了,里面什么也没有,只有亡灵。"

沈念青将信将疑:"你说得头头是道,有证据吗?"

商小军站起来,指石凳:"这上面写得清清楚楚。"

沈念青走近一看,原来是一块墓碑,上面密密麻麻刻满字。

他问商小军:"你懂石鼓文?"

商小军不以为然。

沈念青问:"你知道我们为什么找你吗?"

商小军说:"不知道。"

沈念青说:"你认识丁爱萍吗?"

商小军摇头:"不认识。"

孙梦瑶问:"你认识沧海一粟吗?"

商小军说:"不认识。"说着拾起手边的书拍了拍屁股,"我该回去了。"

沈念青和孙梦瑶跟在他身后,一直目送他消失在灰色小楼里。

沈念青问孙梦瑶:"你觉得他像抑郁症吗?"

孙梦瑶说:"不知道,但是我发现了一个秘密。"

沈念青问:"什么秘密?"

孙梦瑶说:"回去告诉你。"

回到三号楼,孙梦瑶从一摞杂志中抽出几本:"这是丁爱萍生前看过的杂志,文学类杂志主要有《青年文学》和《南方文学》,都是月刊。从收集到的杂志里,我发现她并不是每期必买,你们看,一九九五年的《青年文学》只买了三月、六月、九月和十一月刊,一九九五年的《南方文学》只买了一月、四月和六月刊。在她购买的这些杂志里,我发现了同一个作者的名字。"

沈念青说:"沧海一粟。"

孙梦瑶说:"对,就是他。更巧的是,沧海一粟当时就在南大。"

赵长河说:"据说丁爱萍认识一个作家。"

孙梦瑶说:"真正的秘密在这里。"说着打开一本杂志,翻到其中一页,大声念道,"我手拈枯草与坟里的亡灵隔土相望:当喧嚣渐渐沉寂,我听见水雾落在树枝上的声音,我听见枯叶在泥土里腐败的声音,我听见一个亡灵在坟里嘤嘤哭泣,当喧嚣渐渐沉寂,我独自一人走进幽暗的国度……"

说完,孙梦瑶抬头问沈念青:"听上去是不是觉得耳熟?"

沈念青说:"商小军就是沧海一粟!"

孙梦瑶说:"对。"

赵长河问:"怎么回事?"

孙梦瑶说:"我们找到那个作家了。"

沈念青问:"商小军为什么不承认自己是沧海一粟?"

孙梦瑶说:"答案在这里。"说着打开电脑,"你们看,这是沧海一粟一九九六年十月发表在《南方文学》上的小说,名字叫《最后的纪念物》,因为这篇小说,他被网民认定是杀害丁爱萍的凶手。"

沈念青问:"他写了什么?"

孙梦瑶说:"他写的就是南大碎尸案。"

沈念青说:"走,去找他。"

两人一前一后冲出办公室。

他们再次赶到南大时,天已经黑了,夜幕下的校园与白天完全是两种不同的景象,树荫下多了一些游动的身影,远处爬满藤蔓的墙上亮起微弱的灯光,窗户里人影绰绰。

来到灰色小楼,透过窗户,沈念青和孙梦瑶看见两个人影坐在餐桌前,一动不动,仿佛两尊雕像。

沈念青敲门,开门的是钱芳。

见到他们,钱芳一愣:"怎么又是你们?"

商小军在屋里问:"谁?"

钱芳说:"又是他们。"

商小军说:"让他们进来吧。"

进屋后,沈念青说:"对不起,打扰了。"

商小军对钱芳说:"我和他们聊几句。"

钱芳走到门口,回头看他们。

沈念青说:"你就是沧海一粟?"

商小军说:"是的。"

沈念青逼视商小军:"我再问一遍,你认识丁爱萍吗?"

商小军说:"不认识。"

孙梦瑶说:"你父亲帮助丁爱萍入读南大的事,你知道吗?"

商小军说:"我也是后来才知道,跟我有关系吗?"

孙梦瑶说:"那说说《最后的纪念物》吧,现在有人举报你是杀害丁爱萍的凶手。"

商小军慌了:"你们也怀疑我是凶手?"

孙梦瑶说:"我们当然不能凭一篇小说就认定你是凶手,所以现在给你一个自证清白的机会。"

商小军问:"怎么自证清白?"

孙梦瑶说:"玩具熊是怎么回事?"

商小军不解:"什么玩具熊?"

孙梦瑶说:"我看见她坐在陌生人的自行车上,冲我挥挥手里的玩具熊,转眼消失在夜色里。"

商小军说:"这是小说里写的。"

孙梦瑶说:"不,是真的,对吗?"

商小军犹豫。

沈念青说:"现在不说,以后就没有机会了。"

孙梦瑶说:"你将被列入嫌疑人名单接受调查。"

沈念青厉声道:"说,你那天到底看见了什么?"

商小军说:"我看见她坐在陌生人的自行车上,冲我挥挥手里的玩具熊,转眼消失在夜色里。"

沈念青说:"这么重要的线索当年为什么不告诉警察?"

商小军冷笑:"我怕被你们列入黑名单当替死鬼。"

走出灰色小楼,沈念青问孙梦瑶:"刚才录音了吗?"

孙梦瑶冲他晃晃手里的录音笔。

返回市局途中,两人都不说话。

沈念青忍不住问:"你在想什么?"

孙梦瑶幽幽道:"我在想不知道还有多少线索像这样被隐瞒了。"

沈念青无言以对。

19 旧物新证

送走孙梦瑶,沈念青回到水荫街。

他脱去外套,换上拖鞋,瘫坐到沙发里,再看老狗鱼,肚皮朝上浮在水面一动不动,仿佛老僧入定一般。沈念青过去拍缸壁,老狗鱼如梦初醒,翻身潜入水底。

沈念青的思绪又回到案子上,第一次案情分析会之后,他先后接触三个人:吴梦飞、丁美兰和商小军,吴梦飞对性的变态行为,丁美兰对怀孕的恐惧以及商小军小说里描写的黑暗世界,如同笼罩在案子上的三重迷雾,散发出诡异气氛,唯一感到欣慰的是,丁美兰和商小军以不同方式指向同一个目标:玩具熊,这正是他苦苦寻找的第三个路标。因为不同路径得出的相同结果,大大提高玩具熊现实存在的可能性,这意味着,十年后南大碎尸案的关键证据浮出水面。

星期四,沈念青在上班路上接到孙梦瑶的电话,说老家来了朋友,请半天假。

回到三号楼,沈念青将问讯商小军的经过向赵长河做了汇报。

赵长河说:"即使玩具熊作为关键证据成立,那么它现在在哪儿?找到它和找到第一现场的难度是一样的。"

沈念青说:"除了第一现场,现在又多了一个目标,也算向凶手逼近一步。"

赵长河笑了，对他的乐观态度感到欣慰。

下午，孟一凡和刘睿从主楼往三号楼走。

经过花坛时，刘睿问孟一凡："你冷吗？"

孟一凡说："有点。"

刘睿说："每次经过花坛都感觉冷，这里是不是死过人？"

孟一凡斥责他："见鬼！"

他们走进地库，沈念青立刻迎上来，试图从他们脸上看出什么。

孟一凡放下手提箱，拍拍他："放松点。"

沈念青说："开始吧。"

刘睿说："我五点有个会，我先说吧。"说着从手提箱里取出一份装订好的文件，"结果全在这里，我说几个重点问题，也是你最关心的问题。我研究过十年前那份物检报告，当年没有找到第一现场，所有检测只能针对抛尸物展开，由于受技术手段限制，并没有找到有价值的线索。

"干咱们这行的都知道洛卡德物质交换定理，即使是凶手抛尸用过的物体，也一定留有凶手的信息，尤其是微量物质。所以我带团队又将那批抛尸物重新筛了一遍，这次我们用的是去年局里刚引进的多波段光谱仪，它利用微量物质吸收光谱的不同激发隐藏物质发出荧光，通过滤光片系统生成不同波段的输出光，从而发现衣物上的体液及微量物质。"

沈念青问："结论是什么？"

刘睿说："结论一，我们在死者红色羽绒服第四颗纽扣缝隙里发现三根纤维组织，长度分别是三十毫米、十毫米和八毫米，平均直径只有三十四微米，肉眼根本看不出来。"说着他翻开资料册，指上面的图片，"这是多波段光谱仪生成的图片。"

沈念青屏住呼吸，仔细端详。

刘睿说："我们对这三根纤维进行了光谱分析后发现，它们是经过染色的人造纤维，这种人造纤维来自市面上常见的毛绒玩具。"

沈念青说："比如玩具熊。"

刘睿说："还有玩具狗玩具猫玩具马……"

沈念青打断他："请继续。"

刘睿又翻开资料册另一页："我们又对床单上那枚血手套印进行微量物质多波段光谱检测，发现血手套印上沾有一种油脂微粒，我们提取油脂微粒，通过化学试剂检测发现是生猪油，也就是说凶手曾经接触过生猪肉。"

沈念青问："还有吗？"

刘睿合上资料册反问："还不够吗？"

沈念青说："好消息当然越多越好。"

刘睿说："听听一凡怎么说。"

孟一凡说："尸检这部分难度比较大，从浸泡了十年的尸块上找线索，以前从来没干过，一开始毫无头绪，不过我和兄弟们总算没白忙活。"

沈念青眼一亮："快说！"

孟一凡说："研究当年那份尸检报告时，我发现一个疑点，凶手分尸时曾经用开水淋浇过死者头颅，当年的结论是便于清理血迹，这并不合理，因为分尸时血液主要集中在死者心脏和几条主动脉，不在头部。唯一合理的解释是：凶手企图掩盖脸部的某个痕迹，到底是什么痕迹呢？我突然想到你和我曾经讨论过死者的眼睛，你说死者的眼睛似乎并未完全丧失意识，眼神里有某种隐藏的情绪，其实这是错觉，真相是凶手用开水淋浇死者眼球后，在原来扩散的黑色瞳孔和失水角膜上生成一层灰白色翕膜，经过防腐液长年浸泡，这层灰白色翕膜逐渐变薄，露出里面的黑斑，产生瞳孔聚焦的错觉。我提取这些黑斑检测发现是血斑，说明原来眼球上分布过出血点。"

沈念青说："机械性窒息死亡。"

孟一凡说："对。"

沈念青问："还有吗？"

孟一凡说："暂时没有，你呢？"

沈念青说："我们找到了丁爱萍遇害前认识的那个作家，他叫商小军，从他嘴里我们挖到一条重要线索：一九九六年一月十日，他看见丁爱萍坐在一辆自行车上，手里拿着玩具熊从他书店门前经过，这条线索也被丁爱萍同宿舍好友丁美兰证实，现在你又从死者红色羽绒服上提取到棕色人造纤维，三方面信息综合起来，基本证实死者丁爱萍一九九六年一月十日从青岛路失踪时，手里拿着一只棕色玩具熊。"

刘睿问："然后呢？"

沈念青说："凶手抛尸物里几乎包含了死者的所有物件，甚至连口袋里的餐票都随衣物包在一起，唯独没有这只玩具熊，想象一下，如果丁爱萍遇害时和玩具熊在一起，凶手为什么不连同玩具熊一起带走呢？"

刘睿说："所以你认为是凶手刻意留下了。"

沈念青说："能不能留到今天我不知道，但当时是刻意留下了。"

孟一凡说:"这个想法有点意思。"

回到三号楼办公室,沈念青向赵长河汇报物证复检情况,值得欣慰的是,复检新发现的线索并未脱离之前的侦查方向,反而提供了新的佐证。

赵长河说:"可以准备第二次案情分析会了。"

20 第二次案情分析会

星期五下午三点,南大碎尸案第二次案情分析会在市局刑侦大队会议室准时召开。

参加会议的有:市局主管刑侦的副局长孙伟民,刑侦大队长朱强,副队长王皓、郭大壮,法医中心孟一凡,物检中心刘睿,专案组赵长河、沈念青和孙梦瑶。

经过第一次案情分析会,沈念青这次站在大家面前显得从容许多。

他打开投影仪:"大家好,第二次案情分析会主要分三部分:第一,结论回应;第二,侦查方向;第三,重点聚焦。

"在第一次案情分析会上,我根据凶手抛尸路线、抛尸时间和碎尸手法主要得出三个结论:一、父子协同作案;二、分尸者职业为菜市场肉贩;三、第一分尸现场位于华侨路西侧半径五公里区域内。根据上述三点结论,我们制定如下侦查方向:一、调查第一现场指定区域内的可疑目标;二、重新调查死者的社会关系,重点是失踪前三天遇见的人和事。很遗憾,搜索第一现场时,我们遇到了困难,原定华侨路以西目标范围主要集中在光明新区,光明新区由原来的棚户区拆迁改造而来,之前的景观荡然无存，大家请看，这是改造前后的示意图（屏幕上出现两张地图），据当地派出所反映，原先的棚户区时期的商户和出租户资料已被清理，只留下部分残件，我们没找到有价值的线索，因此这个方向暂时中断，随后我们将重点聚焦在死者的社会关系上。

"按照原定计划，我们分别对三名重点对象进行调查，他们是丁美兰、吴梦飞和商小军。丁美兰因南大碎尸案患上严重抑郁症，我们在青川镇找到她，经过允许，对她进行催眠，催眠过程中，当事人向我们叙述了一个充满象征意义的梦。通过对梦的解析，我们发现丁美兰可能是一九九六年一月十日傍晚丁爱萍失踪时的目击者，她特别提到丁爱萍坐在陌生人的自行车上从她眼前经过时，手里拿着一只棕色玩具熊。关于玩具熊，还有下文。我先说另一条线索：我们在整理死者遗物时，发现两张粘在一起的明信片，请看屏幕。经过技术处理，两张明信片剥离后发现一段文字如下：'距离越来越近，思念越来越深，离不开，萍。一九九六年一月九日。'这是丁爱萍一月七日参加好友生日聚会返校后写的，尚未寄出，从文字内容判断，显然表达了某种朦胧的情感，结合她生前喜欢听一首情歌《萍聚》，我们认为跟爱情有关。总之，丁爱萍失踪前三天情感处于波动中，这一切似乎与某个重逢的旧相识有关。

"再回到社会关系调查，我们从南大信管系一九九五届成人脱产班班主任吴梦飞提供的线索得知，青岛路学人书店老板商小军就是当年丁爱萍家人托关系找的南大物理系主任商毅教授的儿子，他也是一名作家，笔名叫沧海一粟。我们从丁爱萍留下的文学杂志里发现每一期都有沧海一粟的诗，由此推断商小军就是丁爱萍声称认识的那个作家。我们找到商小军，他承认见过丁爱萍，并向我们提供了一条重要线索：一九九六年一月十日傍晚，他曾看见丁爱萍坐在陌生人的自行车上，向他挥舞手里的玩具熊，然后消失在夜色里。相同的一幕出自两位不同证人的证明，这是巧合吗？

"我们本周还完成了一项重要工作，请法医中心和物检中心利用新技术对南大碎尸案物证进行二次复检，复检经过稍后由他们详细介绍，我先说几个结论：结论一，死者眼部发现出血点，验证了之前的判断，死因为机械性窒息死亡；结论二，从床单上那枚血套手印提取到生猪油微粒，证明凶手曾戴手套接触过生猪肉；结论三，在死者红色羽绒服外套第四枚纽扣缝隙间发现三根人造纤维，经检测这种人造纤维来自市面上常见的毛绒玩具，比如玩具熊。请注意，结论三与丁美兰和商小军提供的线索形成印证关系，换句话说，来自三个不同渠道的信息共同指向一个目标：玩具熊，这大大增加了玩具熊作为本案关键证据的可能性。"

这个结论引起众人一阵骚动。

孙伟民说："大家说说吧。"

朱强说："玩具熊的论证有一定说服力，但是将它定为关键证据，我觉得不妥，首先它在哪儿？我相信找到它的难度和找到凶手的难度是一样的；其次即使我们足够幸运找到玩具熊，对凶手定罪又起什么作用呢？除非从玩具熊上同时发现可识别凶手和死者身份的残留物。"

朱强发言的时候，沈念青一直埋头记笔记。

王皓问沈念青："既然你认为玩具熊是关键证据，下一步你会投入时间精力去找它吗？"

沈念青放下笔："会的。"

王皓摇头:"我建议你放弃这个想法,这是一条死胡同。"

赵长河说:"我说几句吧,首先玩具熊的发现值得肯定,不过我认为它的意义不在于关键证据,也许换一个词更合适:关键模式。沈念青和孙梦瑶通过玩具熊证明,通过新技术、新视角、新思路,在原有物证基础上发现新线索的工作模式是行得通的,下一步的工作不是找一只玩具熊的问题,而是找十只甚至一百只玩具熊的问题,只有当新线索到达一定量级才能促成质变为案子找到突破口。"

孙伟民说:"我同意老赵的说法,建立正确的工作模式比关键证据更重要。希望你们解放思想,大胆实践,不要害怕失败,所谓失败不过是某个局部的阻滞而已。"

第三章　锁定目标

1　一声悠长的叹息

星期五，光明新区旁边的美食街比平时热闹许多。

沈念青、孟一凡、刘睿、孙梦瑶站在重庆水煮鱼火锅店门口，过一会儿，张馨蕊也来了。

等了大约十分钟，临街的一个位子终于空出来，伙计收拾完桌面，端上一只热气腾腾的大铁锅。

菜上齐后，孟一凡问："酒呢？"

沈念青喊伙计上酒。

张馨蕊认识刘睿，却第一次见孙梦瑶。

她举起酒杯对孙梦瑶说："小师妹，很高兴认识你。"

孙梦瑶站起来："我也是，很高兴认识你。"

张馨蕊说："坐吧坐吧。"

刘睿问孙梦瑶："看你文文静静的样子，怎么选择学刑侦呢？"

孙梦瑶不说话，看沈念青。

沈念青说："不是她选择学刑侦，是刑侦选择了她。"

孟一凡不解："什么意思？"

沈念青指指脑袋。

孟一凡似懂非懂。

张馨蕊对孙梦瑶说:"他平时从不夸人,这样说你说明你是真的好!"

孙梦瑶脸红了:"我没他说的那么好。"

酒过一巡,沈念青问:"你们知道我们现在在哪里吗?"

大家四下望望:"这里不是美食街吗?"

沈念青说:"这条美食街原来叫聚贤里,从这里向东不到五十米就是华侨路。"

刘睿问:"你想说什么?"

沈念青:"这里可能是南大碎尸案第一现场。"

张馨蕊放下筷子:"说好了不提案子的事!"

孟一凡说:"罚酒三杯。"

沈念青举手认罚,一杯酒敬孟一凡,一杯酒敬刘睿,一杯酒敬孙梦瑶。

三杯酒落肚后,张馨蕊问:"还有我呢?"

沈念青举起酒瓶晃了晃:"没了。"

张馨蕊挽起袖口:"来,再来一瓶。"

孟一凡慌忙拦住她,他们喝的是青川大曲,烈性白酒,五十六度。

孙梦瑶说:"师姐,我这里还剩一杯,我替他敬你吧。"

张馨蕊看看沈念青再看看孙梦瑶,举杯一饮而尽。

又聊了一会儿,沈念青起身去结账,结完账大家各自散去。

沈念青叫了一辆出租车送孙梦瑶回警员宿舍。

出租车停在路边。

孙梦瑶说:"我到了,你回去吧。"

沈念青说:"你……"

孙梦瑶抬头问:"什么?"

沈念青说:"没什么,再见。"

从警员宿舍回到水荫街幸福里小区已是深夜,沈念青走到楼下车棚时发现棚顶上的灯坏了,四周一片漆黑,他下意识加快脚步,试图尽快穿过车棚进入对面的门廊。当他走到车棚尽头的时候,突然听见身后传来一声悠长的叹息,他站住慢慢回头,什么也没看见,又继续往前走,刚走到门廊,一下想起来刚才孙梦瑶并没说再见,她只是发出了一声悠长的叹息。

2 孙梦瑶的推断

三号楼。

沈念青沏好一杯浓茶递给赵长河:"前辈,案情分析会上我差点掉进他们挖的坑里,幸亏您救我。"

赵长河不以为然:"谁也没有给你挖坑,是你自己掉进自己挖的坑里。"

沈念青说:"不,根据犯罪画像理论,每个阶段性成果都是画像上的一个点,点越密画像越清晰,这是一个不断生成的过程,在这个过程中,每个点都需要反复论证,玩具熊也不例外。"

赵长河问:"下一步有什么打算?"

沈念青说:"继续挖死者的社会关系,从概率上讲,导致死者失踪前三天活动异常的人更可能是来自家乡的熟人,说到这个群体,我认为江堰二中是重点。"

中午在市局公共食堂吃饭的时候,孙梦瑶对沈念青说:"师兄，我有一个想法。"

沈念青说："你说。"

孙梦瑶说："假如凶手抛尸是临时起意，一般不会刻意选择抛尸地点，他可以随意抛在任何地方，但是本案第一个抛尸点是垃圾箱，为什么？"

沈念青说："我在第一次案情分析会上分析过这个问题，凶手企图利用环卫系统定期清理垃圾箱的制度，保证物证被及时销毁。"

孙梦瑶说："垃圾箱是公共设施，风险很大，对吗？"

沈念青说："对。"

孙梦瑶说："既然风险这么大，凶手为什么还要抛在垃圾箱呢？"

沈念青问："你想说什么？"

孙梦瑶说："因为他之前抛过。"

沈念青说："你的意思是这不是他第一次杀人？"

孙梦瑶说："对，他杀过人。"

沈念青眼前一亮："他不仅杀过人，还成功毁尸灭迹了。"

孙梦瑶说："上次杀人成功给他带来了心理优势，这次是对上次的模仿。"

沈念青陷入沉思。

孙梦瑶问："你在想什么？"

沈念青说："我在想他上次杀的人是谁？"

孙梦瑶说："可能是一个失踪者。"

沈念青放下筷子，推开餐盘，看着孙梦瑶。

孙梦瑶小声说："你看我干吗？"

沈念青冲她竖起大拇指。

3 雨中扫墓

下午,市局政工处干事小王来三号楼通知沈念青和孙梦瑶,周四市局组织青年干警去烈士陵园向牺牲在公安战线上的烈士们宣誓献花,上午八点市局大院集合,要求正装。

这样一来,沈念青和孙梦瑶去江堰镇的计划只好推迟了。

赵长河说:"时间过得真快,又到这个日子了。"

沈念青问:"什么日子?"

赵长河说:"五月五日是你父亲沈青山的忌日,你忘了?!"

沈念青低头不吭声了。

星期四上午,沈念青走进市局大院,里面三五成群聚集了三十多名青年干警,他们大多二十出头,叽叽喳喳,有说有笑。

孙梦瑶站在角落里,看见沈念青,远远向他招手,沈念青向她走去。

孙梦瑶递给他面包和牛奶。

沈念青也不客气,拿起面包大口吃起来。

孟一凡和刘睿向他们走来。

孟一凡说:"你怎么躲在这里,跟我来,介绍几个警花给你认识。"

孙梦瑶看着沈念青笑而不语。

沈念青摇头:"不去。"

古都市烈士陵园距市区四十多公里,满载青年警员的大巴驶入陵园时,天空下起蒙蒙细雨。烈士陵园北侧是专门为公安战线上牺牲的烈士们开辟的墓园,在市局团委组织下,青年干警们先向烈士献花,随后新团员入团宣誓,整个过程庄严肃穆。

集体活动结束,沈念青在停车场遇见赵长河,他身边竟然站着师傅孟广田。

赵长河说:"跟我们去见见你父亲。"

沈念青回头看了孙梦瑶一眼,默默跟赵长河和孟广田向北山墓园走去。

他们来到一座墓前,赵长河捧出一束白色雏菊放在墓碑前,孟广田从背包里掏出一瓶青川大曲和三只酒杯,一只一只斟满,他们先向墓碑三鞠躬,然后端起酒杯,一杯洒在地上,剩下的各自一饮而尽。

拜祭完毕,孟广田问沈念青:"有没有话对你父亲说?"

沈念青摇头。

赵长河说:"部里当年特别委派外省专案组对你父亲调查了一年,最后得出结论:不予立案。"

孟广田说:"你父亲是清白的。"

沈念青看着墓碑上沈青山的照片,沉默不语。

赵长河从怀里掏出一个小本子,从里面取出一张泛黄的照片,看了看,递给沈念青:"这是你父亲走时留下的,一直想找个机会给你,现在物归原主吧。"

沈念青接过照片,照片上是一家三口的全家福,一对青年夫妻并肩站立,身前是他们四五岁的儿子,三个人面向镜头露出甜蜜的笑容。

他们说话的时候,远处一个头戴草帽的驼背老头正在清扫墓碑前的枯叶和花,他每到一个墓碑前都先鞠一躬,这个动作已经和他的劳作融为一体了,看上去自然流畅,甚至有些麻木。

他跟他们打招呼："你们也来看他了。"

赵长河说："是啊，您辛苦了。"

驼背老头摆摆手走开了。

沈念青突然说："等等。"

驼背老头回头。

沈念青说："您刚才说，你们也来看他了，除了我们，还有谁？"

驼背老头说："今天早上一个女人来过。"

沈念青说："是她！"

赵长河和孟广田不吭声。

沈念青说："一定是她！"

孟广田说："那个女人叫高玉琴，你父亲在一起绑架案中救过她的命，她每年这个日子都会来看他。"

赵长河说："你父亲去世后，我们跟墓园管理处保卫科打过招呼，发现可疑目标会第一时间通知我们。"

4 秘密约定

沈念青一觉醒来已是第二天中午，他不知道自己是怎么爬上床的，脑袋像灌了铅，试图坐起来，身子一歪又倒下了，正在迷迷糊糊将睡未睡之际，耳边传来敲门声。

敲门声响过一阵，停下来，似乎在犹豫，接着又响了。

沈念青不得不爬起来去开门，开门一看，竟然是孙梦瑶。

孙梦瑶手停在半空，抬头见沈念青，露出窘迫的神情。

沈念青问："你怎么来了？"

孙梦瑶说："赵前辈让我来的，他不放心你，你没事吧？"

沈念青侧身让她进屋，随手关上门。

屋里被窗帘遮得密密实实，分不清是白天还是黑夜。

孙梦瑶说："你好像住在洞穴里。"

沈念青走去拉开窗帘，让光照进来。

借着光，孙梦瑶看见茶几上堆满啤酒罐，烟灰缸里插满烟头。

她一边挽衣袖一边说："赵前辈说得没错，你又喝酒了。"说着拿起垃圾桶开始收拾。

收拾完桌面，她见沈念青坐在沙发上，便问他："你在看什么？"

沈念青晃晃手里照片。

孙梦瑶走去坐到他身边，指照片上的小男孩："这是你。"

沈念青说："那年我五岁。"

孙梦瑶指照片上女子："这是你母亲。"

沈念青说："我母亲叫唐宛如，出生在青川镇的茶叶世家，她和沈青山是自由恋爱结婚的，沈青山脾气不好，喝酒之后经常对母亲动粗。一九八八年九月六日清晨，我被一阵尖叫声惊醒，醒来看见沈青山跪在地上，手里捧着母亲照片哭得像个孩子。我永远忘不了那一幕。"

孙梦瑶问："你父亲是怎么牺牲的？"

沈念青说："去外省押解杀人犯的路上坠崖了，幸亏山不高，同事和杀人犯都没事，只有他坐在副驾驶上，被一根树干穿破车窗刺进胸部当场身亡。"

他说话的时候，眼睛一直望着水箱里的老狗鱼。

沉默片刻，沈念青说："说说你吧。"

孙梦瑶说:"二〇〇一年四月十五日,我从学校回家看见满屋都是血,血腥味呛得我当场不省人事,等我醒来,他们告诉我人没了,爸爸、妈妈还有我姐姐孙梦琼。我们家是江堰镇中医世家,父亲治愈过无数病人,被当地人称活菩萨,想不到祸从天降,那年我十六岁。"

沈念青说:"案子终归是破了,他们在天之灵可以安息了。"

孙梦瑶说:"并没有。"

沈念青一惊:"没有?"

孙梦瑶说:"我也以为案子破了,但是当我清点财物时,发现父亲生前珍藏的一只瓷瓶不见了,那只瓷瓶是一位病人为报答救命之恩送给父亲的。警方再审罪犯,他们压根不知道什么瓷瓶的事,警方向我保证他们勘查现场时也没见过我说的瓷瓶。"

沈念青问:"你见过瓷瓶吗?"

孙梦瑶说:"当然见过,每年春天,父亲都折几支梅花插在瓷瓶里供全家人欣赏,他说那是宋代的梅瓶,无价之宝。"

沈念青说:"我们的故事都留下一个未解之谜。"

孙梦瑶说:"是啊。"

沈念青说:"等案子结束,我们一起来解这个谜吧。"

孙梦瑶伸手:"一言为定。"

沈念青伸手:"一言为定。"

5 走访江堰

警车沿市区主干道一路向南进入三一三省道,向江堰镇驶去。

江堰镇位于古都市南部,两地相距五十公里,道路两旁河道纵横,水洼相连。

沈念青问:"你多久没回江堰了?"

孙梦瑶说:"四年。"

沈念青问:"百草园还在吗?"

孙梦瑶说:"没了,改成麻将馆了。"

沈念青没说什么,扭头望窗外。

远处水泊上的雾气已散去,太阳照在水面上反射出刺眼的白光。

孙梦瑶说:"放点音乐听。"

沈念青打开音响,里面又传来那首熟悉的歌曲。

孙梦瑶立刻皱起眉头:"换一首吧。"

沈念青说:"等等,你仔细听……"

>别管以后将如何结束
>至少我们曾经相聚过
>不必费心地彼此约束
>更不需要言语的承诺
>只要我们曾经拥有过
>对你我来说已经足够
>人的一生有许多回忆
>只愿你的追忆有个我

沈念青问:"听出什么了吗?"

孙梦瑶说:"什么?"

沈念青说:"萍聚,比喻一种不确定的状态,双方深知离别不可避免,却不得不屈服于现实的力量,非常符合恋人们毕业时的心情,丁爱萍喜欢文学,对文字敏感,她一定对歌词有共鸣。"

孙梦瑶看他一眼:"难怪你听来听去总听这一首歌。"

警车驶过一座水泥桥,进入江堰镇。

江堰镇是一座江南水乡,街区之间河道相连,河道上分布着大大小小的石桥,石桥两侧挤满高高低低的房屋,妇女们三五成群在河边洗衣服洗蔬菜,石桥上有人在钓鱼。

警车穿过中心街区,进入一条林荫道,向西行驶约五公里,尽头便是江堰二中。

警车停靠路旁,沈念青和孙梦瑶下车向传达室走去,他们向传达室老头出示警徽说明来意后,老头打开侧门。

他指远处一座灰色水泥楼,用江堰方言说:"喏,那栋楼就是了。"

两人快步向水泥楼走去,水泥楼两侧分布着几排教室,正值上课时间,四周静悄悄。

在二楼办公室里,他们见到校长马树生。马校长年近六十,头发花白,听说他们来调查南大碎尸案,面色立刻凝重起来。

他说:"我知道这个案子,受害人是我们学校一九九四届的学生丁爱萍。"

沈念青说:"我们想了解一九九四届和一九九五届所有考入古都市院校就读的学生情况。"

马校长说:"我问问档案室,你们等等。"

过了一会儿,走进来一位戴眼镜的女老师。

她说:"十年前的学籍档案已过存档期,大部分都不在了。"

沈念青问:"什么也没留下吗?"

女老师说:"只留下一些花名册。"

沈念青说:"花名册也可以。"

女老师离去后,沈念青问马校长:"一九九四届和一九九五届毕业班老师还在学校吗?"

马校长说:"这个要看花名册才知道,你突然问我,我也不清楚。"

等了一会儿,女老师回来了,手里拿着几张泛黄的纸页。

她说:"我只找到几份花名册和高考成绩表,还有一份课程表。"

沈念青接过纸页,是一九九四届和一九九五届两个理科班一个文科班共六个班的花名册,每个班级大约四十人,共计两百多人,在一九九四届文科班的名册上,丁爱萍的名字赫然在列。

沈念青将名单递给马校长:"名单里的老师谁在学校,带我们去见见。"

马校长拿起红笔,戴上眼镜,一个一个名字看过去,嘴里嘟囔:"一九九四届和一九九五届的文科班班主任都是语文老师陈玉兰,她退休了,就住在学校后面,英语老师刘萍住她隔壁,数学老师蔡敏还在上课,地理老师马国光、历史老师刘福民都在上课。"

沈念青说:"先带我们去见陈玉兰老师吧。"

离开校长办公室,他们跟一名姓张的年轻女老师往教工住宅区走。

路上,张老师忍不住问:"你们来查什么案子?"

沈念青说:"一个普通的案子。"

教职工住宅区是二十世纪八十年代常见的筒子楼，因年久失修，大部分外墙露出里面的红色砖石。楼高六层，每层有一条公共走廊，走廊尽头是公共厕所，两旁摆满各家的厨具和杂物。

他们穿过走廊，来到一扇门前。

开门的是一位六十多岁的老人，双臂戴着套袖，手里拿着喷壶。

见到张老师，老人说："欢迎欢迎。"

屋里光线昏暗，只有一室一厅，他们进屋后，客厅里便显得拥挤了，老人一边收拾散落在沙发上的报纸和书籍一边说："请坐请坐。"

张老师对沈念青和孙梦瑶说："陈老师儿女在外地工作，平时一个人生活。"

沈念青看到阳台上种满花草，一簇杜鹃花盛开在阳光下，给昏暗的室内带来几分生气。

张老师向老人介绍沈念青和孙梦瑶时，老人听得十分认真。

听完介绍之后，老人说："我记得当年古都市公安局的人来调查过这个案子，没想到十年了，凶手还没抓到。"

沈念青问："陈老师，您还记得丁爱萍当年读书时的情况吗？"

陈老师想了想："太久了，记不起来了。"

沈念青拿出那份花名册："这是当年一九九四届和一九九五届文科班的花名册，您看看。"

陈老师戴上眼镜，接过花名册："一九九四届和一九九五届文科班我都是班主任，丁爱萍一九九四年高考失利，一九九五年复读过一年，学习成绩一般，很普通的一个姑娘，没有给我留下什么印象。二中是普通中学，高考升学率只有百分之十左右,尖子生就那么几个。"

听完老人的介绍,沈念青心里有些失落。

孙梦瑶站起来,走到一面墙前,墙上挂满照片。

孙梦瑶问:"陈老师,这些都是毕业班的照片吗?"

老人自豪地说:"是的,这都是我教过的毕业班。"

孙梦瑶指其中一张合影:"这张照片可以拿给我们看看吗?"

老人说:"可以。"说着小心翼翼摘下相框递给孙梦瑶。

相框里是江堰二中一九九五届文科毕业班合影。

沈念青和孙梦瑶凑近照片仔细看,照片上四十多名师生分四排,老师们前排居中端坐,后面三排是学生。孙梦瑶一边看照片一边看花名册。

她说:"陈老师,花名册上一九九五届文科毕业班是四十二人,可是照片上是四十五人,多出来三个人是谁?"

陈老师说:"多出来的是复读生,你们看,一九九五届毕业班花名册上没有丁爱萍,再看照片,这不是她吗?"

他们果然在合影第一排最右端发现丁爱萍。

沈念青问:"其他两个人呢?"

陈老师拿起照片看了半天,摇头:"认不出来。"

孙梦瑶说:"我们用排除法试一试。"

陈老师只找出十几人:"不行,实在记不起来了。"

沈念青说:"其他老师呢,他们也许认得。"

陈老师说:"刘萍住隔壁,我找她来。"

过一会儿,刘萍来了,她是一九九五届文科毕业班的英语老师,年纪与陈老师相仿,性格却更开朗,得知事情原委后说:"我记忆力比陈老师好,让我看看。"

刘萍一口气又认出十几人,还剩下不到十人。

陈老师调侃道："你也比我好不到哪里去。"

刘萍不服气："这不怪我，怪他们不够优秀。"

趁他们说话之际，孙梦瑶又拿起照片看起来，看着看着，她推了沈念青一下。

沈念青回头。

孙梦瑶手指照片上最后一排最左边那个男生，男生细高个，侧身面对镜头，他的站姿与其他人形成强烈反差，孙梦瑶的手指顺着他目光往下移动，最后落在丁爱萍身上。

沈念青立刻问陈老师和刘萍："你们认识这人吗？"

两人凑过来看，没认出来。

沈念青对陈老师说："这张照片可以借给我们吗？"

孙梦瑶补充道："还有一九九四届那张。"

陈老师说："可以。"

回到校长办公室，沈念青请数学老师蔡敏、地理老师马国光和历史老师刘福民来辨认照片上的人，他们都说不认得，不过这三名老师把花名册上剩下的名字与照片上的人全对上了，这说明他们没认出来的这个人和丁爱萍一样是复读生，而且他们在一九九四届毕业照上也没有找到这个人，说明他不仅是复读生，而且是插班复读，这个结果虽然不完美，却也是沈念青期待的。

从江堰二中出来，沈念青说："我们去镇上吃点东西吧。"

孙梦瑶说："我带你去宋家桥吃鳗鱼饭。"

驱车来到镇上，孙梦瑶将车停在一家酒店停车场，带沈念青穿街走巷来到一座石桥边，石桥长约十米，呈拱形横卧在河道上。河里长满水草，桥两边是生活区，来来往往都是江堰本地人，沿街排列十几家小饭馆，其中一家招牌上写着：宋家桥鳗鱼饭。

孙梦瑶指招牌："就是那儿。"

他们走进饭馆，坐在靠窗的位置，点了两份招牌蒸饭。

饭点刚过，食客们陆续离去，周围渐渐安静下来。

趁蒸饭还没端上来，沈念青拿出那张照片对孙梦瑶说："终于浮出水面了。"

孙梦瑶扭头看窗外。

沈念青说："他让我想起一个人。"

他说话的时候，孙梦瑶一直看着窗外。

沈念青喊了一声："孙梦瑶！"

孙梦瑶回头，眼里竟噙满泪水。

沈念青问："你怎么了？"

孙梦瑶说："小时候，我和姐姐每天放学都会手拉手从那座桥上经过。"

沈念青抬头望向窗外，沉默了。

在返回古都的路上，沈念青说："一九九六年专案组调查过一九九四和一九九五两届所有考入古都市院校就读的学生，没有发现这个人。"

孙梦瑶说："这样范围就大了，附近县市都有可能。"

沈念青说："其他省份也可能啊。"

孙梦瑶说："你刚才说他让你想起一个人，谁？"

沈念青说："白玉川。"

孙梦瑶纳闷："白玉川是谁？"

沈念青说："一个跟我母亲有关的人。"

孙梦瑶说:"这么巧?"

沈念青说:"是啊,这个世界上跟你有关系的人其实就那么几个,他们变着花样在你眼前晃悠。"

孙梦瑶问:"我是谁?"

沈念青看她一眼,不说话。

孙梦瑶幽幽道:"我知道我是谁。"

沈念青说:"你谁也不是,你就是你。"

孙梦瑶笑了。

他们又聊了一会儿,孙梦瑶不说话了,沈念青扭头一看,她睡着了。

警车抵达市局门口,沈念青坐在座位上一动不动,孙梦瑶的头靠在他肩膀上,轻柔的呼吸声像一只小猫。

过了一会儿,孙梦瑶迷迷糊糊睁开眼,立刻挪开身体:"这么快就到了。"

沈念青说:"嗯,刚到。"

回到三号楼,沈念青第一时间向赵长河汇报去江堰镇二中调查的情况。

赵长河拿起那张合影。

沈念青说:"我要找到这个人。"

赵长河说:"只有一张侧脸,找起来等于大海捞针。"

6 马桂花失踪案

回到住处,沈念青瘫在沙发上,脑袋里一直在想那张侧脸。

鱼缸里突然传来水花声,他站起来去冰箱拿出火腿肠掰碎了扔进鱼缸里，老狗鱼游过来大口吞食，吃过一阵后摆尾冲沈念青投来意味深长的一瞥，沉入水底一动不动，又进入老僧入定状态。

老狗鱼那意味深长的一瞥定格在沈念青脑海里，仿佛在他混沌的思绪上重重敲了一下。

第二天，沈念青回到三号楼直奔地库。

他钻进文件架，从一排落满灰尘的纸箱里取出一沓文件，一页一页仔细查看，看到最后一页时，手颤抖了。那是一份江堰二中一九九五届文科毕业班花名册复印件，在花名册下端，手写了三个名字：丁爱萍、冯玉梅、姜凤梧。他再看专案组文件采集人签名：沈青山。一种说不清的滋味顿时涌上心头，既兴奋又失落：原来他所到之处，父亲在十年前已经来过了。

市局向江堰镇教育局的协查通告很快发出。

沈念青和孙梦瑶同时着手研究光明小区二十世纪九十年代失踪人口报告。

根据报告，一九九〇年至一九九五年，光明小区共发生五起失踪人口案，其中一九九五年八月的马桂花失踪案引起沈念青和孙梦瑶的注意。

　　失踪人：马桂花，女，三十三岁，古都市人
　　失踪日期：一九九五年四月十五日
　　失踪地址：古都市古桥区光明小区聚贤里三号一单元
　　失踪人简介：离异独居，无业，曾育有一子约六岁，离异后前夫吴友福不知去向。据邻居反映，此人嗜好打麻将赌博，为人较轻浮，曾与多名男子有染。

照片上的马桂花颇有几分姿色,一头乌黑大波浪,鹅蛋脸,丹凤眼,眼角微扬,似笑非笑看着镜头,唇边一粒胭脂色美人痣格外显眼。

沈念青问:"吴友福现在在哪里?"

孙梦瑶得意地说:"你可要送我一朵小红花了。"

沈念青问:"为什么?"

孙梦瑶说:"他现在在火车南站水果批发市场卖水果,儿子吴斌今年已经十六岁。"

沈念青好奇:"你怎么查到的?"

孙梦瑶指失踪报告最后一栏:"你看报案人的名字:吴斌,备注里注明只有六岁,我觉得奇怪,查了很久,查到当年接案民警留下的一个联系方式。"

沈念青起身:"走,去水果批发市场看看。"

7 证人吴友福

当天,沈念青和孙梦瑶驱车赶往火车南站水果批发市场。

水果批发市场分两层经营,布局呈回字形,每一侧排列近百家商铺,铺面上摆放着南北时令水果,也有外国进口的稀有品种,这些水果在红色吊灯映照下五彩缤纷,鲜艳欲滴。市场上人来人往,到处充斥着嘈杂忙乱的气息。

沈念青和孙梦瑶上到市场二楼,很快找到那家名叫"花果山南北水果批发商行"的商铺。他们穿过摊档走进商铺,里面一个身材粗壮,长满络腮胡的汉子正在跟一个外地商贩洽谈批发香蕉的事,旁边进进出出的是商铺女主人,话不多,手脚十分麻利。

等他们谈完生意，沈念青向他说明了来意。

吴友福低声说："我们出去谈。"

他们来到一处僻静角落。

吴友福问："你们找到马桂花了？"

沈念青说："还没有。"

吴友福眼里的光立刻又暗下去。

沈念青说："我们还在找，这些年一直没有放弃。"

吴友福苦笑。

沈念青说："你们离婚前后，马桂花都和什么人交往过？"

吴友福看看沈念青又看看孙梦瑶："我不知道，我也不想知道，反正她名声不好。"

孙梦瑶说："你回忆一下，这可能跟她失踪有关。"

吴友福摸出一根烟，点燃后吸起来："她喜欢打麻将，牌桌上认识过一些有钱人，也认识道上混的人。"

沈念青说："你知道他们的名字吗？"

吴友福一脚踩灭烟头："不知道。"

沈念青和孙梦瑶对视，露出失望的表情。

回到商铺，沈念青递给吴友福一张名片："想起什么，第一时间联系我们。"

他们说话的时候，商铺女主人一直在旁边转悠，不时偷眼瞟他们。

孙梦瑶突然问："吴斌在吗？"

话音刚落，从外面走进来一名少年，看上去眉清目秀，酷似他的母亲马桂花。

沈念青和孙梦瑶将少年约到商铺外。

孙梦瑶问："你就是吴斌？"

少年说:"是。"

沈念青向他说明来意,吴斌的反应十分平静,显出与年龄不相符的成熟。

孙梦瑶说:"当年是你报的警吧?"

吴斌说:"是我。"

孙梦瑶说:"一九九五年,你只有六岁,你是怎么知道马桂花失踪的?"

吴斌说:"他们离婚以后,她每个月十五号都会偷偷来看我,给我一些零花钱,后来她两个月没来,我猜可能出事了。"

沈念青说:"这么说你报警的时候,你母亲已经失踪两个月了?"

吴斌说:"是的。"

这时商铺女主人喊:"吴斌,吃饭了。"

沈念青朝他手里塞了一张名片:"想起什么,随时联系我们。"

孙梦瑶望着吴斌远去的背影叹息道:"真可怜。"

沈念青说:"他有话想说,再等等。"

8 寻找姜凤梧

三天后,江堰镇教育局回复,在一九九五年高考生源中没有查到姜凤梧此人。

这样排查范围就大了,他可能从全国任何一个地方来江堰二中插班读书,然后回原籍参加高考。沈念青不得不将范围扩充到江堰镇周边五个县市,同时启动第二套方案:即从一九九五年古都市各大专院校的姜姓入学新生查起,范围扩展至全国。虽然这个方案存在诸多疏漏，但也是目前能想到最好的办法了。

他们向古都市教育局发出协查申请，得到的回复是：古都市各大专院校学籍档案由各院校自行管理，教育局不承担管理职能。这样一来，他们只有一家一家去查，而古都市大专院校共计五十七所，工作量十分巨大。

按照惯例，沈念青首先对这些院校进行筛选，先排除理工科院校，剩下二十七家院校里，优先级依次是：全国重点大学、省重点大学、普通院校。

调查工作开始后，他们向各院校发出协查通知，按照约定时间接洽对方工作人员。粗略统计，古都市二十七所院校中，符合筛选标准的近千人，排查并不是找一个名字这么简单，从查找姓名到姜姓男生一层层扩展，考虑到姜凤梧可能改名，他们最终将排查范围锁定在姓姜的男性新生，通过辨认新生相貌，寻找符合特征的目标，就这样，排查工作进行了整整五天，眼看接近尾声了。人还是没找到。

星期五下午三点，沈念青和孙梦瑶从古都市行政管理学院出来回到车上。

沈念青问："还剩几家？"

孙梦瑶翻看名单："最后一家。"

沈念青摊在座位上："走吧。"

孙梦瑶发动车辆再次出发。

南方财经大学前身是南方经济学院，一九九五年与南方财经专科学校、经济管理干部学院合并，升级为一所综合性大学，改名南方财经大学，主要以经济管理类学科为主，下设经济学、管理学、法学、文学四个分院。随着改革开放，发展经济成为社会主流，这所以培养商业精英为主的大学也随之成为年轻人报考的热门大学。

接待他们的是南方财大学生处副处长高明。

高明自豪地说："一九九五年是南方财大开始腾飞的一年，那年我们首次面向全国招生。"

沈念青问："一九九五届学生的学籍档案保管情况怎样？"

高明说："全部电脑化管理。"说着带他们来到档案室电脑房。

电脑房工作人员按照沈念青要求，调出相关学籍档案，给他们每人分配一台电脑，并指导他们查询档案的操作方法。一九九五年南方财大首届入学新生共计五千三百四十二人，其中姓姜的男生共有二百七十六人。

沈念青看看表，对工作人员说："请把这二百七十六人资料拷给我们，我们带回去查。"

回到三号楼，沈念青和孙梦瑶立即投入档案的核查中，他们将资料一式两份，将基本符合标准的人员打上标记，然后相互交换，再次复查。

快下班的时候，沈念青被一份资料吸引了，盯着屏幕足足看了十分钟。

>姜鹏飞，男，1977年5月10日出生，身高178厘米，体重75公斤
>
>南方财经大学法学院95届本科生
>
>政治面貌：团员

原籍：贵州省贵阳市南明区中华南路菜市口七巷十一号

身份证号码：xxxxxxxxxxxxxxxxxx

沈念青说："找到了。"

孙梦瑶凑过来，一眼认出身份证号码是江堰的，两人继续往下看

一年级专业课考试成绩

法学总论：75 分

宪法：70 分

逻辑学：85 分

民法总论：80 分

二年级专业课考试成绩

民法各论：75 分

民事诉讼法：70 分

国际法：80 分

劳动法与社会保障法：70 分

刑法总论：80 分

刑事诉讼法：85 分

国际经济法：90 分

知识产权法：80 分

商法：90 分

三年级专业课考试成绩

刑法分论：85 分

中国法制史：70分

证据法：85分

行政诉讼法：80分

经济法：90分

法理学：85分

四年级：实习表现—A

实习单位：古都市人民法院经济审判庭，古都市正源律师事务所

备注：1998年（四年级）通过中华人民共和国法律职业资格考试。

结业评语：

姜鹏飞同学就读本院期间，勤奋好学，遵守校规，顺利通过各项专业考试，成绩优良。大四实习期间，表现积极，受到实习单位表扬和肯定。作为一名立志献身于法律事业的学生，该同学为人正直，品行端正，具有正义感，对法理和法律要义理解深刻。经过社会实践和工作历练，相信可以成为国家法律界的栋梁之材，未来可期。

毕业去向：古都市司法局法律援助中心

沈念青将姜鹏飞学籍寸照和江堰二中一九九五届毕业照上那张侧脸放大到同一比例，然后打印出来，平摊在桌面上。

他看了一会儿，对赵长河说："老爷子，您过来看看。"

赵长河眯起眼睛凑近照片，看了一会儿："有点像。"

孙梦瑶说:"是有点像。"

沈念青收起照片:"我让鬼眼刘看看。"

在物证中心,刘睿看过照片后说:"根据头颅轮廓、发际线、眼睛、耳郭、唇型、法令纹判断,基本是同一人,你再看这里,左下巴上有颗痣,不仔细看看不出来。"

沈念青看着他手指的地方,果然看见一粒小黑点:"就是他!"

9 锁定目标

市局户籍管理中心根据沈念青提供的身份证号码,很快查到姜凤梧的户籍档案。

沈念青打开邮件,目不转睛看起来。

孙梦瑶也凑过来盯住屏幕。

原户籍一:

户主:刘建设,男,1958年3月4日出生

身份证编号:xxxxxxxxxxxxxxxxxx

备注:

1.1980年注销,原因:参军入伍

2.1985年迁入,原因:复员退伍

配偶(妻子):徐玉芬,女,1956年4月19日出生

身份证编号:xxxxxxxxxxxxxxxxxx

成员(儿子):刘刚,男,1986年7月12日出生

身份证编号:xxxxxxxxxxxxxxxxxx

备注:

2004年迁出注销，原因：上大学。

成员：姜鹏飞（曾用名：姜凤梧）男，1977年5月10日出生

备注：

1. 一九九四年九月由江苏省古都市江堰镇丁高乡姜舍十组迁入

2. 一九九五年九月迁出注销，理由：上大学

住址：贵州省贵阳市南明区中华南路菜市口七巷十一号

原户籍二：

户主：姜卫国，男，1953年1月7日出生

身份证编号：xxxxxxxxxxxxxxxxxx

备注：

1. 1975年注销，原因：参军入伍

2. 1985年迁入：原因：复员退伍

配偶（妻子）：罗玉梅，女，1955年12月3日出生

身份证编号：xxxxxxxxxxxxxxxxxx

备注：1997年11月21日注销，原因：殁

成员（儿子）：姜凤梧，男，1977年5月10日出生

身份证编号：xxxxxxxxxxxxxxxxxx

备注：一九九四年九月迁出注销

住址：江苏省古都市江堰镇丁高乡姜舍十组

户籍三：

户主：姜鹏飞，男，1977年5月10日出生

身份证编号：xxxxxxxxxxxxxxxxxx

配偶（妻子）：蒋梦丹，女，1979年8月18日出生

身份证编号：xxxxxxxxxxxxxxxxxx

成员（女儿）：姜梓桐，女，2002年6月28日出生

住址：江苏省古都市古桥区光明新区十六栋A单元1608室

其他信息：

1. 姜鹏飞

工作单位：古都市银丰律师事务所，高级合伙人

财务状况：存款1746万元，股票若干

名下房产：

（1）江苏省古都市古桥区光明新区十六栋A单元1608室

（2）江苏省古都市龙湾区月亮湾别墅区湖音阁

名下车辆：车牌古A7868黑色奔驰车一辆

出入境记录：商务签证和旅游签证

2003—2006年，美国、法国、英国、西班牙、日本、澳大利亚、泰国、马来西亚、新加坡。

2. 蒋梦丹

工作单位：古都市人民医院血液病治疗中心副主任

财务状况：存款346万元，股票若干

名下房产：江苏省古都市古桥区光明新区十六栋A单元1608室

出入境记录：商务签证和旅游签证

2003—2006年，美国、英国、日本、澳大利亚、泰国、马来西亚、新加坡。

孙梦瑶说："这份资料解决了几个关键问题：一、姜凤梧

和姜鹏飞是同一人；二、姜鹏飞和丁爱萍的出生地都在江堰镇丁高乡；三、姜卫国曾是一名军人；四、姜鹏飞目前在古都市，是一名律师。"

沈念青说："他二〇〇〇年辞去古都市司法局的铁饭碗下海，二〇〇三年成为银丰律师事务所高级合伙人，从二〇〇三年到二〇〇六年，不到三年时间跻身千万富翁行列，他还有一个幸福的家庭。"

孙梦瑶说："姜卫国也不能放过。"

沈念青说："对，我立即发协查申请。"

针对姜卫国的两份协查申请，一份发往其曾服役军区的后勤部，一份发往贵阳市公安局。第一份因军队管理体制不同，调查结果尚需时日；第二份，贵阳市公安局当天即回复了调查结果。

当事人刘奋斗退伍后，被安排在贵阳市南明区中华南路派出所当片警，他是姜卫国的战友。据他回忆，姜卫国入伍不到两年便在全军比武大赛中获得冠军，后调入军区炮兵团侦察排，担任突击班班长。一九八三年参加对越自卫反击战，在一次执行夜间侦察任务时与越军巡逻队遭遇，战斗中姜卫国身负重伤，被送到战地医院抢救，一个月后转入军区后勤总医院。一九八五年伤愈后退伍，被安排在丁高乡武装部，后辞职。一九九四年姜卫国找到他，请求帮忙办理户口迁入，迁入理由很简单，儿子姜凤梧面临高考，当年贵州属于边远省份，高考分数线比江苏省低三十分，利用省际间分数线差距为儿子考大学提供便利。

这个回复提供了姜卫国退伍后的去向：丁高镇武装部。

沈念青立即将协查通知发往江堰镇丁高镇武装部。

丁高镇武装部回复如下：一九八五年姜卫国退伍后被安排在镇武装部工作，由于文化程度不高，一直没有被重用提拔，一九八八年辞职后在一家商场当保安队长，一九九一年自己开饭店，一九九三年饭店经营不善倒闭后不知去向。据丁高镇武装部的人反映，姜卫国性格内向，不爱说话，脑袋受过伤，脾气暴躁，周围人都不敢惹他。

赵长河提醒沈念青："必须找到嫌疑人与受害者存在交集的证据，当前首要任务是搭建新的证据链。"

听到这番话，沈念青和孙梦瑶的目光不约而同投向那张照片。

孙梦瑶指照片："你看，这是什么？"

照片上每个人手里拿着一个本子。

他说："看上去像课本。"

孙梦瑶问："你会拿课本拍毕业照吗？"

沈念青说："那倒不会。"

孙梦瑶说："会不会是毕业留言簿？"

10 搭建新证据链

地库里，他们搬出丁爱萍中学时留下的遗物，里面有课本、作业本、参考书、杂志和几本外国小说，还有各类装饰彩色封面的笔记本。

沈念青比画："我这边你那边，分头开始吧。"

开始不久，孙梦瑶说："你看，丁爱萍画的小人儿多有意思。"

沈念青看看，没说什么。

孙梦瑶又拿起一只塑料袋："这是什么？"

沈念青说:"这是丁爱萍遇害时随身带的小物件。"

孙梦瑶放回原处。

"等等。"沈念青拿起塑料袋,戴上胶皮手套从里面取出一张彩色纸条,"这是什么?"

孙梦瑶说:"公共汽车票。"

沈念青将汽车票放进另一只物证袋,轻轻拍了拍。

看完几箱资料,沈念青问孙梦瑶:"我这边查完了,你呢?"

孙梦瑶说:"我也查完了,不过……"说着,她又捡起查过的一堆课本翻起来。

翻了一会儿,突然喊:"找到了!"

毕业留言簿外观包装和课本一样,不仔细看还真看不出来。

沈念青打开毕业簿,屏住呼吸一页一页翻,翻到最后一页,几行熟悉的字句跳入眼帘。

> 别管以后将如何结束
> 至少我们曾经相聚过
> 不必费心地彼此约束
> 更不需要言语的承诺
> 只要我们曾经拥有过
> 对你我来讲已经足够
> 人的一生有许多回忆
> 只愿你的追忆有个我
> 　　　　姜凤梧

读罢临别赠言,沈念青长吁一口气,与孙梦瑶击掌相庆。

他们兴冲冲回到办公室,向赵长河报告:"找到证据了!"

赵长河说："从留言簿到明信片，是一条全新的证据链，证明中学阶段死者与姜凤梧的确存在情感关联。"接着话锋一转，"但是不够，还缺关键一环。"

沈念青问："哪一环？"

赵长河说："死者与姜鹏飞来古都市以后的交往证据。"

沈念青拿出塑料袋："您看这个，这是在丁爱萍遇害时外套口袋里找到的，如果这张汽车票能证明死者遇害前曾经找过姜鹏飞，这关键一环就对上了。"

11 一张公共汽车票

这是二十世纪九十年代古都市三路公交线的汽车票，由市第二公交公司承运，在纵向排列的序号三和十的数字上，售票员用蓝色圆珠笔画一条线。

沈念青和孙梦瑶立即赶往古都市第二公交公司。

在那里，他们见到了负责车辆调度的运营经理，经理看到车票后，帮他们找来一位上了年纪的资深同事，这位同事姓胡，在第二公交公司干了近二十年。

据他说："古都市公交线几十年不变，三路是二公司主线，从七家桥到九龙山，一共十九个站。九十年代，售票员习惯用两色圆珠笔标注行驶方向，蓝线是上行，由南到北，红色是下行，由北向南。这张票是上行路线，乘车人起点是三号站，在广州路，终点是十号站，在仙桃林。"

随后他们来到广州路，在南大北门附近公交站上找到了三路站牌，站牌上赫然写着：南大北站。他们等了一会儿，车来了，上车已改为投币，售票员不再来回走动售票，只管坐在座位上招呼乘客。

公交车行驶在林荫道上，乘客上上下下，到仙桃林附近才渐渐安静下来。

沈念青心想：丁爱萍当年是怀着怎样的心情去见姜鹏飞呢？她是否也留意过这沿途的风景呢？

下车后，他们沿着林荫道往前走大约两百米，来到与南方财大交界的路口。

孙梦瑶说："可惜车票上没有日期。"

沈念青说："一九九六年元旦，丁爱萍是回家过的，红色外套是姐姐送给她的新年礼物。丁爱萍一九九六年一月三日返校，也就是说她乘车时间在一月三日至一月十日之间，一月三日至一月五日是星期三到星期五，属于正常上课时间，可能性不大。在一月六日至一月十日之间，排除一月七日她去南航参加吴晓丽生日聚会，剩下一月六日、八日、九日和十日，这几天正是丁爱萍遇害前活动轨迹异常那几天。"

听完沈念青汇报，赵长河难得露出笑容："可以准备第三次案情分析会了。"

沈念青说："还差一点，再给我一天时间。"

赵长河走后，孙梦瑶神秘地一笑："我知道你想干什么。"

12 初遇姜鹏飞

银丰律师事务所位于古都市商务中心区。

这里高楼林立，银灰色玻璃外墙在阳光照耀下发出刺眼白光，商场精英们散落在大厦每个角落，他们匆匆聚合又匆匆散去，以一种机械姿态与钢筋水泥结构融为一体。这片商务中心区的标志性建筑是二百三十米高的金鼎大厦，银丰律师事务所位于大厦二十层。

沈念青和孙梦瑶走出电梯，穿过一道门廊，迎面看见几个大字：银丰律师事务所。

前台工作人员身穿制服，井然有序地忙碌着，前台一侧是接待区，沙发上坐着几个客户。沈念青和孙梦瑶不敢贸然上前，坐在接待区沙发上东张西望，这时，一位妙龄女郎向他们走来。

女郎问："请问有什么可以帮二位？"

沈念青说："见律师需要预约吗？"

女郎微笑道："需要的。"

沈念青说："好吧。"

女郎递给沈念青一本手册："这是我们律所的介绍，您可以先了解了解。"

女郎走后，孙梦瑶指墙上LED广告板，小声说："师兄，你看那儿。"

沈念青看见广告板上滚动播出的一则广告：古都市第三届财富论坛，地点：古都市香格里拉酒店二楼宴会厅；特邀嘉宾：姜鹏飞，时间：2006年4月9日下午3点。

沈念青看表："走，去看看。"

他们赶到香格里拉酒店二楼宴会厅，被工作人员拦住说这是内部论坛，只有接到邀请函的嘉宾才有资格进入。沈念青找来宴会销售部经理，亮明身份后，得到两张邀请函。

财富论坛会场布置得富丽堂皇，应邀嘉宾大约两百人，男士们个个衣冠楚楚，春风满面，女士们个个珠光宝气，摇曳生姿。舞台上一行大字格外显眼：为您的财富打造安全港湾——

家族信托基金。聚光灯下，一名西装革履的男子正在侃侃而谈。

他说道："根据全球权威富豪榜统计，二〇〇五年，中国亿万富豪已超过一万人，千万富豪已超过三十五万人，今天在座各位嘉宾里面有不少人是这三十五万分之一，可以说，时至今日，中国已经形成了一个庞大的富人阶层。但是，还有一个数据：在中国，持续十年保持财富稳定的人只占百分之十；换句话说，十年以后你们是不是还站在金字塔尖上可不一定。富不过三代，这句话已经成为悬在中国富人头上的'达摩克利斯之剑'，但是在美国和欧洲，历经百年而依然显赫的豪门却比比皆是：比如洛克菲勒家族和罗斯柴尔德家族。请注意，我这里用了两个不同的词：富人和豪门。你们知道两者的区别吗？富人只是财富的拥有者，豪门不仅拥有财富，而且做到了财富的有序传承，他们的区别就在于：有序传承。家族信托，凭借其传承规划、风险隔离、资产管理、回报社会、激励和约束家族等品质，正在成为当前高净值人群家族财富传承的主要工具。"

孙梦瑶说："他终于活成了他想活成的样子。"

雨夜里，沈念青看见一个人站在树丛中间一动不动，他背后两根黑色树干组成一个扭曲的十字架，远处传开滚滚雷声。

演讲结束时，会场上响起热烈掌声，人们争先恐后拥上前跟姜鹏飞握手致意，他在众人簇拥下往会场外走。

沈念青说："不管他活成什么样，我都能从他的浓浓乡音里闻到小镇青年的味道。"

孙梦瑶"扑哧"一声笑了。

从香格里拉宴会厅出来，沈念青接到一个电话。

通完话，他两眼放光，对孙梦瑶说："吴斌要见我。"

孙梦瑶说："太好了，要我陪你一起吗？"

沈念青说:"不用,你先回去吧,明天我们见面再谈。"

孙梦瑶说:"好的。哦,等等。"她掏出录音笔递给沈念青。

13 证人吴斌

光明食街上灯火通明,沈念青从来来往往的行人里看见一个细长的身影,走近一看,果然是他。

沈念青喊:"吴斌。"

吴斌回头,看看四周,向他走来。

沈念青说:"我们找个地方坐下聊吧。"

沈念青挑了一个僻静的座位,对服务员说:"来一杯美式,你喝什么?"

吴斌说:"有奶茶吗?"

过了一会儿,饮料端了上来。

沈念青说:"说吧,想跟我聊什么?"

吴斌说:"你们真开始调查我妈的案子了吗?"

沈念青说:"是的,每一桩悬案,我们都不会放过。"

吴斌说:"我妈不是失踪,她被人杀了。"

沈念青说:"为什么这么说?"说着掏出录音笔。

吴斌说:"我妈和我爸离婚前住在聚贤里。我妈爱打麻将赌钱,后来被放高利贷的坏人盯上,他们给她下套,让她借很多钱,然后再逼她还钱。我爸因为这件事天天跟她吵架,他卖水果赚得也不多,后来他们离婚了,房子归我妈,我归我爸。我妈认识一个男的,他替我妈摆平了那帮放高利贷的家伙,然后他们同居了,我妈后来一直跟着他。"

沈念青问:"那个男的叫什么?"

吴斌说:"姜卫国。"

沈念青倒吸一口凉气。

吴斌问:"怎么了?"

沈念青说:"没什么,继续。"

吴斌说:"那个男的在聚贤里菜市场卖肉,平时话不多,看上去有点怪,周围人都怕他。"

沈念青说:"你见过他吗?"

吴斌说:"见过几回。那个男的在外地还有个家,我妈因为这个跟他闹过,后来越闹越大,然后人就不见了。"

沈念青说:"所以你怀疑这个人可能是杀害你妈的凶手。"

吴斌说:"肯定是他。"

沈念青问:"为什么这么肯定?"

吴斌说:"见过他你就知道了。"

沈念青说:"你有当年聚贤里房屋的照片吗?"

吴斌说:"没有,不过我可以画给你看。"

沈念青立刻取出纸笔递给他。

吴斌想了想,埋头画起来,几分钟后,将画好的图样拿给沈念青看。

沈念青惊讶地问:"你学过画画?"

吴斌说:"我从小就想当画家。"

画面上是一幢两层小楼,两层楼之间有铁扶手阶梯相连,小楼前面另有一间低矮平房。

沈念青问:"这是什么?"

吴斌说:"这是临时搭建的小屋,用来堆放杂物用。"

沈念青一边看图纸一边问:"你妈失踪以后,这房子是怎么处理的?"

吴斌说:"我妈有几个远房亲戚来争过产权,被我爸拒绝了,根据法律规定,他是我的监护人也是财产代管人,我才是第一顺位继承人。"

沈念青说:"你连这个都知道。"

吴斌说:"律师告诉我们的。"

沈念青问:"姜卫国呢?"

吴斌说:"他住到一九九六年一月,后来不知道去哪儿了。"

沈念青见他不停看表:"最后一个问题,你当年只有六岁,你是怎么知道这些的?"

吴斌说:"我爸喝醉酒告诉我的。"

沈念青问:"你爸也认为姜卫国是杀人凶手吗?"

吴斌说:"他心里比我更清楚,但他不敢说,他是胆小鬼。"

沈念青起身:"走吧,我送你回家。"

路上吴斌一言不发。

沈念青问他:"你继母对你好吗?"

吴斌说:"说不上好也说不上不好,就那样吧。"

14 马桂花的故事

根据吴斌提供的线索,沈念青和孙梦瑶花去整整一天时间仔细研究这个案子,天黑时终于厘清了案情。

马桂花,女,古都市人,一九六三年出生,一九九五年失踪时三十三岁。

她早年在古都市一家星级宾馆做前台,因相貌出众被本地一名富商看中,交往不久结婚,婚后当起全职太太。天有不测风云,一年后富商患病去世,马桂花被男方一家扫地出门,幸亏富商死前给她留下一笔钱，还有位于古桥区光明小区聚贤里三号的一套房产，暂时可以衣食无忧。为了打发无聊时光，马桂花去酒吧卖过酒，后因业绩不好被辞退。之后，为给余生找个依靠，她经人介绍认识老实本分的水果贩吴友福，两人婚后不久生下一子，当时家里家外都靠吴友福打理，待儿子学会走路，马桂花又过起清闲日子，那些日子里她迷上打麻将，天天呼朋唤友开牌局。当年的光明小区几乎人人都知道，聚贤里有个爱打麻将的漂亮少妇。

一九九四年三月的一天，马桂花像往常一样招来三个牌友打牌，牌局过三圈，手气不错，一直赢。这时，一个牌友推说家里有事提前告退。又过三圈，还是赢，正暗自欢喜时，又有一个牌友推说家里有事提前告退。打到第九圈时，她还是赢，这时，第三名牌友也推说家里有事提前告退。再看牌桌，三个搭子都是牌友介绍来顶手的，她一个也不认识。本来不想打了，可是按照牌桌规矩，赢家不能说走就走，只好硬着头皮继续打。打到第十二圈时，她开始输了，而且输的都是大牌，之前赢的很快输光，接着老本也越输越多。当她意识到自己陷进局里时为时已晚，输牌累计已超过五万元。当时她现金不够，无奈写下欠条，写完欠条心乱如麻，脸色灰白，头发也乱了，本来该赢的牌也抓不住。再看对手，一个个嘴里叼着烟，面无表情。好不容易挨到天亮，马桂花死活不肯打了，可是这时欠条已累积到七万元，并注明三个月内还清，不还就拿房产抵押。

马桂花恍惚回到家里，不敢告诉吴友福，开始到处借钱，借的又是高利贷，最后利滚利一共欠庄家十五万元。

直到债主逼上门，吴友福才知道马桂花闯下大祸，不过欠条上虽然写着房产抵押，但是房产证攥在吴友福手里，债主也没办法，只好天天上门恐吓。当时吴友福的水果生意并不景气，赚不到什么大钱，一家人就这样天天过着担惊受怕的日子。

有一天，儿子吵着要吃红烧肉，马桂花就去菜市场买肉，不巧又被债主撞见了，他们围住她争吵几句就要动粗。

摊主姜卫国刚收完钱，见状上前阻拦，问清事情经过后，对债主说，三天之内，他带马桂花来还钱，并留下债主住址。

人散后，马桂花问姜卫国："你凭什么这么说？"

姜卫国说："我早就看他们不顺眼了，迟早要收拾他们。"

三天后，马桂花躲起来不敢见姜卫国，姜卫国独自去了债主住处。

后面发生的事是债主当年在警局里的供述。

姜卫国见到债主说："我是来拿欠条的。"

债主说："钱呢？"

姜卫国说："没钱。"

债主说："大哥开玩笑吧。"

姜卫国说："你看我像开玩笑吗？"

债主问："那个女人是你什么人？"

姜卫国说："什么人也不是。"

债主说："那你是不是疯了？"

姜卫国说："是。"

债主说："滚！"

姜卫国站着不动。

债主说："老五，你让他滚！"

老五膀大腰圆，过来抓姜卫国的衣领，姜卫国左手攥住他手腕趁势一扭按在桌上，右手从腰间拔出砍刀，一刀下去，血光四溅，三根手指齐刷刷断在桌面上，众人见断指在血里不停蠕动，都惊呆了。

老五疼得上蹿下跳，大喊："杀人啦！杀人啦！"

债主冲到姜卫国跟前刚挥起拳头，刀尖已抵到鼻尖上："再动，脑袋搬家。"

债主摊开双臂。

姜卫国伸手："欠条。"

债主只好掏给他。

姜卫国接过欠条看了看，塞进口袋，呸，朝地上吐口唾沫，收刀离去。

姜卫国英雄救美的事迹很快在光明小区传开了，一下将马桂花和姜卫国这对男女推上舆论的风口浪尖。可是作为事件主人公之一的马桂花却始终保持沉默，吴友福问她，她也不说，她也不去见姜卫国，事情就这么拖着。马桂花心想，管他呢，反正债清了，可是没多久，她就犯起嘀咕：姜卫国这么干到底图啥？想来想去绕不开一点，就是图她的身子。说真的，结婚这么多年，吴友福并没有给她带来多少做女人的快感，别看他人高马大，其实是一个银样镴枪头，中看不中用。女人过三十，如果这方面得不到满足，迟早会出事，想想心里对这种事还有期盼，她自己都吓一跳。

时令到了，吴友福像往年一样带伙计去新疆收购香梨，这一走就是一星期，对马桂花来说，该来的终于还是来了。

那天发生的事情是马桂花之子吴斌向警方讲述的：

吴友福走后第二天，姜卫国来到聚贤里三号，他当时手里拎着一只猪前腿。马桂花见他大摇大摆走进院门，立刻塞给儿子几块零钱让他出去玩。吴斌出门后并没走远,他爬上窗户看见来人放下猪腿,一把抱起马桂花走进卧室里,接着里面传来女人撕心裂肺的哭喊声。

事后,马桂花警告吴斌千万不能把那天发生的事告诉爸爸,否则他们全家都要遭殃,吴斌被吓住了,最终什么也没说。可是纸终究包不住火,马桂花和姜卫国私通的事还是传到吴友福耳朵里,他质问马桂花,马桂花不承认。在她看来,越是不中用的男人自尊心越强,再看姜卫国,虽然长得凶,对她却是真的好,况且他还那么有劲儿,每次都弄得她欲仙欲死。感情的天平此时已完全倾向姜卫国一边,马桂花和吴友福恶吵几次过后,两人终于一拍两散。

离婚后,吴友福带吴斌离开聚贤里,马桂花就和姜卫国名正言顺地同居了。

两人同居后,马桂花认定姜卫国就是她余生依靠的男人,从此格外在意他的一举一动。然而当马桂花几次提出结婚都被姜卫国搪塞过去之后,她突然意识到,其实自己并不了解这个男人,他从哪儿来,他干过什么,他有没有钱,他结没结过婚,她都一无所知,直到有一天偶遇姜鹏飞。那天是姜卫国生日,姜鹏飞来看他,这是他们父子第一次在聚贤里见面,马桂花的出现,令场面一度十分尴尬。姜鹏飞向父亲明确表示,如果他和母亲离婚、娶马桂花的话,就立即和他断绝父子关系,然后姜鹏飞又私下找到马桂花,告诉她姜卫国在江堰镇的家室情况。马桂花一听简直要疯了,当时脑袋里只有一个想法——不能失去这个男人。她没有理由失去他啊,跟江堰镇的黄脸婆相比,无论年龄、姿色还是财产,她都占据绝对优势,她还可以给他生儿子,她可以为他做任何事。但是,姜卫国的态度令马桂花大失所望，他明确表态：同居可以，结婚免谈。

姜卫国放不下和姜鹏飞的血缘关系，而马桂花只是一个女人，仅此而已。

马桂花当然不甘心，女人天生的占有欲就这样将她一步一步推向深渊。

马桂花瞒着姜卫国去了一趟江堰，目的是向那个黄脸婆摊牌，经她这么一闹，姜妻的病更严重了，医院随即向姜卫国发出病危通知书。

马桂花的这一举动彻底激怒了姜卫国，他杀心顿起。

马桂花失踪后，姜卫国曾被列为重点调查对象，警方也搜查过聚贤里三号，但是没有找到任何线索，姜卫国通过制造马桂花跟有钱人私奔的假象瞒天过海，成功脱身。

从马桂花遇害到吴斌报案，中间有两个月时间，姜卫国有充足时间处理尸体。至于处理尸体的方式，看过吴斌手绘的聚贤里三号示意图后，沈念青更加确信那里就是第一分尸现场。马桂花失踪案是姜卫国精心策划的一次完美犯罪，也是丁爱萍碎尸案的一次预演。

至此，三条证据链已浮出水面。

第一条，留言簿、明信片和汽车票，证明姜鹏飞自中学起至丁爱萍遇害前与她的情感关联。

第二条，贵州刘奋斗、丁高镇武装部、吴斌，三者口述证明姜卫国当兵负伤和在光明小区从事肉贩的经历。

第三条，马桂花失踪案、聚贤里房屋平面图，证明姜卫国有杀人前科，且疑似第一现场已浮出水面。

这三条证据链互相印证，形成稳定三角结构，为锁定犯罪嫌疑人打下坚实基础。

再见赵长河，沈念青说："我准备好了。"

15 第三次案情分析会

第三次案情分析会于次日下午三点准时召开。

参会者和第二次案情分析会一样，除了顾维真教授去北京开会缺席，其他人都到齐了，会议由孙伟民主持。

他说："距上次会议只有短短两周时间，专案组同志们又取得重大进展，可喜可贺，目标嫌疑人的出现将南大碎尸案侦破工作推向新阶段，具体情况请专案组沈念青同志向大家介绍。"

"目标嫌疑人"这几个字吊足大家胃口，所有人目光都聚焦在沈念青身上。

沈念青说："经过前两个阶段的侦查，我们最终将重点聚焦在受害人丁爱萍失踪前三天的活动轨迹上。对于这三天出现的异常波动，我们决定从受害人的社会关系入手展开调查，调查重点是江堰二中，具体说是江堰二中一九九四届和一九九五届文科毕业班。为此，我们进行了实地走访，走访中采集到的信息并不多，但是我们意外得到一张照片，大家请看屏幕上这张江堰二中一九九五届文科毕业班合影，照片上前排最右端是丁爱萍，另外还有一个人也引起我们注意。此人叫姜凤梧，最初是他的站姿和神态吸引我们，随着调查不断深入，越来越多的疑点也浮出水面。首先他也出生在丁高镇，家庭住址距丁爱萍家不到五十米，其次他高考前迁户籍到贵州，以贵州考生身份考入古都市南方财经大学法学系并改名姜鹏飞。还有一个细节，大家请看，照片上每个人手里都拿着一个本子，经辨认是毕业留言簿，我们在丁爱萍的遗物里找到了这本留言簿，留言簿最后一页写着：别管以后将如何结束，至少我们曾经相聚过，不必费心地彼此约束，更不需要言语的承诺，只要我们曾经拥有过，对你我来讲已经足够，人的一生有许多回忆，只愿你的追忆有个我。这是丁爱萍生前最爱听的歌曲《萍聚》的歌词，留言人是姜凤梧。姜凤梧一九九五年考入古都市南方财经大学就读法学系，改名姜鹏飞。这是他的学籍信息。最终锁定姜鹏飞嫌疑人身份的是这个，请看——屏幕上显示的公交车票是我们从死者遇害时穿的红色外套口袋里发现的，根据车票上售票员当年标注的站名，起点是南大北门站，终点是仙桃林站，离终点不足百米就是南方财经大学，至此第一条证据链完成：明信片、留言簿、汽车票，结论是姜鹏飞自中学起至丁爱萍遇害前，与她存在情感关联和交往。"

朱强问："杀人动机是什么？"

沈念青说："根据死者机械性窒息死亡的验尸报告，我依然认为是性冲动下的激情杀人。"

见无人再提问，沈念青继续说："我们从姜鹏飞原户籍档案中发现其父即户主姜卫国的信息。姜卫国在一九七五年至一九八五年在南方某军区服役，并于一九八三年参加对越自卫反击战，时任某高炮团侦察排突击班班长。根据军区提供的协调报告，姜卫国在一次夜间侦察任务中身负重伤，被送到战地医院抢救，两个月后转至军区后勤总医院，脑部有残留弹片无法取出，一九八五年复员后，姜卫国被安排在丁高镇武装部，据当年同事反映，由于学历不高，一直未受重用。一九八八年辞职后在丁高镇百汇商场担任保安队长，一九九〇年下海开饭店，两年后饭店倒闭，欠下巨额债务，一九九二年至一九九五年在古都市战友帮助下，姜卫国从光明小区聚贤里菜市场谋得一摊位卖肉,一九九六年一月底失踪,至今下落不明。根据战友刘奋斗反映,姜卫国性格内向,不爱说话,军事技能全面,曾是全军区比武大赛冠军,受伤后脑子坏了,脾气变得很暴躁。屏幕显示的是姜卫国身份照,他就是我们第二条证据链,根据军区提供的协调报告、丁高镇武装部提供的证明材料以及战友刘奋斗的口述,姜卫国的现实经历与我们犯罪嫌疑人的画像高度吻合。"

说到这里,沈念青提高嗓音:"最令我们感到兴奋的是第三点。通过分析南大碎尸案抛尸和分尸行为特征,我们有个大胆推测,凶手可能不是第一次杀人,根据这个推测,我们以光明小区二十世纪九十年代人口失踪案作为突破口,其中一九九五年八月的马桂花失踪案格外引起我们的注意。我们根据报案人提供的线索找到马桂花前夫吴友福和儿子吴斌,吴友福现在在南站水果批发市场卖水果,儿子吴斌今年十六岁,读高一。吴友福对马桂花失踪的话题心存芥蒂,但是我昨天见到吴斌,这是他向我提供的信息,请听。"

录音引起众人窃窃私语,王皓侧身跟朱强低语,朱强点点头。

这时,屏幕上出现吴斌手绘的聚贤里三号房屋示意图。

沈念青说:"马桂花失踪案给第三条证据链补上最重要一环,即第一现场——如图所示,这是马桂花生前与姜卫国同居的住所聚贤里三号房屋平面图,我们根据马桂花失踪案推断姜卫国有杀人前科,这就是疑似第一现场。综上所述,这三条证据链互相印证,形成稳定的三角关系,不仅锁定了犯罪嫌疑人姜卫国和姜鹏飞父子,也通过与马桂花失踪案并案侦查间接锁定了第一现场。"

孙伟民问赵长河:"老赵,你还有补充吗?"

赵长河摇头。

孙伟民问:"其他人呢?"

王皓说:"通过马桂花失踪案侧击南大碎尸案,这是神来之笔,值得称赞。但是以现有证据给嫌疑人定罪,恐怕还有很长的路要走,存在太多不确定性。"

朱强说:"是的,间接证据不足以定罪。"

孙伟民问沈念青:"你们下一步有什么打算?"

沈念青说:"我们打算咬住姜鹏飞不松口,从他身上查找姜卫国的下落,然后继续深挖马桂花失踪案。吴友福一定知道更多,包括第一现场。"

孙伟民说:"好,我说几句:第一,大方向没错,父子作案的可能性已浮出水面;第二,父子作案,父亲是突破点,需要尽快找到姜卫国;第三,深挖第一现场。"

沈念青认真记下这几点。

孙伟民说:"今天会议就到这里。朱强、王皓、老赵留下,其他人先撤吧。"

听到这句话,沈念青脸上的表情瞬间凝固了,他收起资料起身走出会议室。

其他人离开后,孙伟民问赵长河:"这个小沈,像不像他父亲沈青山?"

赵长河说:"比他老子能说。"

孙伟民笑了:"这个案子你们怎么看?"

赵长河说:"案子走到这一步,证明年轻人是有想法的,至于案子本身,我觉得方向没错,问题在于对犯罪嫌疑人的评估,仅凭目前掌握的这些证据不足以定罪。"

孙伟民问赵长河："假设凶手就是这对父子，你觉得沈念青和他那个搭档能对付得了吗？"

赵长河说："不好说。"

王皓问孙伟民："您的意思？"

朱强说："孙局的意思是该我们出手了。"

孙伟民说："出手是必需的，但不是取而代之，是提供援助，为抓捕和审讯做准备。目前来看，年轻人的嗅觉是灵敏的，不能打击他们的积极性。"

王皓问："怎么援助呢？"

孙伟民说："你是现场勘查专家又是审讯专家，你是最合适的人选。"

王皓这下犯难了："他不会以为我是来摘桃子的吧？"

孙伟民说："你想多了，任何时候个人荣誉都不能凌驾于警队利益之上，具体工作由老赵出面协调。"

赵长河点头。

孙伟民说："我宣布，自今日起王皓同志正式加入南大碎尸案专案组。"

回到三号楼，孙梦瑶见沈念青闷闷不乐，安慰道："别乱想了，也许他们说别的事呢。"

沈念青摇头："我有一种不祥的预感。"

这时，赵长河推门进来。

沈念青忙问："前辈，什么情况？"

赵长河说："没什么，局里决定派王皓加入专案组。"

沈念青对孙梦瑶说："我没说错吧，猴子来了。"

赵长河说："别小家子气，王皓是现场勘查专家和审讯专家，派他来是对我们前期工作的认可和重视。"

话音刚落，王皓走进办公室。

沈念青和孙梦瑶低头不吭声了。

王皓说："看来我来得不是时候。"

赵长河说："你来得正好，我们聊聊案子。"

王皓说："聊案子前，我先表个态：我不是来摘桃子的，桃子是你们的谁也抢不走。不过，我希望和你们约法三章：第一，我不干涉你们的侦查思路，我的意见仅供参考；第二，我不在这里办公，不干涉你们日常活动；第三，你们采取任何行动，我有一票否决权。这三点，你们同意吗？"

赵长河说："同意。"

王皓问沈念青和孙梦瑶："你们呢？"

他们说："同意。"

第四章　雨季

1　监控嫌疑人

　　为了尽快查到姜卫国的下落，专案组决定从姜鹏飞入手，对其进行为期一周的二十四小时秘密监控，由沈念青和孙梦瑶具体实施。

　　执行任务前，王皓对他们交代了一番，要求他们先摸清目标嫌疑人的日常活动规律，包括作息时间、出入场所、接触对象。一个人的活动规律是其个性特征的外化表现，凡是活动规律以外的行为都值得格外关注，比如夜间睡眠时间外出、去陌生地方、见陌生人，目标嫌疑人的犯罪行为往往就隐藏在这些异常行为里。

　　第一天，沈念青和孙梦瑶换了一辆民用牌照的灰色桑塔纳，早上七时将车开到光明新区停车场对面的林荫道上，八点刚过，目标车辆——古A7868黑色奔驰车出现了，沈念青随即跟了上去。经过几个街区，目标车辆停在一幢色彩斑斓的城堡式建筑物前，门口站着一位面容慈祥的外国老太太——原来这是一所国际贵族幼儿园。姜鹏飞打开车，从里面钻出一个大约四岁的小姑娘，紧随其后的是小姑娘的母亲蒋梦丹。小姑娘蹦蹦跳跳奔向外国老太太，姜鹏飞和蒋梦丹向她们挥手告别。

沈念青第一次见到蒋梦丹，觉得眼熟，却想不起来在哪里见过。

孙梦瑶催促道："上车了上车了，快跟上。"

目标车辆很快汇入早高峰车流，十分钟后停在古都市人民医院门口，蒋梦丹下车，然后沈念青和孙梦瑶一路跟踪目标车辆来到古都市商业中心区，目送它驶入金鼎大厦地下停车场。

孙梦瑶问："现在我们干什么？"

沈念青说："等。"

中午十二时，目标车辆驶出金鼎大厦地下停车场，来到凤凰楼餐厅，沈念青和孙梦瑶尾随其后跟进餐厅，远远望见姜鹏飞向坐在沙发上的三名男子招手，随后他们在服务员引领下走进包厢。双方见面持续大约两个小时，下午两时，姜鹏飞返回金鼎大厦，直至傍晚七时，目标车辆再次驶出地下车库，直接返回光明新区。

沈念青选了一个既能观察小区内部环境又能监视地下车库的位置，停好车。

孙梦瑶问："我们真要在这里守一夜？"

沈念青说："老规矩，你守上半夜，我守下半夜。"说着掏出照相机递给她。

孙梦瑶说："我饿了。"

沈念青说："我去买麦当劳。"

孙梦瑶说："记得带水。"

吃过晚餐，沈念青放平座椅，仰面躺下去，没过一会儿便发出了鼾声。

孙梦瑶坐了一会儿，实在无聊，打开照相机翻看里面的照片。

不知多久，沈念青迷迷糊糊睁开眼，见窗外已是天光大亮，慌忙坐起来："你怎么……"

孙梦瑶说："我看你睡那么香，实在不忍心叫醒你。"

沈念青调平座椅，看表，六点三十分。"你去后面躺一会儿吧。"

孙梦瑶说："不了，马上又要开始了。"

第二天，星期五。

白天一切正常，傍晚，姜鹏飞比平日提前三十分钟离开金鼎大厦，他没有回光明新区，驱车来到莉莉·玛莲西餐厅，沈念青想起曾经在这里陪孟一凡和张馨蕊吃过牛排。姜鹏飞从汽车后备厢里拎出一只粉红色礼品袋走进餐厅，沈念青和孙梦瑶立即跟上去。

餐厅里，背景音乐正在播放童谣歌曲《小白船》，悠扬的歌声回荡在粉红色光影里，光影中央，蒋梦丹和女儿姜梓桐向姜鹏飞招手示意。

沈念青和孙梦瑶悄悄坐在一旁的角落里。

姜梓桐打开礼品袋，从里面取出一只粉红色泰迪熊，抱在怀里笑着亲了姜鹏飞一下。这时，服务员推来一只装饰公主造型的白色蛋糕，上面缀满鲜艳的草莓和各种水果，蒋梦丹拿起金色小皇冠戴在女儿头上，姜鹏飞点上生日蜡烛，姜梓桐对蜡烛许愿。姜鹏飞和蒋梦丹说了句什么，蒋梦丹笑了，三人凑到烛光前一起吹灭蜡烛。

孙梦瑶说："看上去好幸福呀。"

沈念青的注意力却在蒋梦丹身上，江南女子天生五官精致，只需略施粉黛便已风情万种，加上初为人母，眉眼之间又多了几分温婉娴静之态，两者神韵奇妙地结合，正是女人最美的时候。

第三天，星期六。

沈念青和孙梦瑶一直等到中午，目标终于出现了。

他们来到市中心新开的游乐场——欢乐天地。

周末，游乐场里熙熙攘攘、热闹非凡，各种露天表演、旋转木马、海盗船、过山车、摩天轮令人眼花缭乱，姜鹏飞和蒋梦丹身穿情侣休闲装，手牵女儿穿行在人流里。他们走到过山车入口处，蒋梦丹站在那里犹豫，被姜鹏飞和女儿硬拽进去，过山车在沈念青和孙梦瑶头顶飞驰而过，传来一阵惊呼声。

孙梦瑶说："我们也去玩吧。"

沈念青示意她看远处，远处蒋梦丹趴在姜鹏飞肩头，脸色苍白大口喘气，女儿拍着她的后背，似乎在安抚她。

他们在游乐场整整逛了一天，离去时天已经黑了。

孙梦瑶说："如果一切没发生多好。"

沈念青说："他们过得越幸福，对死去的人越不公平。"

说完，二人沉默了。

第四天，星期日。

下午三点，目标出现了，车上只有姜鹏飞一人。

沈念青推醒孙梦瑶，跟了上去。

车辆穿越街区，渐离市中心，最后驶进一条僻静林荫道。

沈念青抬头，看见前方坐落一座钟楼式哥特建筑，塔尖上矗立一支白色十字架，是一座天主教堂。

走近院落，门牌上有一处显眼的标识：华光堂。

沈念青问孙梦瑶："姜鹏飞是天主教徒吗？"

孙梦瑶说："不知道，资料上没写。"

沈念青说："他会不会……"说着两人脸色变了。

沈念青说："你在车上等我，我进去看看。"

孙梦瑶叮嘱道："小心点。"

沈念青轻轻推开木栅门，院落里杂草丛生，远处塔楼连着一幢二层砖楼，砖楼外墙上爬满藤蔓，藤蔓间镶嵌着一排玻璃窗，装饰彩色图案的玻璃窗在太阳照耀下闪闪发光。沈念青沿鹅卵石小径走进教堂大门，里面传来悠扬的风琴声，四十多名教徒手持《圣经》，在风琴伴奏下，齐声高唱赞美诗，弹奏风琴的是一位头发花白的长者，身穿黑色神父教袍，围着一条红色围巾，神态安详，似乎沉浸在美妙福音里。沈念青很快从人丛里认出姜鹏飞，他站在离神父很近的地方，背影一起一伏，唱得很投入，沈念青站在最后一排，从座位上捡起一本《圣经》，低头翻看。

当他再次抬起头的时候，发现一个小女孩回头看他，眼泪顺着脸颊往下流，一转眼又不见了。

这时，神父登上讲台，主讲约翰福音第三章的片段：神爱世人，甚至将他的独生子赐给他们，叫一切信他的，不至灭亡，反得永生。因为神差他的儿子降世，不是要定世人的罪，乃是要叫世人因他得救，信他的人不被定罪，不信的人，罪已经定了，因为他不信神独生子的名。

神父讲完便带领众人高声诵咏起来。

临近结束时,神父似乎有感而发,他讲道:"未经神泽的土地,注定是一片荒原,我们都生活在这荒原上,有的人浑然不觉,因为他们的心也是荒芜的,有的人则会寻找,寻找光和救赎,因为他们心里有信仰的种子。愿我们都是后者,阿门。"

沈念青掏出手机给孙梦瑶发了短信:礼拜结束,未见异常,你跟踪目标,我跟神父谈谈。

众人散去,沈念青上前:"您好。"

神父说:"你好,年轻人。"

沈念青出示警徽:"我是警察,向您打听个人。"

神父停步:"哦。"

沈念青掏出照片。

神父接过照片:"他刚才在这里。"

沈念青说:"是的,您认识他吗?"

神父说:"不太熟,聊过几次。"

沈念青说:"可以说说聊什么吗?"

神父说:"关于宗教的话题。"

沈念青问:"在您眼里,他是一名虔诚的天主教徒吗?"

神父没有正面回答他的问题,却说:"有的人害怕寂寞,为了寻找一种世俗的亲密关系,把这里当成庇护所逃避现实的困境。有的人经过独立思考之后选择了上帝,他们寻找的是心灵的归宿,即使没有教堂、没有教友、没有我,依然可以为信仰献身。到达这种境界的人,要么天生受过神的启示,灵性里早已埋下神圣的种子,要么是经历过深重罪恶后的大彻大悟。"

沈念青问:"他属于哪种人?"

神父想了想:"大概介于两者之间吧。"

沈念青说:"他每次都是一个人来吗?"

神父说:"是的。"

沈念青说:"最后一个问题,怎样才能成为一名虔诚的教徒?"

神父看他一眼,意味深长道:"像相信法律一样,相信上帝。"

沈念青笑了:"可是上帝不能帮我抓罪犯啊。"

神父说:"如果这个世界人人都信上帝,还有罪犯吗?"

沈念青一时无言以对。

2 初探月畔湾

第五天,星期一,沈念青和孙梦瑶终于露出了疲态。

沈念青说:"我非常不喜欢这种低效率的工作状态,你呢?"

孙梦瑶说:"我也是。"

过了一会儿,沈念青突然说:"姜鹏飞不是有一套别墅吗?"

孙梦瑶说:"你想干吗?"

沈念青说:"去看看。"

孙梦瑶犹豫:"这样不好吧。"

沈念青说:"将在外军令有所不受,出发。"

别墅位于古都市南部风景区月亮湖畔,距市区大约三十分钟车程。

抵达湖畔后,沈念青和孙梦瑶沿着别墅区转了一圈,然后绕到大门向门卫出示证件,驶入别墅区内。

他们根据资料提供的线索,从临湖一排别墅中很快找到属于姜鹏飞的那一幢:湖音阁。

沈念青对孙梦瑶说:"你在外面把风,我进去看看。"

孙梦瑶立刻阻止:"不行,你这样是违法的。"

沈念青说:"你不说,我不说,谁知道。"说着打开车门,四下张望。

孙梦瑶小声喊:"师兄,把手机调成静音。"

沈念青抬手比了个"OK"的手势,随即向别墅走去。

别墅外墙由装饰条纹图案的铁栅栏围住,顶端是一排尖利矛刺。

沈念青沿外墙往前走了一段,身影消失在一片树丛里,孙梦瑶为了不引起保安注意,躲进车内不时向外张望。

过了几分钟,手机收到短信:进来了。

孙梦瑶终于松一口气。

沈念青贴墙根走近大门,捅开门锁,侧身溜进别墅主楼。主楼一层是会客厅,装饰得金碧辉煌,气派非凡,一座旋转扶梯通向二楼。沈念青拾级而上来到二楼。楼上三间房屋依次排列,他先走到最里面一间,推门进去,这是主人卧室,房中央有一张巨大的欧式宫廷四柱围床,床上铺着红色丝绸床罩,床对面墙上悬挂着姜鹏飞和蒋梦丹结婚照。沈念青拿起梳妆台上的香水闻了闻,又走到床前,拉开床头柜抽屉,里面有一支进口润滑剂。

第二间是儿童房,装饰得五颜六色,地板上堆满各式各样毛绒玩具。沈念青拿起一只棕色玩具熊,看看标签,又放下。

第三间是客人房,里面只有简单的家具。沈念青打开衣柜,里面也是空的,他刚想走,回头看见窗帘随风摆动起来,他走到窗前拉开窗帘往外看,看见窗台上有一个烟头,他掏出纸巾小心翼翼捻起烟头，是白沙烟，市面上一种廉价大众烟。沈念青包起烟头塞进口袋，刚要出门，听见楼下传来说话声，吓得他立刻关上房门，慌忙掏手机，手机上刚发来一条短信：保洁来了，快藏起来！

伴随说话声，脚步越来越近。

沈念青锁牢房门，翻身跃上窗台，这时外面传来一个熟悉的声音，是孙梦瑶。

孙梦瑶故意大声说："我是管理处的，接到业主报告，二楼电路正在维修，你们先打扫一楼。"

孙梦瑶见保洁工们懵懵懂懂回到一楼，自己也不敢久留，一边往外走一边往楼上看，走出大门的时候，看见沈念青坐在车上向她招手。

他们飞快驶离湖区，一路上惊魂未定。

沈念青大笑："刺激！"

孙梦瑶问："发现什么了？"

沈念青说："回去告诉你。"

又开了一会，孙梦瑶突然说："停车！"

沈念青问："怎么了？"

孙梦瑶说："你流血了。"

沈念青将车停靠路边，抬手一看，右手腕上划破一道口子，血已经染红袖口。

孙梦瑶看看伤口，从背包里取出绷带和胶布，先用纱布止血，然后一圈一圈缠上绷带："疼吗？"

沈念青说："不疼。"

孙梦瑶问："你到底发现了什么？"

沈念青掏出纸包递给孙梦瑶。

孙梦瑶打开一看："烟头？"

沈念青说："这是白沙烟，姜鹏飞肯定不会抽这种廉价烟。"

孙梦瑶说："是姜卫国留下的。"

沈念青说："对，姜卫国来过别墅，他们有来往。"

孙梦瑶说："这血流得值。"

赵长河一见沈念青忙问："怎么了？"

沈念青缩手："没事，擦破点皮。"

在赵长河的追问下，沈念青只好把探访别墅的事告诉他。

赵长河脸一沉："私闯民宅犯法知道吗？"

沈念青刚想争辩，一见赵长河犀利的眼神吓得不敢吭声了。

赵长河问："还有其他收获吗？"

沈念青摇头。

下班前，赵长河突然问："姜鹏飞那家律师事务所是不是叫银丰律师事务所？"

沈念青说："是的。"

赵长河打开报纸："他们最近在招人。"

沈念青拿起报纸，在招聘栏里果然看到银丰律师事务所的招聘启事，招聘岗位：文员。

他放下报纸："我有一个想法。"

沈念青的想法涉及非常重要的侦查布置，赵长河为此专门召开了一次专案组内部会议。

会上，沈念青提出利用银丰律师事务所招聘文员的机会近距离侦查姜鹏飞动向。

王皓犹豫，派卧底是一着险棋，主要是安全问题。

孙梦瑶鼓起勇气："我去吧。"

王皓问："心里有底吗？"

孙梦瑶说："案子停滞不前，总该做点什么。"

王皓说："好，这次任务由你和沈念青共同执行，记住，安全第一，遇到紧急情况立即向局里求助，我会密切关注你们的行动。"

会后，沈念青问孙梦瑶："你不会怪我吧？"

孙梦瑶说："当然不会，我只是担心干不好。"

沈念青拍她肩膀："不会，有我呢。"

孙梦瑶笑笑没说什么。

3 卧底计划

面试那天，沈念青开车去警员宿舍接孙梦瑶，没想到，孙梦瑶刚一露面，沈念青就愣住了，只见她身穿浅灰色职业套装，小翻领、细腰身，双腿修长，亭亭玉立。

孙梦瑶走到沈念青面前转了一圈："怎么样？"

沈念青鼓掌："瞧这气质，当文员可惜了，当总裁小秘还差不多。"

孙梦瑶说："嗯，我考虑考虑。"

沈念青打开车门，躬身道："总秘小姐，请。"

在车上，沈念青递给孙梦瑶一沓资料。

考虑到中南警察学院主要培养专业警务人才，怕引起姜鹏飞误会，孙梦瑶的简历已改成华中政法大学。这就需要孙梦瑶提前熟悉华中政法大学的相关资料，防备对方突然袭击。

沈念青问："资料熟悉了吗？"

孙梦瑶说:"熟悉了。"

沈念青问:"你什么学校毕业?"

孙梦瑶说:"华中政法大学。"

沈念青问:"专业?"

孙梦瑶说:"法学。"

沈念青问:"你们校长叫什么?"

孙梦瑶说:"郑春来。"

沈念青问:"你们系主任叫什么?"

孙梦瑶说:"孙玉杰。"

沈念青问:"你们学校校训是什么?"

孙梦瑶说:"笃行厚德,崇法求真。"

沈念青问:"你们学校有几个食堂?"

孙梦瑶说:"两个。"

……

孙梦瑶按照约定时间,准时来到金鼎大厦二十层银丰律师事务所。

在会议室,她见到面试官,一位来自人力资源部的女主管,女主管看上去三十多岁,典型职业女性,举止干练敏捷。她翻开孙梦瑶的应聘资料,没有过多客套,直接问起她在大学学习情况,对未来的职业规划以及对文员这份工作的想法。

最后,她提出了一个带有测试性的问题:"如果你在工作时间内同时接到三个任务,分别是打印文件、接待贵宾、准备会议资料,你会怎么安排?"

孙梦瑶不假思索地回答:"二三一。"

女主管问:"说说理由。"

孙梦瑶说:"贵宾来访属于重要且紧急任务,准备会议资料属于重要任务，打印资料属于文员日常工作。"

女主管又问："如果三和一都很重要紧急呢？"

孙梦瑶不慌不忙说："如果出现这种情况，必须请求团队支援，这个时候应该相信团队的力量。"

女主管听了，拿起笔在她的简历上做了个标记："今天就到这里，回去等通知吧。"

回到车上，沈念青问："顺利吗？"

孙梦瑶说："还行。"

沈念青见孙梦瑶情绪低落，问她："你没事吧？"

孙梦瑶说："有点冷。"

沈念青伸手摸她额头："你发烧了。"

孙梦瑶说："可能刚才空调吹的，回去睡一觉就好。"

沈念青发动汽车："我现在送你回去。"

回到警员宿舍，沈念青说："我给你买点退烧药吧。"

孙梦瑶说："我有药，你回去吧，明天见。"

沈念青回到车上刚坐下，看见孙梦瑶坐过的位子上落了一根白色羽毛，他捡起羽毛，心里纳闷，座位上刚才坐过人，车窗又是关闭的，哪里来的羽毛呢？不过，他并没有多想，随手将羽毛插在空调格里，驱车离去。

第二天，孙梦瑶早早来到三号楼，中午收到一封邮件：银丰律师事务所录用通知书。通知书要求次日携带个人身份资料报到，试用期三个月。

沈念青见孙梦瑶脸色依然苍白，让她提前回去休息了。

4 再访吴友福

下午,王皓来到三号楼。

他问起吴友福这条线。

沈念青说:"吴友福是离第一现场最近的人,值得从他身上下功夫。"

王皓说:"那还等什么,去找他。"

二人驱车来到火车南站水果批发市场,从拥挤摊位间找到花果山南北水果批发商行。

沈念青见那位衣着朴素的中年妇女正在摊前招呼客人,上前问:"你好,请问吴友福在吗?"

中年妇女认出沈念青,说:"老吴陪客户洗桑拿去了。"

沈念青又问:"他们去哪里洗桑拿?"

中年妇女说:"你们去站前街的棕榈泉看看。"

站前街位于火车南站和水果批发市场之间,是一条休闲娱乐街,街道两旁各式招牌琳琅满目,有华丽气派的夜总会和水疗会所,也有充满性暗示的小门脸,浓妆艳抹的姑娘们坐在门口,冲过往行人挤眉弄眼。

沈念青和王皓往前走了一段,望见一块巨大招牌上写着"棕榈泉"三个大字。

他们进去向领班出示证件说明来意,领班告诉他们,吴友福和朋友在二楼贵宾厅,并派一名服务员带他们上去。

服务员推开贵宾厅的门,里面三名身穿白色短裙的姑娘手抓扶杆正在给客人踩背,客人身穿条纹服趴在按摩床上,脸埋在床头垫坑里。

他们进去的时候,一个姑娘正在绘声绘色地讲段子:"跟富二代前男友分手那天,我对他说:你等着,不出三年老娘要把你们这些有钱人全踩脚下。你们看,现在我不是做到了吗?"说着狠狠踩了脚下那个胖子一下,胖子叫起来,众人哈哈大笑。

沈念青大声问:"吴友福在吗?"

吴友福抬头,认出沈念青,慌忙坐起来。

他们来到休息室。

王皓说:"我们向你了解一些马桂花的情况。"

吴友福面露难色:"时间太久了,我记不得了。"

沈念青说:"想起什么就说什么。"

王皓问:"你们离婚以后,她一直跟一个叫姜卫国的人在一起是吗?"

吴友福说:"是的。"

王皓问:"他们住在光明小区聚贤里三号是吗?"

吴友福说:"是的。"

王皓问:"马桂花失踪以后,姜卫国又住了多久?"

吴友福翻了翻眼珠,回忆道:"住到一九九六年一月底,直到我收回房子为止。"

王皓问:"这么说是你把他赶走的?"

吴友福说:"马桂花失踪四个月后被暂定为失踪人口,房子由我代管,我不能让他白住,要么交房租要么走人,他交一个月房租后走了,后来我把房子租给一个卖衣服的,一直到小区拆迁。"

王皓问:"姜卫国搬走时,你去过老屋吗?"

吴友福说:"去过,我还找人重新粉刷了一下。"

王皓问:"姜卫国留下什么东西没有?"

吴友福说:"一堆垃圾。"

王皓问:"你见过姜卫国的儿子吗?"

吴友福摇头:"没有。"

王皓拿出房屋示意图:"房子是图上这样吗?"

吴友福看图:"是的,这是谁画的?"

王皓指小屋:"这是干什么用的?"

吴友福又看了看图:"这是杂货屋,放杂物用的,后来被那个卖肉的当冷库用了。"

王皓问:"你再回忆一下,那个卖肉的搬走时,在这个小屋留下什么没有,或者你看见里面有什么?"

吴友福说:"里面臭烘烘的,什么也没有——哦,不对,有一只大冰柜,一个大案板,还有一些破桌椅。"说着说着,吴友福的脸色变了,"你们真以为……"

王皓打断他:"还有什么?"

吴友福摇头:"想不起来了。"

王皓掏出几张照片:"认得上面的东西吗?"

吴友福接过照片:"认得,我以前用过这种旅行包,不对,这就是我的旅行包,你们从哪里找到的?"

王皓问:"你用这种旅行包干什么?"

吴友福说:"我用来装过猎枪。"

王皓问:"你去哪里打猎?"

吴友福说:"说来话长,早些年我去乡下收苹果,一去几天,闲着无聊就去果园后面的山里打猎,那里有野兔、野鸡,有时候还能碰到野猪。后来政府枪械管制,把猎枪收走了。"

王皓和沈念青对视一眼。

沈念青放下录音笔:"杂货屋里有水龙头吗?"

吴友福说:"有。"

王皓收起图纸:"今天你提供的情况很重要,如果还想起什么,记得随时联系我们。"

吴友福问:"那个卖肉的是杀人犯吗?"

王皓说:"我们还在调查,一条人命不能说没就没,总该给受害人一个交代,你说呢?"

吴友福连连点头:"是,是。"

回市局的路上,沈念青问:"王队,吴友福提供的线索是不是可以证明第一线现场就是小木屋?"

王皓说:"是的,基本可以肯定,吴友福是关键证人,你尽快安排时间带他做一次实物指认。"

沈念青说:"好的。"

王皓忽然想起什么:"我们去光明美食街看看。"

来到光明食街,他们将车停在入口处的停车场,步行走到重庆乌江鱼餐馆门口。

沈念青向远处眺望。

王皓问:"你在看什么?"

沈念青指远处:"姜鹏飞就住在那片楼里。"

王皓问:"华侨路在哪儿?"

沈念青说:"在东边,穿过这条小巷,往前走一百米就到了。"

王皓说:"去看看。"

他们一路走走停停,来到华侨路上。

华侨路原来的建筑工地如今已建成高楼,成了一片繁华街区。

王皓四处看了看，对沈念青说："凶手抛尸不是受主观意识支配就是受环境支配，你看，他当年携带尸块骑车或步行来到华侨路，最直观的想法是什么？第一现场是光明小区，光明小区是棚户区，在古都市人眼里，是混乱和凶险的代名词，从光明小区到华侨路，无形中将人们的视线从一个特定区域引向公共区域。华侨路以常住人口为主，分不出阶层和类别，疑点就这样湮没在更广泛的层面。无论凶手有意还是无意，这一举动都带有强烈的目的性。"

沈念青说："我顺着你的分析往下说，凶手将尸块抛到南大附近和校园里，显然企图将人们视线从更广泛区域引向特定区域，不过这一特定区域是凶手刻意误导，目的是混淆警方视线。"

王皓说："也可能是另一个凶手所为，我认为一个卖肉的不会对校园有什么特别认知，人的行为不会与意识中不存在的事物产生关联，这是常识。"

沈念青说："你也认同父子协同作案？"

王皓说："我认同不认同不重要，重要的是真相，只有真相才是侦查工作的最终目的。"

下午见过警察，吴友福心里背上了包袱，送走客户回到家里，一副神不守舍的样子。

吃晚饭的时候，吴斌只扒几口就推开碗筷回自己房间了，这样的冷战已持续一周，吴友福此时也顾不上管他，自己低头喝闷酒。吴友福再娶的老婆叫冯桂芬。

她见吴友福这般模样，忍不住问："警察下午跟你说啥了？"

吴友福说:"还不是马桂花的事。"

冯桂芬说:"俗话说一日夫妻百日恩,这些年人是死是活是该有个说法,你看小斌,都跟你疏远了,他的心思你还不清楚?"

吴友福放下酒杯:"你让我咋办?"

冯桂芬叹气:"小斌老师说他已经旷课两天了,你说咋办?"

吴友福一听,火冒三丈,起身冲向吴斌房间。

5 银丰律师事务所

第一天上班,孙梦瑶事事小心翼翼。

上午到人力资源部办理完入职手续,下午去文员秘书部见主管。

文员秘书部主管姓张,大约三十岁,从见她第一面起,脸上表情几乎没变过,仿佛戴了一副面具,不过这倒应和了当时的办公气氛。

银丰律师事务所占据整整一层楼,装修风格以黑白为主,简约明快。办公区分三部分:外面是开放式办公区,供二十多名文员处理日常事务;中间是行政办公区;最里面是高级合伙人办公室;办公室外又划出专属秘书办公区。平时,办公室大门紧闭,一般人未经允许不得入内。

作为初来乍到的新人,孙梦瑶被安排在开放办公区靠近茶水间过道的位子上。

主管走后,旁边女孩问:"新来的?"

孙梦瑶说:"嗯。"

快下班的时候,忙碌一天的文员们终于可以喘口气了,纷纷说起闲话。

有人说："你们知道吗？姜大状最近又接了一单明星离婚的官司。"

众人立刻围上来："谁？谁？谁离婚？"

孙梦瑶坐在座位上，心不在焉地翻看《员工手册》，眼睛不时瞟向远处高级合伙人办公室，姜鹏飞一天都没露面。

晚上，孙梦瑶见到沈念青，向他抱怨自己根本没有机会接近姜鹏飞。

沈念青安慰她："现在首要任务是隐藏好自己，等待机会。"

6 暗访蒋梦丹

第二天，沈念青联系吴友福，请他来市局做实物指认，吴友福在电话里回复，他正在新疆谈生意，指认的事只好暂缓。

下午，沈念青独自来到古都市人民医院。

在人民医院附楼血液病研究中心大厅的候诊区，沈念青看见中心工作人员的介绍。

介绍公示：蒋梦丹，血液病研究中心副主任，主任医师，主攻白血病发病机制、化学治疗、病理研究。在慢性粒细胞白血病及其他骨髓增殖性疾病领域，临床经验丰富，多项研究成果获得国家认证，曾荣获古都市杰出科技人才奖。

他正看着，身后传来说话声，一群人沿着候诊室前面的走廊往办公区走，沈念青一眼认出蒋梦丹，她手里拿着一份病历，边走边跟同事讨论着什么，从身边倾听者认真的表情可以看出她受重视的程度。

蒋梦丹回头的时候，沈念青看见一个女人赤裸的身体在水雾里忽隐忽现，白皙的四肢不停撞向玻璃壁，她的脸沉浸在深

度迷离状态里，表情如醉如痴。

沈念青慌慌张张从人民医院出来，走到楼下时接到孙梦瑶的短信：有情况，下班来接我。

7 第一次犯错

见到孙梦瑶，沈念青问："什么情况？"

孙梦瑶说："上车说。"

上车后，她拿起一瓶水猛灌几口："累死我了，我从来没有复印过那么多资料，磁粉呛得我快要吐了。"

沈念青想安慰她却不知说什么。

孙梦瑶放下水瓶，提高嗓音说："但是我发现了这个。"说着从背包里掏出一份文件。

沈念青打开文件，看见标题上写着：关于华光堂慈善捐款委托公益信托基金管理的协议及财务操作规定。

他问："这是什么？"

孙梦瑶说："你忘了？华光堂就是我们上次跟踪姜鹏飞去的那座教堂，这份文件是我从复印资料里发现的。"

沈念青往下看，当他看到"华光堂信托基金委托人：王颂恩/华光堂信托基金监督人：姜鹏飞"时，心一下揪紧了。

孙梦瑶问："怎么了？"

沈念青说："出事了。"说完，急忙发动车辆赶回市局。

回到市局三号楼，沈念青打开电脑输入王颂恩三个字，屏幕上跳出华光堂网页，网页左上角显示主理神父王颂恩的介绍，并配有一张照片，照片上的人正是在教堂里与他交谈过的那位长者。

沈念青说："我在教堂里见过他。"

孙梦瑶问："你跟他说了什么？"

沈念青说："我说我是警察，还给他看了姜鹏飞的照片。"

孙梦瑶说："他说什么？"

沈念青说："他说他跟这个人不熟。"

孙梦瑶说："这就麻烦了。"

沈念青额头渗出一层汗珠："姜鹏飞现在一定发现我们在查他。"

孙梦瑶也慌了："那怎么办？"

沈念青挥手抹去额头上的汗，来回踱步："如果姜鹏飞发现我们在查他，最坏的结果是什么？"

孙梦瑶说："第一，销毁证据；第二，通知姜卫国的出逃；第三，准备应对随时到来的警方问讯；第四，全家出逃。最致命的是出逃。"

沈念青说："对，我们必须尽快查到姜卫国下落。"

孙梦瑶说："现在没有一点头绪，怎么查？"

沈念青说："你没有暴露，可以继续留在律所收集线索，我从今天开始二十四小时监控姜鹏飞，我不相信他们不见面。"

孙梦瑶说："也只能这样了。"

回住处路上，沈念青感到前所未有的恐慌，他意识到自己开始犯错了，没想到这个错误如此猝不及防，如此致命。

姜鹏飞和王颂恩的关系涉及华光堂教会财产利益分配，两人有怎样千丝万缕的联系，对沈念青来说一无所知。这是他的认知黑洞，未来还有多少这样的黑洞在暗处等他，想想简直不寒而栗。

8 致命邂逅

第二天，沈念青再次开始对姜鹏飞实施二十四小时监控。

下午，他接到王皓打来的电话。

王皓问起他和孙梦瑶的情况，沈念青做了简单汇报，绝口未提华光堂的事。

他问王皓："案子进展到什么程度可以启动对犯罪嫌疑人的审讯程序？"

王皓说："首先，必须确定犯罪嫌疑人的身份，在本案中，姜卫国是主角，抓住他，案子才能往下走，现在谈审讯程序为时过早。"

沈念青给孙梦瑶发短信：今天情况怎样？

过了一会儿，孙梦瑶回复：一切正常。

看到这四个字，沈念青反而更不安了，一切正常说明一切并不正常。

孙梦瑶自踏入律所那一刻起，心一直悬着。

她的位置可以观察到出入办公室的每一个人。

下午，人力资源部举办新人培训，主讲人是外聘的人力资源专家，他讲公司历史，讲职场操守，讲古今中外，足足讲了两个小时。从会议室出来，离下班还有几分钟，孙梦瑶看见桌上又堆了一堆待复印的文件，不禁皱起眉头。

这时，姜鹏飞专属秘书Lisa匆匆走来，见茶水间对面站着孙梦瑶，便对她说："你回来得正好，姜总办公室来客人了，你帮我把茶盘和茶水端给他，我这边要准备会议资料，脱不开身。"

孙梦瑶说："好的，交给我吧。"

她将洗干净的茶杯摆好，端起茶盘向姜鹏飞办公室走去。

孙梦瑶进屋后，向坐在大班台后面的姜鹏飞点头示意，然后将茶盘轻轻放在茶几上，刚抬头……

坐在沙发上的客人惊呼起来："孙梦瑶？"

孙梦瑶定睛一看，脑袋"嗡"一声，喊她的人叫周志鹏，当年在江堰镇为她提供过法律援助，也是后来鼓励孙梦瑶报考警校的人。孙梦瑶试图向他暗示什么，但已经来不及了。

姜鹏飞闻声走到孙梦瑶面前。

他问周志鹏："你们认识？"

周志鹏说："她是咱们江堰老乡。"

孙梦瑶说："你好，周老师。"

姜鹏飞说："这么巧，坐下一起聊聊。"

孙梦瑶说："你们聊吧，我外面还有事先告辞了。"说完匆匆离去。

姜鹏飞坐下，取出一枚茶饼，一边泡茶一边问："她为什么管你叫老师？"

周志鹏说："说来话长，你知道二〇〇一年江堰四·一五入室杀人案吗？"

姜鹏飞说："听说过。"

周志鹏说："她就是那个案子唯一的幸存者，我当年为她提供过法律援助。"

姜鹏飞斟茶递给周志鹏："小姑娘命真苦。"

周志鹏说："别看她外表文文静静，内心还是蛮坚强的，当年非要报考警校，结果还真让她考上了。"

姜鹏飞举茶的手停在半空:"警校?哪家警校?"

周志鹏说:"中南警官大学,今年刚毕业。"

送走周志鹏,姜鹏飞立即叫 Lisa 来办公室。

他说:"你去人力资源部,把刚才那个女孩的资料调给我看看。"

Lisa 问:"孙梦瑶?"

姜鹏飞说:"对,孙梦瑶。"

过了一会儿,Lisa 回到办公室,交给姜鹏飞一个文件夹。

姜鹏飞打开文件夹,只见孙梦瑶个人简历上毕业院校一栏写着:华中政法大学。

姜鹏飞合上文件夹,陷入沉思。

孙梦瑶从姜鹏飞办公室出来,回到座位上,心还在怦怦跳。

她不知道周志鹏后来跟姜鹏飞说了什么,她最担心两点,一是上次见面时,她告诉过周志鹏正在古都市局刑侦大队实习;二是周志鹏知道她真正的毕业院校。

下班后,孙梦瑶给沈念青发短信,佯称身体不舒服先回宿舍休息。

回到警员宿舍,孙梦瑶手拎背包刚要上楼,突然听见身后有人喊:"孙梦瑶。"

回头一看,竟然是周志鹏。

周志鹏身穿灰色风衣,从角落里向她走出来,孙梦瑶不由皱起眉头。

周志鹏说:"我们找个地方聊聊吧。"

孙梦瑶四下看看,跟他往外走。

他们来到离警员宿舍不远处一家临街的糖水铺。

周志鹏替她点了一碗椰奶西米露，自己要了杯柠檬茶。

周志鹏问："几天不见，你怎么摇身一变成了银丰律所的文员呢？"

孙梦瑶说："你不是也没告诉我你去银丰律所吗？"

周志鹏说："我想给你一个惊喜。"

孙梦瑶问："我走后，你跟他说起我了吗？"

周志鹏说："没有。"

孙梦瑶将信将疑地看着他。

周志鹏只好说："我只说了当年为你提供法律援助的事。"

孙梦瑶嘟囔一句："多嘴。"

周志鹏说："如果我没猜错的话，你这是出任务吧？"

孙梦瑶说："别多问。"

周志鹏说："好好，我不问，我知道警队有警队的规矩。"

孙梦瑶问："你怎么会在那里？"

周志鹏说："我五年前在司法局组织的法律援助下乡活动中认识的姜鹏飞，这些年和他一直有来往，他有头脑有野心，我这次来找他是想谋份差事。"

孙梦瑶说："你不适合那里。"

周志鹏突然抓住孙梦瑶的手："梦瑶，我来古都一半是为了你，我要跟胡梅摊牌离开她，和你在一起。"

孙梦瑶慌忙抽出手："不要！"

周志鹏问："为什么？"

孙梦瑶说："我们不合适。"

周志鹏不甘心："可你心里明明有我。"

孙梦瑶说:"我不喜欢你现在这个样子。"说罢起身欲走,又回头道,"记住我的话:离开银丰律所,离开姜鹏飞。"

目送孙梦瑶的背影从视线里消失,周志鹏身子一软,摊在座位上,直觉告诉他姜鹏飞可能出事了。

宿舍里,孙梦瑶梳洗完毕,爬上床铺铺开被子正要睡觉,手机忽然响了。

她请下铺好友小美帮她拿手机。

小美拿起手机,扑哧一声笑了,问:"小笨熊是谁?"

孙梦瑶一把抢过手机:"讨厌!"

电话里,沈念青关切地问候孙梦瑶的身体情况,得知无恙后又提及姜鹏飞,对他过于平静的表现感到不安。

挂了电话,孙梦瑶抬头见小美还趴在床沿痴痴看她。

小美眨眨眼:"采访一下你,跟帅哥拍档什么感觉?"

孙梦瑶随口道:"没感觉。"

小美撇嘴:"你这叫暴殄天物。"

孙梦瑶没理她,她拉上床帘,想起刚才跟周志鹏见面的事,越想心越慌。

9 谋生者周志鹏

第二天,一切风平浪静。

下班后,孙梦瑶走到马路对面见到沈念青,递给他一张纸。

沈念青问:"这是什么?"

孙梦瑶说:"这是我今天复印的文件目录,都是跟姜鹏飞业务有关的。"

沈念青问:"姜鹏飞呢?"

孙梦瑶说:"还在加班。"

沈念青说:"你先回去休息,这里交给我吧。"

孙梦瑶说:"你也注意休息,眼圈都黑了。"

沈念青笑笑。

送走孙梦瑶,沈念青回到车上,拿起那张纸。

文件目录都是姜鹏飞签署的各类跟信托基金有关的协议。

晚上八时左右,姜鹏飞的黑色奔驰车驶出地下车库,沈念青立刻跟上去。

他一直跟到位于古桥区中心地段的凤凰楼。

苦苦等了两个小时之后,姜鹏飞终于出来了,他身边多了一名身穿灰色风衣的男子,两人有说有笑往外走。

沈念青觉得这个身影有点眼熟,令他想起不久前去警员宿舍接孙梦瑶时,从她身边匆匆走开的那个人。

在好奇心驱使下,沈念青决定将目标锁定风衣男子,彻底弄清楚他的来路。

姜鹏飞约周志鹏共进晚餐,也是想弄清楚一些事情。

在凤凰楼装饰奢华的包厢里,姜鹏飞特别准备了一瓶法国XO和一桌江南时令的精美菜肴。

入座后,姜鹏飞问周志鹏:"周兄是哪年生人?"

周志鹏说:"一九七四年。"

姜鹏飞说:"你长我两岁,称呼周兄还是对的。"

周志鹏说:"客气客气。"

姜鹏飞说:"我和你注定有缘。"

周志鹏问:"为什么这么说?"

姜鹏飞说:"因为我们名字里都有一个'鹏'字。"

周志鹏笑了:"那是那是。"

姜鹏飞斟酒:"今天多喝几杯,不醉不归。"

周志鹏犹豫:"我不能喝的。"

话没说完,姜鹏飞已经把酒杯端起来了:"第一杯敬我们的缘分。"说完一饮而尽。

周志鹏见状,只好硬着头皮跟着喝,洋酒的味道呛得他直吐舌头。

姜鹏飞又斟一杯:"习惯了就好。"

周志鹏连连摆手。

姜鹏飞说:"第二杯,我要向你宣布一个好消息,几轮谈下来,他们对你非常满意,律所大门已经向你敞开了,你说该不该喝?"

周志鹏无奈又吞下第二杯。

姜鹏飞刚要斟第三杯,被周志鹏拦住了:"慢点慢点,再喝我要醉了。"

姜鹏飞放下酒杯:"好的,先吃菜。"

两杯酒落肚后,周志鹏浑身发热,额头冒出一层汗。

姜鹏飞见他醉意渐起,说话也开始走心了。

他说:"周兄,来就对了,江堰那个小地方埋没了你的才华,你需要一个更大的舞台。从前你追求远大理想,活得潇洒自在,可是现在,你有老婆孩子,你需要钱,这是很现实的问题。"

周志鹏连连点头:"是的是的。"

过了一会儿,姜鹏飞凑近周志鹏小声说:"你和小孙的关系好像不一般啊，我看出来了。"

周志鹏连连摆手："不不，你误会了，我和她什么也没有。"

姜鹏飞："什么也没有？"

周志鹏说："什么也没有，没有。"说着额头上渗出一层汗。

姜鹏飞看着周志鹏的窘态，感叹道："什么也没有就好，这个孙梦瑶不简单哦，向律所隐瞒个人信息，我正考虑怎么处理她。"

周志鹏一听，脱口而出："别……"

姜鹏飞看着他，等他往下说。

昨晚回去，周志鹏翻来覆去想了一夜，他现在的命运已经跟姜鹏飞牢牢绑在一起了，一荣俱荣一损俱损，如果姜鹏飞出事，董事会一定会第一时间将他扫地出门，所以，姜鹏飞不能出事，即便有事也不能出事，从这一刻开始理智的天平不知不觉倾斜了。

姜鹏飞见周志鹏犹豫，又说："周兄，告诉你一个秘密。"

周志鹏问："什么秘密？"

姜鹏飞举起酒杯："喝完这杯，我告诉你。"

周志鹏只好再硬着头皮，艰难地咽下第三杯酒。

姜鹏飞说："古都市的有钱人百分之六十已经或正在把钱往国外弄，他们开设离岸账号，注册离岸公司，说白了就是洗钱，但是他们人在国内担心离岸风险，因此需要一个信得过的人帮他们打理境外资金业务，我就是他们最合适的人选。俗话说，人为财死，鸟为食亡，我是律师也是商人，商人都是逐利的，哪里有财富我就去哪儿。"

周志鹏问："你要去哪儿？"

姜鹏飞说："美国。"

周志鹏拿起纸巾擦额头上的汗。

姜鹏飞凑近他:"我下面说的话,你听清楚:我走以后,我手里的国内信托基金客户需要有信得过的人帮我打理,你就是我看中的最合适人选。"

周志鹏的酒顿时醒了一半。

姜鹏飞继续说:"你知道这意味着什么吗?"

周志鹏咽了口吐沫:"意味着什么?"

姜鹏飞说:"意味着你在一年之内可以在古都市最繁华的地段买一套两百平方米以上的豪宅,你的孩子可以上国际幼儿园,你老婆可以安心在家当全职太太,你们就是这个城市的上等人。"

周志鹏听了,脸上表情似笑非笑,让人捉摸不定。

姜鹏飞说:"你不信?我就是这么过来的。"

周志鹏的确不敢相信命运是否真的会眷顾自己,但是他决定赌一把,他必须尽其所能保证眼前这个人不出事,看来被孙梦瑶说中了,命运真是捉弄人啊,想想不由一声叹息。

姜鹏飞问:"你为什么叹气,你应该高兴才对啊?"

周志鹏说:"我高兴不起来啊。"

姜鹏飞问:"为什么?"

周志鹏拿起酒瓶给自己斟上,一饮而尽,抹了抹嘴,看着姜鹏飞。

姜鹏飞等他开口。

周志鹏说:"我来律所之前见过孙梦瑶,当时她正在市局刑侦大队实习,在一个专案组里调查一起人口失踪案,没几天她就出现在你的办公室,你不觉得奇怪吗?"

姜鹏飞问:"她跟你说什么了?"

周志鹏说:"她什么也没说,我也不能问,警队有警队的规矩。"

姜鹏飞说："你怀疑我跟他们调查的人口失踪案有关？"

周志鹏说："我不知道，我只知道你不能出事，我现在和你是一根绳上的蚂蚱。"

说话时，周志鹏已经醉了。

姜鹏飞说："这是一个误会。"

周志鹏双目迷离，口中喃喃道："我相信你，你是我命中的贵人，我要住豪宅，我要当上等人。"说完一头扎到桌面上。

姜鹏飞拿起酒瓶给自己斟酒，猛地仰脖一饮而尽，然后看着手里的酒杯，眼里露出冷冷寒光。

黑色奔驰轿车离开凤凰楼，穿过灯火闪烁的街区最后停在一片老住宅区前。周志鹏下车跟跟跄跄往前走，姜鹏飞立刻来扶他，周志鹏摆手，两人推搡一阵，周志鹏独自离去，姜鹏飞站住看了一会儿，转身上车离去。

沈念青将车停在路边，快步跟上周志鹏。

周志鹏穿过中心花园，钻进一幢小楼，当他走进电梯一刹那，沈念青也跟进去。

沈念青见他按八楼，自己按了七楼。

电梯抵达七楼后，沈念青从消防电梯快步冲上八楼，身贴楼道探头望见周志鹏站在走廊尽头，头抵在墙上大口喘气，过了一会儿，摸出钥匙开门，"咣当"一声进去了。

楼道里光线昏暗，沈念青走到那扇门前，听见里面传来剧烈的呕吐声，他抬头看了看门牌号，转身离去。

沈念青确定这名醉酒男子就是他在警员宿舍外见到的那个人。他是谁？他跟姜鹏飞是什么关系？他跟孙梦瑶又是什么关系？这些问题令沈念青深感不安。

10 惊弓之鸟

次日，孙梦瑶像往常一样来到银丰律师事务所，很快，她的桌面上堆起厚厚一摞待复印的文件。她仔细翻看这些文件，没有发现姜鹏飞的名字，心里不由纳闷。

这时，姜鹏飞的专属秘书 Lisa 挺着大肚子走来说姜鹏飞有事找她。

孙梦瑶放下手里的文件，跟 Lisa 往专属办公区走，一边走一边提醒自己：镇定！镇定！

办公室里只剩下姜鹏飞和孙梦瑶两个人，姜鹏飞走去关上房门，孙梦瑶闻到一股刺鼻的香水味。

姜鹏飞说："坐吧。"

孙梦瑶坐下，姜鹏飞坐到她侧面的沙发上。

他问孙梦瑶："律所的工作习惯吗？"

孙梦瑶回答："还好。"

姜鹏飞又问："你是华中政法大学毕业的？"

孙梦瑶说："是的。"

姜鹏飞端起茶壶，一边斟茶一边说："我去年到你们学校参加过一个学术研讨会，当时接待我的是你们校长，他叫……"

孙梦瑶说："郑春明。"

姜鹏飞说："对对，郑校长，还有你们系主任，叫……"

孙梦瑶说："孙玉杰。"

姜鹏飞拍脑门："对对，孙教授，你看我这记性。"

孙梦瑶笑笑，没说什么。

姜鹏飞递给孙梦瑶茶杯："你是怎么认识周志鹏的？"

孙梦瑶说："五年前，我家里出事，他帮过我。"

姜鹏飞说："后来呢？"

孙梦瑶说："后来我们再也没有联系了。"

姜鹏飞若有所思："哦。"

孙梦瑶坐在一旁，不敢吭声。

姜鹏飞说："行了，没事了。"

孙梦瑶站起来。

姜鹏飞忽然想起什么："哦，我差点忘了，Lisa怀孕了，她的位子很快会空出来，期待你的表现，好好干。"

孙梦瑶躬身道："我会努力的。"

走出办公室一刹那，孙梦瑶长吁一口气。

目送孙梦瑶离去后，姜鹏飞拿起电话。

电话接通后，他说："喂，我是鹏飞，我忽然想起一件事，你上次说有个警察去教堂找过我，是男是女？男的？哦，没事没事，我能有什么事，好的，改天约您打球，我先挂了。"

放下电话，姜鹏飞起身走出办公室，穿过专属办公区去敲另一位高级合伙人办公室的门。

另一位高级合伙人姓陈，主要负责刑事案件的官司。

两人见面，一阵寒暄。

姜鹏飞问："老陈，我向你打听一件事，公安部最近是不是发文要求各地重启命案积案的侦查工作？"

陈律师说："这有什么奇怪的，这种通知每年都发。"

姜鹏飞说："今年有什么不一样吗？"

陈律师想了想："要说今年嘛，还真有些不一样，往年都是例行公事,今年部里把命案积案的破案率跟'一把手'的政绩挂钩,看来是动真格的了。"

姜鹏飞自语:"原来是这样。"

陈律师问:"有人掉坑里了?要不要我去捞?"

姜鹏飞回过神:"我随便问问。"

陈律师拉住他:"你轻易不来,一来准有事。"

姜鹏飞笑了:"没事没事。"

回到自己办公室,姜鹏飞从衣架上取下外套拎起公文包,走去专属办公区对Lisa说:"我出去一趟,你把今天的预约全部取消。"

Lisa诧异道:"全部吗?"

姜鹏飞说:"对,全部。"

Lisa问:"我怎么跟他们说呢?"

姜鹏飞皱眉头:"这还要我教你吗?"

经过走廊时,孙梦瑶正好不在座位上。

姜鹏飞来到地下停车场,打开车门,刚要进去,突然站住,想了想,又关上车门返回电梯,上到底层从侧门快步走出大厦,来到马路边挥手召唤出租车。

过了一会儿,出租车到了,姜鹏飞对司机说:"去月亮湖祥和养老院。"

司机犹豫了:"月亮湖在郊区,有空返。"

姜鹏飞不耐烦:"我包你往返,该多少钱一分不会少你的,快走吧,我赶时间。"

出租车调转车头,向市郊月亮湖方向快速驶去。

11 父与子

祥和养老院位于古都市郊月亮湖北侧，依山而建，环境清幽。

它的前身是古都市老干部疗养中心，二〇〇〇年改造以后对外营业。改造后的祥和养老院配备专业医疗护理团队，养生起居设施完善，专为高端人士服务，收费也极高。

四十分钟后，出租车进入湖区，行驶在山间公路上。

山林遮天蔽日，路面树影斑驳，不知不觉中光线越来越暗，远处传来滚滚雷声。

司机说："打雷了。"

姜鹏飞望向窗外，风掠过林梢，发出阵阵低啸。

他对司机说："前面路口左拐一直到底。"

道路尽头横着一道巨型灰色铁门，出租车按了两下喇叭，铁门缓缓开启。

出租车沿着林荫道前行约一百米，停在一幢楼前。

姜鹏飞对司机说："你在这里等我，我半小时后回来找你。"

司机说："不要太久，等人也要收费的。"

姜鹏飞走进接待大厅，向值班护士出示一张黑色卡片，护士查看上面编号，很快找到对应资料，起身带他走，被姜鹏飞拦住了。

他说："我自己去吧。"

护士止步，冲他笑笑。

远处山岗上乌云密布，老人们听见雷声都躲回屋里去了，庭院里静悄悄的。

姜鹏飞穿过一条长廊来到主楼后面的山坡，山坡上分布着一幢幢红色小楼，小楼被树丛包围，只露出斑驳的墙壁和窗户，其中有几扇窗亮起灯，灯光在灰色雾霭里忽明忽暗。

那幢楼位于山脚下一片树林里，与其他楼相距较远，孤零零地矗立在那儿犹如一座幽闭的岛屿。姜鹏飞走近时，闻到一股刺鼻的潮湿腐败的气味，如果这种气味是从人身上散发出来的，那只有一种可能，他正在走向一座坟墓。

姜鹏飞耸了耸鼻尖，略带厌恶地以手掩面走进楼里。

上到二楼，一直走到尽头，他举手刚要敲门，发现门是虚掩的，推门向里张望，屋里光线昏暗，一个背影伏在桌前。

姜鹏飞喊了一声："爸。"

背影闷声闷气应道："进来吧。"

姜鹏飞走近背影，看见他正在吃一只鸡，吃剩的鸡骨一根一根叠放在盘子里，拼凑出一只近乎完整的鸡骨架，最后他一把扯下鸡头，轻轻放在骨架上，拿起报纸一边擦手一边欣赏自己的杰作。姜鹏飞被这一幕恶心到了，差点吐出来。

背影慢慢转过身："外面打雷了。"

姜鹏飞说："是的，快下雨了。"

姜卫国敲打脑壳："一到下雨天，我这里总是鬼哭狼嚎叫个不停。凤梧，我的日子不多了。"

姜鹏飞说："我的日子也不多了。"

姜卫国问："出什么事了？"

姜鹏飞说："他们找到我了。"

姜卫国拉他手："别怕，说来听听。"

姜鹏飞说："你记得吴友福吗？"

姜卫国眯起眼睛："你说那个卖水果的？"

姜鹏飞说："是的，警察根据他提供的线索摸到律所来了，我现在感觉脖子上套了一根绳索，越勒越紧喘不上气来，那种感觉你明白吗？"

姜卫国站起来："我明白，我当然明白。"

姜卫国中等身材，背微驼，上身穿一件蓝色中山装，下身穿草绿色军裤，脚上一双旧款军用胶鞋，平头长脸，两条法令纹从鼻翼一直勾到嘴角，使得嘴唇不自觉往下撇，无形中拉长了下巴，下巴上布满胡楂。因脑部受伤，两只眼睛一大一小，大的那只眼眶旁有一条疤痕，将眼梢吊起，露出一轮眼白，更显得狰狞可怖。

"吴友福，吴友福。"姜卫国一边来回踱步一边不停念叨这个名字，突然站住，"我知道他在哪儿。"

姜鹏飞问："在哪儿？"

姜卫国说："他当年逼我交房租的时候，留下一个银行账号，我记得是工商银行站前街支行，站前街在火车南站，那里有一个水果批发市场。"

姜鹏飞说："我了解警察的办事风格，他们不查个水落石出是不肯罢手的。"

姜卫国冷笑："十年了，什么也没有了，他们查什么？"

姜鹏飞说："只要有人听见有人看见，都可以定罪。"

姜卫国说："没人听见也没人看见，什么都没有。"

他眼里射出的光令人不寒而栗。

姜鹏飞："可是吴友福……"

姜卫国用手拨弄盘子里吃剩的鸡骨头，冷冷道："他死了。"

这时，窗外划过一道闪电，紧接着传来滚滚雷声。

姜卫国似乎被雷声惊到了，双手抱头踉踉跄跄走到墙前，用力向墙撞去，一下、两下、三下，撞击中，一块头皮被震掉，露出里面巴掌大的铁壳，铁壳闪着幽幽乌光，嗡嗡作响。

姜鹏飞赶紧上前抱住他，连拖带拽将他放倒在床上，从针盒里取出注射器，撸起袖子拍了拍静脉一针下去。姜卫国不动了。

过了一会儿，姜鹏飞凑近姜卫国耳边说："雨季来了。"

姜卫国突然睁开双眼，直勾勾盯着天花板，指尖微微动了一下。

姜鹏飞从楼里出来踏上门前那条鹅卵石小径，天空又闪过一道电光，姜鹏飞猛回头，看见远处窗口立着一个人影。

他低头仓皇离去。

目送姜鹏飞的身影消失在夜色里，姜卫国关上窗户坐回桌前，此时他的目光落在桌面的两张照片上。一张是年轻女子的半身像，短发圆脸，双目炯炯有神地看着他；另一张是年轻男子正在街对面拉开车门准备上车，车牌号清晰可见。

12 搜捕姜卫国

忙碌一天，孙梦瑶没见姜鹏飞露面，心里忐忑不安。

下班后，她离开律所来见沈念青。

孙梦瑶被沈念青的样子吓一跳："你生病了？"

沈念青说："没有。"

孙梦瑶上车，想起见过周志鹏，心里觉得内疚。

沈念青扶住方向盘，不知该不该问她风衣男子的事，心里也在犹豫。

不知不觉中，两个人都显得心事重重。

孙梦瑶说："找不到线索，心里着急吧？"

沈念青说："是啊。"

孙梦瑶从背包里取出一张纸："这是今天的复印资料，你看看。"

沈念青接过纸，扫了一眼，没发现什么有价值的信息。

他随手翻过纸页，这是一张作废的复印纸。

沈念青突然问："这是什么？"

纸页背后印坏的文件上写着：祥和养老院慈善捐款倡议书。

次日，沈念青向王皓和赵长河提出调查祥和养老院的想法。

王皓以市局名义打电话联系祥和养老院，询问是否存在姜卫国此人，对方回复：查无此人。

沈念青不甘心，向市局户籍管理中心申请调查姜鹏飞资金账号，以三年为期细查资金流向。

中午，结果出来了，沈念青对账目逐一排查，果然发现自二〇〇二年起姜鹏飞每三个月定期向祥和养老院汇入三万元，这个行为显然与姜卫国有关。换句话说，自二〇〇二年起，姜鹏飞已将姜卫国安置在祥和养老院了。

王皓和赵长河对这条线索格外重视，当即决定赴祥和养老院抓捕姜卫国。

此次行动由王皓指挥，沈念青随行，朱强又从刑侦大队增派两名身强力壮的刑警段鹏和齐峰一同前往。

抵达后，他们直奔院长办公室。院长姓郑，他找来养老院管理团队负责人,从档案库里查询二〇〇二年入院的老人,经过一阵紧张细致的忙碌和照片比对终于识别出嫌疑对象。此人已改称姜家俊,从身份证到简历全是伪造的。

郑院长不敢怠慢,亲自带众人前往姜卫国住处。

楼道里静悄悄,房门紧闭。

郑院长上前敲门,无人应答,再敲还是无人应答。

王皓说:"开门进去看看。"

郑院长拿出一串钥匙试了几把,最后终于把门打开了。

王皓率先进去,众人随后拥入。

结果大失所望,屋内空无一人。

王皓对郑院长说:"我留在这里,你们立即去外面搜查。"

众人分头搜查庭院每个角落,结果一无所获。

沈念青和段鹏、齐峰回到姜卫国住处,见王皓正在看墙上用粉笔画的涂鸦,涂鸦用红蓝两色箭头分别标注我军、敌军,看上去像一幅军事指挥示意图。

床铺上被子叠成方方正正的豆腐块,床头挂着一只军用水壶,桌上用炮弹壳制作的烟灰缸里散落两三支烟头。

沈念青看了看,是白沙烟。

王皓掏出胶皮手套,捻起烟头放进物证袋里,又凑近垃圾桶,里面有一堆鸡骨头,他捡起几根塞进另一只物证袋,在床铺上又发现一根毛发。

收集完毕,王皓说:"走,去找院长。"

在王皓要求下,郑院长紧急召集当日值班护士、门卫,以及负责生活起居和医务护理的所有工作人员。

他们首先查了祥和养老院前后两道门的监控录像，没有发现异常。

值班护士说："六月十日，也就是前天，姜律师来过养老院。"

负责生活起居的工作人员对姜卫国印象比较深刻，他这些年除了按时到食堂吃饭，平时都待在屋里一个人独来独往，偶尔会出来晒晒太阳。最后一次见他是前天中午在食堂。

负责医疗护理团队的工作人员找出姜卫国的医疗档案：此人脑部残留一块米粒大小的弹片，位于前额叶左侧，随着年纪增大渐渐产生病变，对外界刺激越来越敏感，容易引起脑电波异常，症状是情感淡漠、抑郁、认知退化并伴有脑部剧烈疼痛，尤其在气压较低的阴雨天。去年开始，医护人员给他提供轻量吗啡缓痛剂，但效果不明显。

王皓调出六月十日下午车辆出入祥和养老院的监控录像。

监控录像显示：六月十日下午四时二十一分，一辆车牌号古A2349的出租车驶入；六月十日下午四时五十五分，该车离开祥和养老院。

王皓立即吩咐段鹏根据车牌号查找出租车司机，询问当事人情况。

出租车司机回复，当天来回的只有姜鹏飞一个人。

郑院长说："姜律师有时候在周末带他父亲去月亮湖对面的别墅吃饭，姜卫国会不会去别墅呢？"

王皓随即率众人沿环湖公路前往对岸月畔湾别墅区。

他们先去管理处调取监控录像，未发现任何踪迹，再去湖音阁，因为没有搜查证，只能在外面转悠，也看不出什么。

返回市局的路上，王皓脸色铁青一言不发。

沈念青悄悄掏出手机，给孙梦瑶发了一条短信：姜卫国跑了，你随时准备撤离。

孙梦瑶回复两个字：面谈。

回到市局，王皓对沈念青说："通知赵长河和孙梦瑶一小时后开会。"说完直奔刑警队长朱强办公室。

赵长河见沈念青心神不定的样子，心里已经猜到八九分了："没抓到？"

沈念青"嗯"了一声，抓起桌上茶缸猛灌起来。

一小时后，人齐了。

王皓走进办公室。

他说："姜卫国的逃跑给我们提供了两条信息：第一，姜鹏飞已察觉自己被秘密调查，与姜卫国串谋；第二，这一跑反而露出了破绽，证明我们侦查方向是对的。

"我刚才跟朱队商量了一下，决定全面提速，跟对手抢时间。下一步关键任务是找人，我已经把姜卫国近照下到公路、铁路、轮船航运还有机场各兄弟单位，同时要求全市各区派出所对辖区内的酒店宾馆和所有留宿场所进行排查。"

沈念青问："为什么不抓姜鹏飞？"

王皓说："留他引蛇出洞。"

孙梦瑶举手："我呢？走还是留？"

王皓说："你暴露了，撤吧。"

孙梦瑶瞟沈念青一眼："好吧。"

王皓问："姜鹏飞是怎么发现自己被怀疑的？"

沈念青和孙梦瑶沉默不语。

散会后,赵长河单独留下沈念青。

赵长河问:"你们去月畔湾别墅那天是不是出事了?"

沈念青说:"没有。"

赵长河又问:"孙梦瑶呢?"

沈念青说:"也没有。"

赵长河说:"那问题就大了。"

离开办公室,沈念青从车棚里推出电动车往大门外走,刚到门口,看见孙梦瑶站在马路对面。

两人来到附近一家甜品店,各自点了一杯饮料。

沈念青说:"撤就撤吧。"

孙梦瑶低头不语。

沈念青说:"我前几天看见姜鹏飞和一个男的在凤凰楼吃饭,你认识他吧?"

孙梦瑶知道瞒不住了,只好说:"是的。"

沈念青问:"他是谁?"

孙梦瑶说:"他叫周志鹏,家里出事后,他为我提供过法律援助,没想到在银丰律所遇上了。"

沈念青问:"你跟他说过什么?"

孙梦瑶说:"我跟他说我在市局实习。"

说到这里,沈念青心里全明白了。

他说:"我们都犯错了。"

孙梦瑶说:"但愿事情没我们想象的那么糟。"

沈念青说:"但愿吧。"

13 吴友福之死

沈念青给吴友福打电话，通知他来市局做实物指认。

吴友福在电话里说，他刚从新疆回来，押运了一车皮新疆香梨，这几天忙着在火车南站卸货。

沈念青加重语气告诉他，务必当日赶过来，否则亲自去货场带人。

货场那边，吴友福放下电话，大声呵斥从货场上临时雇用的几名搬运工："快点快点，今天搬不完不给工钱啊！"

搬运工们听了敢怒不敢言，只顾埋头往来穿梭于货车与仓库之间。

中午，他们去吃饭，吴友福一个人留在仓库里清点果箱。

仓库是租赁火车南站货场的，紧邻水果批发市场。

吴友福清点完果箱，走到仓库角落打开储物柜，从里面取出一本账簿，记下几个数字又放回储物柜。

关门的时候，他看见储物柜下层有一只绿色旅行包，取出旅行包打开一看，慌忙掏电话。

他说："你好，沈警官，我找到一只旅行包，里面是当年从旧屋收拾回来的东西，有些是马桂花留下的，我现在拿过来给你。"

吴友福放下电话刚要走，突然听见铁闸门"哗啦"一声关上了，仓库里顿时暗下来，只有一束光从高处排风口射入，逆光里一个身影向他走来。

吴友福大喊："谁？"

那人一边走一边扯下披肩帽。

吴友福连连后退。

……

几分钟后,仓库铁闸门重新拉开,从里面走出一名男子,手拎绿色旅行包四下望望,大步离去。

沈念青再次拨打吴友福电话。

手机里传来一个声音:您拨打的电话暂时无法接通。

连拨几次,都是同一个声音。

沈念青慌了,冲出办公室直奔刑侦大队。

王皓吃完饭刚回办公室,见沈念青慌慌张张冲进来,问:"怎么了?"

沈念青说:"吴友福出事了。"

王皓站起来:"慢慢说。"

沈念青说:"我约吴友福今天过来实物指认,他说又找到一些马桂花的遗物,答应一起带过来,可是刚才打他电话没人接。"

王皓说:"你再打。"然后拿起办公室座机直接打到火车南站派出所:"张所,我是市局王皓,你现在立即带人去南站货场仓库,找一个叫吴友福的人,对,现在。"

过了一会儿,电话铃响,王皓接听,听着听着脸色变了。

他放下电话,对沈念青说:"别打了,吴友福死了。"

这几天朱强和郭大壮去外省办案,警队暂由王皓指挥,他立即通知法医和物检两组人员,带上段鹏、齐峰还有沈念青飞速奔往火车南站。

警笛声在耳边嘶鸣,沈念青坐在车里,大脑一片空白。

警车抵达南站货场,远远望见仓库门口拉起一道黄色警戒线，警戒线外围了一群人。

南站派出所所长张刚迎出来。

王皓问："什么情况？"

张刚说："从仓库货堆里发现死者，名字叫吴友福，是这间仓库货主。"

王皓说："走，去看看。"

警队随王皓进入仓库，仓库角落有一堆倒塌的货箱，死者吴友福仰面躺在货堆上，下身埋在货箱里。

王皓爬上货堆，看看死者脖颈，回头对孟一凡和刘睿说："干活儿吧。"

他自己绕着货堆转了一圈，掏出手套从地上捡起那只搬运工披肩帽闻了闻，交给助手封袋保存。

在离尸体不远的地面上，有几道明显的擦痕，擦痕周围脚印凌乱，王皓指示助手拍照留底。

这时，孟一凡走来："王队，根据死者颈部勒痕初步判断死因为细绳索勒颈导致的窒息死亡，死亡时间在两小时以内。"

王皓说："这里有打斗痕迹，指甲缝里有皮屑组织吗？"

孟一凡说："有，已经提取了。"

王皓说："先拉回去，验尸报告今天给我。"

孟一凡应声而去。

王皓见沈念青站在储物柜前，起身向他走去。

沈念青说："吴友福电话里提到的旅行包不见了。"

王皓没说什么，随手翻了翻账簿交给助手。

他问张刚："谁报的案？"

张刚说："一个搬运工，在外面。"

仓库外面，六名搬运工正在接受警察讯问。

王皓问:"谁报的案?"

一名身材魁梧的汉子举手:"是我。"

汉子说他想早点开工,一吃完就饭来找吴老板,没想到……

王皓问:"几点来的?"

汉子想了想说:"十二点半。"

王皓问沈念青:"你几点接到吴友福电话?"

沈念青说:"十二点一刻。"

王皓说:"只有十五分钟,是一个狠角色。"说着立即召集张刚和随队警员,趁凶手没走远,对火车南站周边展开搜捕。

他又问汉子:"你们一共几个人?"

汉子左右看看:"五个。"

他身边一个小个子说:"不对,是六个。"

王皓问:"还有一个呢?"

汉子说:"不见了。"

王皓问小个子:"你看清那个人长什么样吗?"

小个子说:"好像是新来的,背有点驼,干活儿时帽子挡住脸,没看清。"

王皓单独留下汉子,问他:"你最早到仓库,你看见什么?"

汉子说:"我来的时候,铁门没拉上,我进去找吴老板,看见他躺在货堆上,死了。"

王皓说:"你带我沿仓库到货车的路线走一趟。"

货柜车和仓库之间相距不足百米,中间隔一道铁丝网,搬运工用平板车装载货物穿过铁丝网中间的门,再绕过一排仓库就是案发现场,从装货到运货往返约需五分钟。王皓沿途还发现多处岔路和缺口,任何人都可以随时出入而不被发觉。

仓库里，孟一凡和助手将尸体装入运尸袋准备搬上运尸车，刚推到仓库门口，外面突然传来凄厉的哭喊声，一名中年妇女冲出人群直扑运尸车，后面还跟着一名少年。

孟一凡见状大喊："大青子，拦住他们。"

沈念青冲上前抱住中年妇女，另一名警员死死拽住少年。

孟一凡带人趁机冲出仓库，将尸体塞进警车，关上车门。

中年妇女一屁股坐在地上，双手捶地，号啕大哭。

少年一边挣扎一边喊："放开我，放开我。"

王皓对张刚说："你安排警员做好死者家属的安抚工作，对他们实施二十四小时监护。"

张刚说："是不是跟昨天发的协查通告有关？"

王皓说："是的，从现在开始，你增派人手加强对辖区内排查，重点是火车站。"

张刚受命而去。

王皓将沈念青拉到一边："这个案子惊动孙局了，朱队正从省外往回赶，你跟死者回家，留意还有没有可疑物证，我留辆车给你，晚上随时待命。"

中年妇女被女警员安置在一辆警车里，此时已经哭得精疲力竭，只剩下粗重的呻吟，少年站在警车外不肯上车，他认出沈念青了。

少年说："我告诉过你凶手是他，为什么不抓他？为什么？"

沈念青掏出烟，猛吸一口，看看吴斌，又将烟扔在地上一脚踩灭。

他说:"我们抓了,可惜晚到一步。"

少年扭头看别处,不理他。

吴友福的家位于南站水果批发市场后面的商住小区,里面有花园、商铺和一些流动商贩,管理比较混乱。

女警员将吴斌继母扶进卧室,给她服一片安定先安顿入睡,然后和其他民警轮流守在楼下。

沈念青看看屋里陈设,问吴斌:"你之前去过仓库吗?"

吴斌说:"周末去帮过几次忙。"

沈念青说:"你父亲最后一次跟我通话时说他找到一只绿色旅行包,你见过这只旅行包吗?"

吴斌说:"当然见过,是我放在那里的。"

沈念青站起来:"怎么不早说?"

吴斌说:"我忘了。"

沈念青问:"里面是什么?"

吴斌说:"里面是我妈的东西,照片、衣服,还有一些首饰和化妆品。"

沈念青说:"还有呢?"

吴斌想了想:"没有了。"

沈念青说:"你再想想,慢慢想。"

吴斌摇头。

沈念青忍不住说:"有没有一只玩具熊?"

吴斌说:"好像有。"

沈念青说:"你现在闭上眼睛,回想这只玩具熊,然后把它画出来。"

吴斌说:"能给我一支烟吗?"

沈念青说:"不能。"

吴斌闭眼想了一会儿,然后从书包里拿出彩笔在白纸上画起来,几笔之后,一只棕色玩具熊栩栩如生出现在纸上。

沈念青拿起画纸,小熊和他想象的一模一样。

他问吴斌:"这只玩具熊是马桂花的吗?"

吴斌说:"不是。"

沈念青问:"为什么这么肯定?"

吴斌说:"我妈从来不碰带毛的东西,她有过敏性鼻炎,每年秋天梧桐树结果的时候,出门都要戴口罩。"

沈念青收起画稿。

吴斌问:"我能见见我爸吗?"

沈念青说:"可以,明天我派车来接你们。"

这时手机响了,沈念青接到王皓电话:立即回市局。

市局楼上灯火通明。

沈念青走进一楼大厅,孙梦瑶忽然从角落里闪出来拦住他。

沈念青吓一跳:"你怎么在这里?"

孙梦瑶说:"我不敢上去。"

沈念青说:"别怕,该来的总会来。"

孙梦瑶问:"吴友福死了?"

沈念青点头:"嗯。"

孙梦瑶说:"怎么会这样?"

沈念青说:"我们可能唤醒了一个恶魔。"

孙梦瑶慌了:"那现在怎么办?"

沈念青说:"什么也别说。"

说着,两人上楼,走进刑警队会议室。

会议室里坐满了人，参会者分别是：孙伟民副局长，刑警队长朱强，副队长王皓、郭大壮，法医负责人孟一凡，物检负责人刘睿，警员段鹏、齐峰，专案组成员赵长河、沈念青和孙梦瑶。

孙伟民面色凝重："王皓，你说说情况。"

王皓拿出一份资料，站起来说："验尸报告出来了，根据死者吴友福指缝里残留皮屑与姜卫国住处收集的毛发烟头进行DNA比对，结果完全吻合，凶手就是姜卫国。我们昨天得知姜卫国藏身月亮湖祥和养老院后当天赶去抓人，人跑了。祥和养老院的人说，姜鹏飞前日曾去养老院见过姜卫国，基本信息如下：六月十日下午，姜鹏飞去祥和养老院见姜卫国，当天傍晚离开；六月十一日，姜卫国逃匿（也可能是六月十日当晚）；六月十二日，我们下午赶到祥和养老院抓人，人已经跑了；六月十三日，吴友福被杀。大概情况就是这样。"

孙伟民说："我说几点供大家参考。第一，吴友福被杀是不是南大碎尸案中的一次突发事件，两案是否可以并案侦查？第二，姜卫国的杀人动机是什么？换句话说，他为什么选择吴友福？第三，下一步如何行动？"

王皓说："确切说是三案并案侦查，吴友福被杀案、马桂花失踪案、南大碎尸案，并案理由是，三案均指向同一侦查目标：姜卫国姜鹏飞父子。凶手选择吴友福的原因是，他的前妻马桂花认识姜卫国，两人曾同居，他们的住处光明小区聚贤里三号极可能是南大碎尸案第一现场，吴友福认出南大碎尸案的旅行包，正准备来局里指认，更重要的是，他给沈念青打电话说他发现了马桂花的遗物，他的遇害直接导致目前最重要的一条线索断了。"

朱强说:"我们通过马桂花失踪案找到她的前夫吴友福,这个人向我们提供了南大碎尸案第一现场的线索,并可能进一步提供相关物证,但是被姜鹏飞发现了,他去祥和养老院向姜卫国报告这个信息,于是姜卫国杀人灭口。"

王皓说:"是的。"

朱强又问:"姜鹏飞是怎么发现我们找到吴友福的?"

众人目光齐刷刷落在沈念青和孙梦瑶身上。

王皓问沈念青:"说说你那边的情况。"

沈念青说:"除了我和你那一次,我和孙梦瑶之前见过吴友福一次,我单独见过吴斌一次。"

朱强问:"你跟其他人说起过吴友福的事吗?"

沈念青反问:"你认为我会跟谁说?姜鹏飞吗?"

朱强瞪眼:"你什么态度!"

会场气氛顿时凝重。

朱强说:"这个问题必须搞清楚,如果我们不知道问题出在哪里,后面会犯更大错误。"

众人的目光再次落在沈念青身上。

这时,孙梦瑶站起来:"对不起,是我。"

沈念青用眼神制止她,孙梦瑶假装没看见。

她说:"是我的错,跟沈念青无关。"

众目睽睽之下,孙梦瑶讲述了自己向周志鹏说起在市局刑侦大队实习的事,并在无意中透露正在调查马桂花失踪案,而周志鹏正好认识姜鹏飞。

听完她的讲述,有人沉默,有人摇头。

赵长河开口了:"吴友福被杀当然是我们不愿意看到的,但是也证明我们之前的侦查方向是对的,姜鹏飞和姜卫国父子就是我们要找的人。原先他们在暗处,我们在明处,现在吴友福被杀等于摊牌了,牌打到明面上反而对我们有利,老子杀人,儿子前一天才见过他,怎么说也逃脱不了干系。"

孙局说:"老赵说得对。"问王皓:"你下一步有什么打算?"

王皓说:"第一,继续搜捕姜卫国;第二,审讯姜鹏飞。"

孙局说:"南大碎尸案的侦破工作现在到了关键时刻,你们面临的对手,一个是残忍的杀人狂,一个是学过法律的专业人士,千万不能再犯错误了,争取早日破案。"

14 魔鬼重返人间

夜已深。

火车南站西北角的废墟上,几节废弃的绿皮车埋在齐腰深的荒草里。

这里白天也人迹罕至,晚上更显得寂静荒凉。

姜卫国睁开眼,掀去盖在身上的旧报纸坐起来,晃了晃脑袋,趴到窗户上向外张望。

远处不时闪过几点灯火。

他打个哈欠,拎起旅行包钻出车厢向废墟外走去。

穿过一道铁丝网,前方是一片空旷地,他迟疑了一下,继续往前走。

夜幕下,他的背影远远望去,犹如逃出地狱的恶魔游荡于人间。

往前走了大约五公里,忽然从山林那边吹来一阵风,风中夹杂着细碎的雨点。

他迎风加快脚步,看见路基下的灌木丛里有一处涵洞,仓皇间一头钻了进去。

涵洞里堆满乱石,洞外,雨水伴着冷风吹打在灌木丛上,淅淅沥沥响成一片。

姜卫国坐在乱石堆上,燃起一根烟抽了几口,打开旅行包将里面的东西通通倒在地上。他点燃衣物,火焰熊熊燃起,火堆旁有一本影集,他捡起来,里面全是马桂花的照片,这个漂亮女人,曾经为他付出过真心,可惜还是被他亲手送上黄泉路。

他看着火焰里渐渐化成灰烬的照片,朝地上狠狠吐了口唾沫,又从上衣口袋里掏出两张照片。他将照片反扣掌心,来回摩挲然后抽出其中一张翻开,照片上那名年轻女子正笑吟吟地看着他,他随手将两张照片扔进火里。

该烧的烧得差不多了,姜卫国最后抖了抖旅行包,从里面掉出一只玩具熊。

他捡起玩具熊随手扔进火堆里,火焰再次燃起。

玩具熊在火苗簇拥下,张开嘴,发出无声的叹息。

15 一次告别

沈念青来到市局枪械处领配枪,管理员让他填一份登记表,然后交给他一只六四式警用配枪、一只弹夹七发子弹和一副皮制背肩式枪套。

沈念青领完枪往回走,碰见刑警队副队长郭大壮。

郭大壮说:"朱队吩咐我带你去射击场练枪,跟我走吧。"

他们来到市局侧楼警员训练中心地下一层射击训练场。

沈念青说:"好久没摸枪了。"

郭大壮说:"比试比试吧。"

他们走上各自靶位,戴上消音罩,取枪装弹上膛,先是固定靶各十发,结果两人不分胜负,活动靶各十发,最终沈念青以一环险胜。

郭大壮摘下消音罩,冲沈念青竖起大拇指。

离开靶场时,郭大壮说:"别看朱队表面上对你严苛,其实他还是很欣赏你的,说你是天生干刑警的。"

沈念青对这种说法颇感意外。

二楼是搏击馆,几名警员正在教练指导下练散打。

郭大壮看沈念青。

沈念青问:"你看我干吗?"

郭大壮说:"练练?"

沈念青说:"练练就练练。"

郭大壮在搏击场上鲜有对手,此时出现在擂台上,立刻引起众人强烈好奇心,他们纷纷议论对手是谁。

两人换上运动服,戴齐护具,在擂台上摆开架势。

郭大壮取攻势,沈念青取守势,一来一往,谁也没占到便宜。郭大壮有意试探沈念青的实力,攻势中暗暗发力,组合拳结合腿击令沈念青忙于招架。

台下众人鼓掌喝彩。

沈念青缩在台角出不来,郭大壮心中暗喜,眼里露出狡黠的笑意,没想到这一笑激起沈念青疯狂的求生欲,动作也不再那么规矩,反击中频频下狠手,招招不离郭大壮的眼、喉、档三处命门。

看出门道的人大喊:"郭队,小心!"

郭大壮暗暗吃惊，不敢怠慢，稍作迟缓间还是重重挨了一拳。

下死手，是训练中最忌讳的。

教练是一个经验丰富的搏击高手，看不下去了，飞身跃上擂台，闪到沈念青身后一个扫堂腿将他撂倒，举拳欲打，被郭大壮拦住了。

沈念青如梦初醒，躺在擂台上大口喘气。

郭大壮伸手拉他。

沈念青说："对不起，刚才走神了。"

郭大壮却说："打得好，打出实战的感觉了。"

傍晚，在警员宿舍附近那家甜品店里，周志鹏如约而至。

两人一见面，周志鹏立刻觉得气氛不对。

他小心翼翼问："你找我什么事？"

孙梦瑶看着他不说话。

周志鹏忍不住又问："你怎么了？"

孙梦瑶说："你没有什么要对我说吗？"

周志鹏故作诧异："说什么？"

孙梦瑶："你为什么把我们调查马桂花的消息告诉姜鹏飞。"

周志鹏说："没有啊。"

孙梦瑶反问："没有吗？"

周志鹏见瞒不过去，一拍脑门："真该死，我有一次喝醉酒，不小心说漏嘴了。"

孙梦瑶说："你太让我失望了。"

周志鹏说："我是不是闯祸了？"

孙梦瑶说："你出卖了我。"

这句话戳到周志鹏的痛处，他问："发生什么了？"

孙梦瑶皱起眉头。

周志鹏说："我不问我不问，那我能为你做些什么？"

孙梦瑶说："小心你自己。"

周志鹏没听懂："什么？"

孙梦瑶说："离开银丰律所，离开姜鹏飞，离开古都。"说完起身走了。

次日，孙梦瑶回到市局三号楼。

刚走到门口，听见办公室里传来争吵声，不由停下脚步侧耳细听。

沈念青说："这个案子孙梦瑶有一半功劳，不能因为一个小过失就把她赶走，过失我也有，要走我也走。"

赵长河说："胡闹！你以为警队是菜市场，想来就来想走就走？"

沈念青说："拍档没了，我留下干什么？"

赵长河说："你是真糊涂还是假糊涂？孙梦瑶暴露了，她现在处境危险，局里的决定是出于安全考虑，明白吗？"

沈念青问："回到学校就安全吗？"

赵长河说："这你不用担心，我们已经通知校方和当地警方对她采取保护措施。"

沈念青不说话了，两人陷入一片沉默。

孙梦瑶推门进去。

她的桌上放着一份文件，标题是《关于孙梦瑶调离南大碎尸案专案组的决定》。

孙梦瑶看完文件，平静地说："好吧，我走。"

孙梦瑶到市局政工处办理完相关手续，从刑警队领到一份实习评估报告。

专案组对她的工作表现给予高度评价，这意味着孙梦瑶在古都市公安局刑警队的实习正式结束，接下来她将返回中南警察学院完成学业等待分配。孙梦瑶心里清楚，她再也没机会回古都了，即使沈念青当年以全优成绩毕业，也只能分配到古都市基层派出所当一名片警，况且他还是警二代。

孙梦瑶回到三号楼办公室，收拾完东西，向赵长河告别。

赵长河对孙梦瑶说："孩子，听我一句，女娃娃别干刑警，太苦了，回去找个稳定工作，好好过日子。"

孙梦瑶笑了："嗯，我记住了。"然后问："师兄呢？"

赵长河说："他刚才出去了。"

孙梦瑶难掩失望："请您帮我给师兄捎个话：后会有期。"

赵长河说："好。"

孙梦瑶拎起背包，低头走出办公室，走到庭院里，忍不住回头望。

正当她快要绝望的时候，沈念青从花坛后闪出来。

孙梦瑶问："你怎么在这儿？"

沈念青说："这儿说话方便。"

孙梦瑶说："别跟他们吵了，他们也是为我好。"

沈念青说："案子破了，我去找你。"

孙梦瑶说："好，我等你。"

沈念青看着她，脸上表情似笑非笑。

孙梦瑶眼眶红了。

沈念青拎起背包："我送送你。"

孙梦瑶忽然想起什么："等等。"打开背包，从里面掏出一只玩具熊："这是我的护身符，送给你，祝你好运！"

沈念青说："护身符送我，你怎么办？"

孙梦瑶说："我有你啊，你就是我的护身符。"

沈念青张开双臂，两人轻轻拥抱在一起。

这一幕正好被远处楼上的赵长河看见，他退到廊柱后面默默站了一会儿，转身回到办公室里。

走到市局门口。

孙梦瑶挥手召唤出租车。

沈念青说："我明天送你去车站。"

孙梦瑶说："忙就算了。"

沈念青说："不忙。"

临上车前，孙梦瑶回头向沈念青挥手："再见，小笨熊。"

沈念青没听清，问："你说什么？"

孙梦瑶笑了，回头钻进出租车里。

沈念青望着远去的车影，还在猜她刚才说什么。

第五章 与魔鬼的较量

1 意外结盟

姜鹏飞将自己关在书房里,一夜未眠。天亮的时候,蒋梦丹推开门,见里面乌烟瘴气的,忙去打开窗户。

她说:"你不是戒烟了吗,怎么又抽上了?"

姜鹏飞深深叹了口气。

蒋梦丹见他情绪低落,问:"出事了?"

姜鹏飞说:"老头子跑了。"

蒋梦丹说:"他不是在养老院里待得好好的吗,怎么突然跑了?"

姜鹏飞说:"我听郑院长说,警察找过他。"

蒋梦丹眼里闪过一丝恐慌:"他会不会……"

姜鹏飞又燃起一根烟:"他是患者,中断用药随时可能崩溃。"

蒋梦丹挥手驱散烟雾:"你必须找到他,不能让他胡来。"

姜鹏飞说:"我懂。"

蒋梦丹说:"把他交给警察算了。"

姜鹏飞说:"不行。"

蒋梦丹说:"好,我不逼你,可现在我们什么情况你知道吗?"

姜鹏飞说:"我当然知道。"

门外,女儿姜梓桐不停喊"妈妈"。

蒋梦丹临走时,对姜鹏飞说:"我也是有底线的。"

姜鹏飞沉默不语。

第二天,姜鹏飞正在办公室里查阅电脑上关于古都市火车南站水果批发市场发生命案的报道。

周志鹏急匆匆走进来。

姜鹏飞立即合上电脑,抬头问:"你来干什么?"

周志鹏问:"你看法制新闻了吗?"

姜鹏飞脸一沉,闷声道:"我有事,出去。"

周志鹏一下愣住了。

姜志鹏不耐烦地冲他摆摆手。

周志鹏见状只好灰头土脸退出去。

他走后,姜鹏飞打开电脑又看了一遍新闻,然后燃起一根烟。

这是一个凶兆!

他似乎过度轻信了父亲姜卫国的行事手段。警方如此神速地锁定凶手大大出乎他的意料,这只有一种可能,姜卫国早已进入了他们的侦查视线。他庆幸自己抢先一步见了父亲,但是他也不得不承认,这一步付出的代价太大了,他有一种不祥的预感。

从姜鹏飞那里吃到闭门羹后,周志鹏一个人来到大街上。

姜鹏飞喜怒无常的态度让他感到不安,也更加重了他寄人篱下的感觉。

虽然前脚已迈进银丰律所门槛,可后脚却还悬着,一时找不到落脚的地方,这种无力感彻底抵消了他入职成功的喜悦。

周志鹏坐在金鼎大厦附近的咖啡店外面,点了一杯最便宜的美式咖啡,无精打采地看着远处发呆。

这时一辆黑色别克轿车停在路边,车窗拉下,一个人探头冲他喊:"周志鹏!"

周志鹏抬头一看,是银丰律所另一位高级合伙人陈天华。

陈天华问:"有空吗?"

周志鹏稍做犹豫,回答:"有。"

陈天华头一偏:"上车,找个地方聊聊。"

黑色别克轿车停在一处高档住宅小区外面的林荫道旁,对面是一家日式居酒屋,名字叫"吉野"。

他们刚走进去,一位身穿鲜艳和服的少妇立刻迎上来,一阵点头哈腰过后领他们进到一间包厢里。

陈天华显然是这里的熟客,脱去外套坐上榻榻米,见周志鹏拘谨地站在原地,笑着说:"愣着干吗,坐吧。"

酒菜上齐后,两人寒暄着喝了几杯。

陈天华说:"看新闻了吗?"

周志鹏说:"看了。"

陈天华说:"通缉令上那个叫姜卫国的人是姜鹏飞的父亲,没想到吧。"

周志鹏重重放下酒杯:"果然被我猜到了。"

陈天华说:"你听说过南大碎尸案吗?"

周志鹏说:"听说过。"

陈天华说:"据内部消息透露,姜卫国杀死的那个水果贩子是南大碎尸案的重要证人。"

周志鹏大吃一惊,忙问:"难道姜卫国是南大碎尸案的凶手?"

陈天华压低声音:"另据内部消息透露,南大碎尸案的凶手不止一个,你品,你细品。"

周志鹏惊呼:"天哪!难怪……"

陈天华问:"难怪什么?"

周志鹏掩饰:"没什么。"又问:"如果董事会知道这件事,会怎么处理?"

陈天华说:"还能怎么处理,清理门户呗。"

周志鹏喃喃道:"这么说姜鹏飞凶多吉少。"

陈天华说:"这个案子太大了,谁沾上谁死。我也没想到他竟然是当事人。"

周志鹏说:"我怎么办?我是他引荐来律所的。"

陈天华问:"你想留下来吗?"

周志鹏脱口道:"当然。"

陈天华说:"我也是律所高级合伙人,如果我出面向董事会保你,应该还是有几分胜算的。"

周志鹏问:"条件是什么?"

陈天华说:"你跟我结盟。"

周志鹏又问:"怎么结盟?"

陈天华说:"很简单,追逐共同利益,对付共同敌人。"

周志鹏点头:"好,具体做什么?"

陈天华说:"我出面向董事会保你需要一样东西。"

周志鹏问:"什么东西?"

陈天华说:"投名状。"

周志鹏眼珠一转:"懂了。"

陈天华举起酒杯,周志鹏和他碰了一下,仰头一饮而尽。

2 清理门户

下午三点,银丰律师事务所行政总监吕刚走进姜鹏飞的办公室,后面跟着三个人。

吕刚冲姜鹏飞亮出一份文件,念道:"停职调查令……"

"鉴于本律所高级合伙人姜鹏飞涉嫌重大刑事案件,自今日起,停止一切工作,未完成工作交由临时接收小组处理,临时接收小组成员为:冯亮、郭振宇、周志鹏。其本人搬至临时办公室接受律所内部调查并积极配合警方调查。署名:银丰律师事务所董事会。"

吕刚念停职令的时候,姜鹏飞的目光一直死死盯着他身后的周志鹏,周志鹏低头不敢看他。

签完字,姜鹏飞推开吕刚,走到周志鹏跟前,像看陌生人一样上下打量他,然后冲他竖起大拇指。周志鹏颤巍巍抬起头,姜鹏飞的拇指突然朝下狠狠戳在他胸口上。

吕刚见状忙上前解围:"鹏飞,别这样,大家都是执行公务。"又回头对另外三人说:"你们先撤,记住三天之内完成交接。"

他们走后,姜鹏飞终于绷不住了,一下瘫坐在沙发上。

稍稍缓了缓神,他拿起电话打给吕刚:"喂,刚子,到底什么情况？"

吕刚在电话里说："你被举报了，有人向董事会写匿名信。"

姜鹏飞慢慢放下电话，嘴里蹦出三个字："周志鹏！"

一定是他，这个浑蛋出卖了我！

突如其来的打击令姜鹏飞猝不及防，他不停搓手来回走动，状如困兽。

该来的还是来了，没想到家法比法律先到。不管谁先到，都是鬼门关，现在到了启动求生开关的时候了。

想到这里，他抬头深呼吸，再次拿起电话。

接电话的是银丰律师事务所董事长韩天笑。

姜鹏飞笑着说："董事长，您好！我刚才接到停职调查令了，我想这里面是不是有什么误会，我想占用您几分钟时间向您解释清楚。"

韩天笑在电话里说："晚了，你父亲姜卫国杀死了南大碎尸案的重要证人，等于不打自招。"

姜鹏飞争辩道："他们没有证据。"

韩天笑："你太小看那帮警察了，他们能挖出你父亲，迟早也能挖出你，警察的卧底不是已经摸到律所来了吗？"

姜鹏飞抹了抹额头上的汗："请董事长放心，我正在按照董事会的安排办理美国移民，他们抓不到我。"

韩天笑："来不及了，你必须在一个月之内离开中国。"

姜鹏飞："去哪儿？"

韩天笑："瓦努阿图。"

姜鹏飞脱口道："瓦努阿图是什么鬼地方？"

韩天笑："那是全世界办理移民最快的国家，一个月内落地。"

姜鹏飞不甘心："可是美国的海外业务呢？"

韩天笑："保命要紧！"

放下电话，姜鹏飞脑瓜嗡嗡作响，心彻底凉了。

瓦努阿图，这个名字他连听都没听过，让他去那个鬼地方不如让他去死！

尽管如此，姜鹏飞心里并不怨恨韩天笑，毕竟他安排的是一条求生之路。

此时此刻，姜鹏飞最恨的人是周志鹏，他才是将自己推入深渊的罪魁祸首，因为他，自己苦心经营多年的家业即将毁于一旦！韩天笑显然受到周志鹏的蛊惑才决定清理门户的，所谓解铃还须系铃人，现在让韩天笑改变主意的唯一办法就是让周志鹏当面向其承认捏造事实陷害自己。真正该被清理门户的人是他！

想到这里，姜鹏飞又拿起电话……

3 命案再起（上）

傍晚，周志鹏来到吉野居酒屋。

陈天华已经点好酒菜了。

见面后，周志鹏仍然心有余悸。

他对陈天华说："你没看到今天下午宣布停职调查令时他看我的眼神，杀气腾腾。我和他算是彻底完了。"

陈天华不以为然："不管他怎么对你，你还是活下来了，不是吗？"

周志鹏笑了："那是那是。"

这时，手机响，周志鹏低头看。

陈天华问:"谁?"

周志鹏惶然道:"是他。"

陈天华摆手:"别理他。"

周志鹏猛灌一口酒给自己压惊。

手机又响,还是姜鹏飞,周志鹏索性关了手机。

陈天华说:"我们现在谈正事。"

周志鹏探身凑上前:"您说。"

陈天华说:"所谓临时三人接收小组,顾名思义,只是董事会的临时政策,等姜鹏飞去向尘埃落定,他负责的业务迟早会落到一个人手里。你虽然是新人,但是根据我对韩公子的了解,他更希望继任者是一张白纸,冯亮和郭振宇是姜鹏飞的老部下,他不放心。"

听了这番话,周志鹏顿时转忧为喜,举起酒杯:"陈哥,你是我见过最有谋略的人,跟你干心里踏实。"

陈天华摆手:"不,不是跟我干,是结盟。"

周志鹏连连点头:"对对,是结盟。"

酒过三巡,陈天华拍拍肚皮:"忙乎一天了,要不要跟我去放松一下,听说有家会所不错。"

周志鹏说:"这清酒后劲大喝得我头晕,现在只想回去睡觉,恕不奉陪了。"

陈天华并不挽留,两个人互相搀扶着摇摇晃晃走出居酒屋,在门口分道扬镳。

出租车驶进梅园路,周志鹏让司机停车,剩下几步路他想吹吹风、醒醒酒,慢慢往回走。

走到梅园小区门口时，周志鹏似乎想起什么，掏出手机，开机后看见又有三个未接电话。

他稍做犹豫后，小心翼翼按下回拨建，对方竟然关机了。

此时，清酒的酒劲还没过去，风一吹脑瓜隐隐作痛，昏然间下半身竟蠢蠢欲动了，他鬼使神差地再次掏出手机按下一串号码。

接电话的是孙梦瑶。

周志鹏："梦瑶，是我。你睡了吗？睡不着？正好，我也睡不着，我有重要事情跟你说。"

孙梦瑶："什么事？"

周志鹏："为了你，我决定离开银丰律所。"

孙梦瑶沉默。

周志鹏："明天我就要离开古都市了，离开之前我要告诉你一个秘密。"

孙梦瑶："什么秘密？"

周志鹏："火车站货场凶杀案的凶手是姜鹏飞的父亲。"

孙梦瑶："我知道。"

周志鹏："我今天见到他了。"

孙梦瑶："什么？"

周志鹏："他今天化装成送水工来律所见姜鹏飞被我认出来了，跟通缉令上一模一样。"

孙梦瑶："你知道他现在在哪里吗？"

周志鹏："电话里不方便，我们见面谈好吗？"

孙梦瑶："你在哪里，我来找你。"

周志鹏："梅园新村。"

挂断电话，周志鹏得意地笑了，兴冲冲赶回住处。

周志鹏做梦也没想到，正是因为他酒后精虫上脑撒下的这个充满恶意的谎言，一夜之间改变了两个人的命运。若干年前，孙梦瑶正值青春期，挺拔的身躯犹如一颗熟透的果实令周志鹏垂涎欲滴。在一个雨夜，经过苦苦纠缠后他终于尝到了这颗果实的滋味，孙梦瑶娇嫩的肌肤、羞涩的呻吟令周志鹏情欲高涨，事后一直念念不忘。

周志鹏先进卧室，换上一套新床单，又从抽屉里取出香水对着枕头喷了几下，然后脱衣准备洗澡。

这时，外面传来一阵敲门声，周志鹏一怔，心想：这么快就到了。

午夜时分，姜鹏飞回到光明小区，推开家门发现客厅里的灯还亮着，蒋梦丹身穿睡衣坐在客厅沙发上。

他问："梓桐睡了吗？"

蒋梦丹表情严峻，问他："你怎么现在才回来，给你打电话也不接，急死我了。"

姜鹏飞一边换鞋一边说："这不是回来了嘛。"

蒋梦丹接过他手里的公文包："你去哪儿了？"

姜鹏飞说："来，我们到里面说。"

蒋梦丹跟他走进书房。

姜鹏飞轻轻关上门，低头想了想，说："我见到姜卫国了。"

蒋梦丹大吃一惊，忙问："他在哪儿？"

姜鹏飞说："这个你别问，我带他去街边摊吃了一碗面，然后给他两千块钱让他找地方先躲起来，等风声过去就离开古都。"

蒋梦丹问:"他说什么?"

姜鹏飞说:"他说雨季来了。"

蒋梦丹张大双眼,眼里充满恐惧。

姜鹏飞说:"每当雨季来临的时候,他的头疼病总会发作,发作时就将满腔怒火倾泻到我身上。从记事起,一听到'雨季'两个字我就浑身发抖,不知不觉我的头也开始疼了,雨季里,我的头像一颗潮湿的土豆,无数邪恶的念头悄悄膨胀发芽。但是,今天我对他说,雨季结束了!他摇摇头,什么话也没说转身走了。看着他渐渐远去的背影,我哭了,真的,我还从来没有像今天这样肆无忌惮地大哭一场呢。"

蒋梦丹抬头看姜鹏飞,他的眼圈红了,眼里布满血丝。

她问:"警察会找到他吗?"

姜鹏飞说:"不知道,如果,我是说如果,我明天被警察带走,他们来问你今天晚上跟谁在一起,你就说和我在一起,记住了吗?"

蒋梦丹说:"记住了。"

4 命案再起(下)

二〇〇六年六月十六日上午七时,沈念青驱车来到警员宿舍门口。

出乎他意料,孙梦瑶并没有出现。

沈念青掏手机打给她,手机里传来《萍聚》的歌声,无人接听,连打几次都是只有歌声没有人。

沈念青觉得不对劲,下车向警员宿舍楼走去。

宿舍里，几个姑娘正在梳洗打扮准备上班。

沈念青敲门进去，问："请问孙梦瑶在吗？"

女孩儿们停下来看他。

小美说："她昨天晚上没回来。"

沈念青一听，脑袋"嗡"一声炸了。

他问："她说去哪儿了吗？"

小美说："没有，我们以为她跟你……"

沈念青瞪眼："不！"说完，他深呼吸让自己冷静下来："对不起，请大家配合一下，都别走，帮我回忆一下你们昨天最后见到孙梦瑶的情况。"

小美说："她昨天晚上情绪不太好，跟我说实习提前结束了。"

另一个女孩儿说："晚上七点多，我看见她在走廊上打电话，然后就出去了。"

小美说："她行李都收拾好了。"

沈念青看见孙梦瑶的粉红色旅行箱放在床边。

他上前掀起蚊帐，蚊帐里一床红色薄被已经铺开，显示临睡前的状态。

沈念青问："她走的时候，穿什么颜色衣服？"

小美说："我没注意。"

另一个女孩儿说："红色，我看见了。"

红色，这是一个不祥的颜色。

沈念青立刻掏手机打给王皓，报告孙梦瑶失踪了。

十分钟后，王皓带段鹏和齐峰赶到警员宿舍。

沈念青将事情经过向王皓做了汇报。

王皓眉头紧皱，看了看宿舍其他姑娘，走到旅行箱前，戴上手套打开旅行箱。

旅行箱里只有几件换洗衣服、化妆包和几本书，其中一本是沈念青送给她的《圣经》。

他问沈念青："你最后一次给她发信息是几点？"

沈念青打开手机："晚上七点三十分。"

王皓对段鹏说："你查一查孙梦瑶昨天最后一个电话打给谁。"又对齐峰说："你留下来，给她们做笔录。"

两人应声而去。

王皓对沈念青说："回市局。"

回到市局，朱强和赵长河也赶来了。

朱强问："确定失踪了吗？"

王皓说："从昨天晚上到现在，一直联系不上。"

朱强说："说不定人已经走了，问问学校那边。"

沈念青说："不会，行李还在宿舍。"

王皓问沈念青："孙梦瑶最近有什么异常吗？"

沈念青说："离开专案组，她心情不好，我安慰过她。"

朱强问："其他呢？"

沈念青想了想："前几天她请过半天假，说是陪家里来的老乡去公园逛逛。"

这时，段鹏进来了。

他说："昨天晚上七时十一分，孙梦瑶打出最后一个电话，通话时长只有三十秒，电话号码是临时移动卡，查不到机主。"

王皓说："通话只有三十秒就决定见面，说明是熟人。"

沈念青突然说："我知道是谁了！"

朱强问:"谁?"

沈念青说:"周志鹏。"

王皓说:"快打给他。"

段鹏说:"周志鹏的号码停机了。"

沈念青说:"我知道他住哪儿。"

朱强说:"你带路,现在出发。"

路上,王皓问沈念青:"你怎么知道周志鹏的住处?"

沈念青回答:"我跟踪过他。"

警车抵达周志鹏居住的梅园小区后,沈念青带领众人直奔三栋八〇一室。

他上前敲门,无人回应。

王皓指指门锁。

沈念青掏出万能钥匙,插入锁孔轻轻一转,门开了。

屋里静悄悄,窗帘遮住光线,眼前一片昏暗。

王皓打开灯,众人分头进入卧室、厨房和厕所搜查。

沈念青推开厕所门,迎面扑来一股刺鼻的腐腥味。

他上前拉开浴帘,喊起来:"在这儿!"

朱强和众人冲进厕所,只见一具男尸,头上罩着黑色密封胶带蜷缩在浴缸里。

沈念青上前欲掀胶袋,被朱强喝止:"别动!"

孟一凡和刘睿率队抵达后立即对现场进行勘查。

孟一凡上前掀开黑色密封胶袋,只见一摊暗红色血块凝固后覆盖了死者大半边脸,头骨后侧明显变形,一双失神的眼睛盯向某个虚空的方向,双唇微张,似乎定格在生前遭到重击那一刻惊恐愕然的表情。

王皓通知辖区派出所到现场维持秩序。

过了一会儿,孟一凡报告说:"根据死者肝温测试,死亡时间不超过二十四小时,死因初步判断为后脑遭到重击,脑骨破裂而死。"

刘睿报告说:"现场活动区域有大量擦拭痕迹,没有发现脚印和指纹,应该是凶手刻意所为。从死者身上找到的证件辨认,死者确为周志鹏。"

梅园街道派出所所长吕水成带人赶到后,对辖区内发生命案感到震惊。

王皓问他梅园小区是否安置监控探头,他说这里属于老旧小区,没有此类设备,而且原住户多已搬走,外来租户居多,人员混杂,管理起来比较困难。

朱强问沈念青:"孙梦瑶说周志鹏来古都是投奔姜鹏飞的,对吗?"

沈念青点头。

朱强立刻对郭大壮说:"你立即赶去银丰律所了解周志鹏的情况,然后带姜鹏飞回警局接受讯问。"

郭大壮受命而去。

王皓问沈念青:"你认为孙梦瑶跟周志鹏是什么关系?"

沈念青支吾:"不清楚。"

现场勘查告一段落,警戒工作由辖区派出所执行。

王皓通知吕水成派人在小区内展开走访,针对六月十五日傍晚小区内是否有可疑人员和车辆进行调查。

撤离的时候,沈念青不肯走,王皓硬生生将他拽上车。

车上,王皓对沈念青说:"没有发现孙梦瑶,说明还有希望。"

沈念青低头不语。

回到市局,王皓第一时间向孙伟民汇报案情。
孙伟民当即决定成立重案组,命令朱强和王皓全力投入重案组的工作。
此时,郭大壮押解姜鹏飞正在回市局的路上。

地库门半掩着,赵长河推门进去,看见沈念青坐在纸箱堆里。
赵长河问:"你怎么躲在这里?"
沈念青哭了:"我不知道事情会弄成这样!"
赵长河说:"破案就是这么残酷。"
沈念青摇头:"代价太大了。"
赵长河说:"你是刑警,你做了你该做的。"
沈念青说:"可是孙梦瑶……"
赵长河说:"没有可是,活要见人死要见尸,明白吗?"
沈念青瘫在地上,强忍泪水。

5 案情分析会

刑警队会议室,朱强、王皓、沈念青、段鹏、齐峰和赵长河正在开会。
朱强说:"首先明确一个问题,周志鹏遇害、孙梦瑶失踪和吴友福被杀,三者相关吗?"
沈念青说:"周志鹏和孙梦瑶来古都以后,直接关联到的危险人物就是姜鹏飞父子。"

朱强说:"假设三者相关成立,他们的逻辑关系是什么?"

沈念青说:"杀人灭口。"

朱强说:"姜卫国杀吴友福是因为马桂花失踪案,可是杀周志鹏呢?他们之间没有交集,还有孙梦瑶。"

王皓若有所思:"这次凶手作案手法跟上次不同,从死者脑部遭到重击看,很可能被凶手偷袭,也许他们生前发生过争执,凶手过失杀人,凶手会不会是姜鹏飞呢?"

沈念青说:"如果周志鹏来古都是为了投奔姜鹏飞,说明他有求于姜鹏飞,对他不构成威胁,那么姜鹏飞的杀人动机是什么?"

王皓想了想,对其他人说:"把你们采集到的信息汇总一下。"

段鹏说:"根据金鼎大厦地下停车场的监控录像显示,嫌疑人的黑色奔驰轿车于当日下午六时三十分离开,我们又调取光明新区停车场的监控录像,显示该车辆于当晚七时零五分驶入,行车时间记录吻合。"

齐峰说:"我们走访了小区居民,他们反映梅园小区属于老旧小区,门岗形同虚设,陌生人可以随便进出,管理混乱。死者所住房屋左邻右舍都是单身租客,白天跑业务晚上很晚回家,他们当晚没有听见什么动静。"

这时,郭大壮匆匆赶回。

朱强问:"人呢?"

郭大壮说:"在审讯室里。"

王皓说:"先放那儿晾一晾,你这边有什么收获?"

郭大壮说:"有。我们在银丰律所行政部了解到,周志鹏三天前刚入职,同时我们还查获到一份文件,是关于姜鹏飞的停职调查令,这是复印件。"

众人围上来。

王皓指文件:"你们看,临时接收小组成员:周志鹏。"

朱强说:"周志鹏入职刚三天,竟然进入了董事会指定的临时接收小组,他和姜鹏飞这一进一出,很有意思。"

王皓说:"事出反常必有妖。"

朱强说:"先审吧。"

6 初审姜鹏飞

审讯室里,问讯开始。

问讯由王皓主审,沈念青担任书记员。

王皓:"姓名。"

姜鹏飞:"姜鹏飞。"

王皓:"职业。"

姜鹏飞:"律师。"

王皓问:"知道为什么带你来这里吗?"

姜鹏飞:"不知道。"

王皓问:"六月十日那天你做过什么?"

姜鹏飞说:"上午在律所上班,下午去祥和养老院看我父亲。"

王皓:"你父亲叫什么名字?"

姜鹏飞:"姜卫国。"

王皓问:"见面时,你对他说过什么,做过什么?"

姜鹏飞:"那天是例行探视,聊了聊他的健康状况。"

王皓说:"据养老院反馈,你的例行探视时间是每月底,为什么破例改在六月十日?"

姜鹏飞说:"因为养老院的例行体检提前了。"

王皓问:"六月十一日发生什么事情,你知道吗?"

姜鹏飞说:"知道。"

王皓:"发生什么?"

姜鹏飞说:"养老院通知我,他失踪了。"

王皓:"你对姜卫国的失踪似乎并不感到意外。"

姜鹏飞说:"是的,这不是他第一次离开养老院。"

王皓问:"具体说说。"

姜鹏飞:"自从二〇〇二年住进养老院之后,类似的情况出现过三次,每次都是他自己回来的,我想这次也不例外。"

王皓:"他为什么离开养老院。"

姜鹏飞说:"他说出去散散心。"

王皓:"这次为什么离开?"

姜鹏飞说:"不知道,或许也是为了散心。"

王皓:"他杀人了,他是'6·13'火车南站货场杀人案的凶手。"

姜鹏飞一怔:"是吗?"

王皓:"六月十日与你见面,六月十一日失踪,六月十三日杀人,你们之间到底发生了什么?"

姜鹏飞说:"他是他,我是我,这种联想毫无根据。"

王皓说:"'6·13'杀人案的死者名叫吴友福,你对这个名字不陌生吧?"

姜鹏飞说:"我不认识这个人。"

王皓说:"好,那我提醒你,一九九五年至一九九六年,你父亲姜卫国在光明小区从事肉贩生意时,曾租住过聚贤里三号,房主就是吴友福。吴友福的妻子马桂花一九九五年八月失踪至今下落不明。"

姜鹏飞说:"这跟我有什么关系?"

王皓说:"一九九五年至一九九六年,你正在古都市南方财大就读,父子同在一座城市,你竟然对父亲的情况一无所知,你自己信吗?"

姜鹏飞说:"十年前的事情,谁记得那么清楚。"

王皓说:"好,周志鹏你总认识吧。"

姜鹏飞说:"认识。"

王皓说:"我们今天发现他被人杀了。"

姜鹏飞大惊失色:"什么?"

王皓问:"你最后一次见他是什么时候?"

姜鹏飞说:"昨天下午。"

王皓问:"昨天晚上七点到九点你在哪里?"

姜鹏飞说:"在家里,和我老婆在一起。"

王皓起身离开审讯室,对朱强说:"立即联系蒋梦丹。"

王皓回到审讯室,刚坐下,耳机里传来朱强的声音,蒋梦丹说那个时间他确实在家。

王皓问:"你跟周志鹏是怎么认识的?"

姜鹏飞说:"我们是在二〇〇〇年由司法局组织的法律援助下乡活动中认识的。"

王皓问:"是你引荐他进入银丰律所工作的吗?"

姜鹏飞说:"是的。"

王皓问:"你们关系怎样?"

姜鹏飞说:"像兄弟一样。"

王皓说:"可是你听说他被杀的时候,除了表示惊讶好像一点悲伤也没有?而且你的惊讶,怎么说呢,很做作。"

姜鹏飞说:"我是一个内向的人。"

王皓说:"听说好兄弟取代了你的位置,心情怎样?是不是后悔当初引狼入室?"

姜鹏飞说:"不,是我向董事会推荐的他,临时接收嘛,等你们还我清白之后,我还会回去的。肥水不流外人田,我把周志鹏当自己人。"

王皓起身走到姜鹏飞跟前:"把双手伸出来。"

姜鹏飞慢慢伸出双手。

王皓仔细端详后说:"这双手很有劲。你经常健身吧?"

姜鹏飞说:"不,没时间。"

他说话的时候发现王皓正死死盯着自己,下意识地眨了眨眼睛。

他问:"我可以走了吗?"

王皓说:"事情没说清楚,走不了。"

姜鹏飞急了:"该说的我都说了,还有什么?"

王皓说:"还有什么你好好想,想好了再说。"

离开审讯室,王皓见孙伟民和赵长河站在监控窗前。

孙伟民说:"又是一根难啃的骨头。"

王皓说:"明天继续施压。朱队呢?"

孙伟民说:"嫌疑人的妻子来了,他刚送走。"

正说着,朱强匆匆赶来。

王皓问:"蒋梦丹说什么?"

朱强说:"她一口咬定她丈夫是清白的。"

孙伟民问:"死者家属通知了吗?"

朱强说:"通知了,正在赶来的路上。"

王皓说:"孙局,我申请对姜鹏飞实施刑事拘留。"

孙伟民问:"理由呢?"

王皓说:"嫌疑人与南大碎尸案和最近两起杀人案以及警员失踪案有关联,虽然他提供了不在场证据,但是做证的是他的妻子蒋梦丹,证据存疑,他依然是本案最大嫌疑人,而且存在与姜卫国协同作案并继续串谋的可能。"

朱强说:"现在三个案子都牵扯到他,他是焦点人物,不给他上点强度都对不起他这个身份。"

孙伟民说:"好,我现在派人去办。"

众人散去后,段鹏找到王皓。

他说:"王队,我有个想法。"

王皓站住:"你说。"

段鹏说:"如果姜鹏飞提供的不在场证据属实,那有没有这样一种可能,孙梦瑶见到周志鹏后,两人发生争执,孙梦瑶失手用重物击中周志鹏后脑导致其死亡,然后她选择逃亡躲起来了。"

王皓说:"按照逻辑推断不是没有这种可能,但是现实中发生的概率很小。"

见段鹏犹豫,王皓接着说:"你探索真相的态度是对的。什么是真相?真相就是排除所有逻辑上存在的可能性后剩下的唯一结果。怎么判断唯一?靠证据。我们选择姜鹏飞这个方向不是因为他是目前唯一的逻辑可能,是因为他留下的线索比较多,收集到证据的可能性更大,这是效率问题,不是对错问题。"

段鹏听罢释然了。

7 他来了

离开市局,已是深夜。

沈念青骑电动车驶入水荫街,又掏出手机拨打孙梦瑶的号码。

手机里传来《萍聚》的歌声。

沈念青拖着疲惫的身躯打开门,刚要进去,突然站住了,他看见客厅微亮处,老狗鱼在鱼缸里上下翻腾,不时跃出水面溅起阵阵浪花。

沈念青慌忙退到暗处,拔出枪双手紧紧托住,沿墙壁悄悄往里移。

确认没有潜在伏击者之后,他打开灯,仔细搜了一遍客厅、厨房、书房和厕所。

此时,老狗鱼已稍作平静,不过仍是一副惊魂未定的样子。

沈念青将枪插入胁下,走进卧室。

风从窗户吹进来,吹得窗帘上下翻飞。

他走去拉开窗帘,发现窗户被推开一条缝,底部被一团纸塞住。

他取出纸团打开一看,是白沙烟纸。

沈念青脸色煞白,耳边有个声音冲他喊:"他来了他来了!"

他将纸团塞回原处,拉拢窗帘,拔枪伏在窗台下,等了一会儿,人也渐渐冷静下来。

他先将枕头塞进棉被里铺成人形,又从垃圾桶里捡回几只空啤酒罐分别放在大门入口处和窗台上,然后双手托枪靠在卧室窗台下。

风停了,四周一片寂静。

沈念青坐在角落里，觉得自己像一只受伤的野兽躲在暗处，等待对手的再次出击。伤口还在流血，疼痛伴随恐惧一起向他袭来，那一刻，他听见孙梦瑶绝望的呼喊声，他听见呼喊声里骨骼断裂的声音和利刃刺破肌肤的声音，他听见鲜血喷涌的声音，还听见顽强的心跳声，是她的心，也是他的心。

8　再审姜鹏飞

第二天，审讯再次开始。

王皓主审，沈念青担任书记员。

审讯室里，姜鹏飞斜靠在椅背上，头歪着脸色铁青。

他说："有什么问题快问吧，早点结束早点回家。"

王皓问："姜卫国入住祥和养老院为什么用假身份？"

姜鹏飞说："我知道他改过名字，其他什么也不知道。"

王皓说："你怎么可能不知道。"

姜鹏飞说："请问警官先生，你知道你父亲的身份证号码吗？"

王皓说："我警告你，这种态度对你没有好处。"

姜鹏飞说："入住祥和养老院手续很简单，只要有钱就可以。"

王皓说："你们父子关系怎样？"

姜鹏飞换了一个姿势："他是他，我是我，我们各过各的，井水不犯河水。"

王皓说："六月十日你们父子见面后，你对他说过什么，做过什么？"

姜鹏飞说："寒暄、问候，就这些。"

王皓说："我提醒你，现在说是主动交代，见过证据再说，性质就变了，你是学法律的，道理你懂。"

姜鹏飞说："如果没有证据，我们就不必浪费时间了。"说完闭上眼睛。

王皓冲沈念青使眼色。

沈念青从公文包里拿出一只塑胶袋，走去狠狠拍在桌上。

姜鹏飞惊醒。

王皓说："这是我们在祥和养老院姜卫国住处发现的吗啡针剂，上面有你的指纹，怎么解释？"

姜鹏飞说："这几年他脑袋里的弹片产生了病变，遇到阴雨天疼得满地打滚，吗啡是用来止痛的。"

王皓说："知道吗啡是禁药吗？"

姜鹏飞说："当然知道，可我不能见死不救，这在道义上没什么可指责的。"

王皓说："吗啡哪来的？"

姜鹏飞说："从一个开药店的朋友那里买的。"

王皓说："叫什么名字，在什么地方，联系方式？"

姜鹏飞说："胡勇强，古桥区胜利路百草园药店，电话：xxxxxxxxxxx。"

沈念青飞快记下这条信息。

王皓问："你向姜卫国提供吗啡多久了？"

姜鹏飞说："只有几次。"

王皓说："到底几次？"

姜鹏飞想了想说："五次。"

王皓说："你了解吗啡的功效吗？"

姜鹏飞说："知道，镇定止痛，医院里也常用这种药。"

王皓说："你不可能不知道吗啡上瘾吧？"

姜鹏飞说:"我也是迫不得已,他发作时什么事都干得出来,谁也控制不住。"

王皓问:"注射一次,药效维持多久?"

姜鹏飞说:"四至六小时。"

王皓问:"什么情况下需要注射?"

姜鹏飞说:"阴雨天。"

王皓突然不说话了,死死盯住姜鹏飞。

沉默了一会儿,王皓说:"当一个人药物上瘾后,会不会对提供药物的人产生依赖?"

姜鹏飞问:"你说的依赖指什么?"

王皓说:"对药物提供者的顺从,按照药物提供者的意愿行事。"

姜鹏飞意识到这是一个坑:"我不是毒贩,我在救人。"

这时,朱强通过耳机告诉王皓:对姜鹏飞刑事拘留的申请已获批准。

王皓起身走出审讯室,回来时手里拿着一张纸。

他对姜鹏飞说:"鉴于你在姜卫国杀人案中存在重大协同作案嫌疑,且拒不配合调查,现对你实施刑事拘留十五日。签字吧!"

姜鹏飞跳起来:"凭什么。"

王皓说:"老老实实交代问题,什么时候说清楚什么时候放你走。"

姜鹏飞不服:"我有什么问题,老子杀人,儿子一定有罪吗?"

王皓说:"带走!"

在他们审讯期间,朱强在接待室见了两个人,一个是周志鹏被杀案现场的屋主彭伟俊,另一个是从江堰镇赶来的周志鹏之妻胡娟。

彭伟俊是周志鹏大学同学，在市中心买了新房，梅园这套房暂时空置，正准备出租，刚好遇上周志鹏来古都办事向他求助，彭伟俊没多想爽快地答应了。谁料竟遭此横祸，他心里既为老同学感到悲伤，也为旧居成为杀人现场感到无奈。

胡娟是江堰镇一家幼儿园的音乐老师，得知丈夫出事的消息，由一位亲戚陪同连夜赶到古都，在市局法医中心停尸房见到周志鹏，当场崩溃，号啕大哭。这种场面朱强见得多，每见一次心都被刺痛一次。在前来协助的女警员和亲戚安抚下，胡娟稍微平息了一些，但是神情已恍惚，陷入深深的绝望中无法自拔。

送走彭家俊和胡娟，朱强通知王皓、沈念青、赵长河和郭大壮，以及专案组其他成员到会议室。

会上，郭大壮首先汇报案发现场外围排查情况，梅园村属于老旧小区，环境比较复杂，住宅区及周边地区没有发现抛尸物，当地居民也没有发现可疑人员。

王皓说："有两个问题一直困扰我，第一，凶手作案后为什么留下一个带走一个？第二，如何带走？"

赵长河说："也许凶手计划分两次运尸，没想到我们这么快找到周志鹏。"

王皓听了，连说："大意了大意了。"

朱强说："不管一次还是两次，凶手首先需要足够装下尸体的运尸工具。"

王皓：“如果周志鹏是暂时借住在老同学家，按常理说他应该随身带个旅行包或旅行箱，可是我们在现场并没有发现。”

朱强说："周志鹏妻子刚走，问问她就知道。"说着拨打手机。

通话后，朱强说："你说对了，周志鹏离家的时候，随身带了一只银灰色旅行箱。"

王皓说："这就是凶手的运载工具。"他对齐峰吩咐道："你立刻对接周志鹏妻子，根据她提供的旅行箱特征制作一份悬赏通告，通知吕所在梅园村及周边地区发布出去收集线索。"

齐峰应声而去。

王皓对段鹏说："这就排除了你说的那种可能。"

段鹏点头。

朱强说："如果孙梦瑶还活着，凶手必须具备囚禁场所，而且必须提供生存最基本的食物和水，他会把孙梦瑶藏在哪里呢？"

沈念青说："我知道。"

王皓问："哪里？"

沈念青："月畔湾别墅。"

王皓说："还有他在光明新区的住处。"

朱强说："我带人去光明新区，你带人押姜鹏飞去月畔湾别墅。"

9 二探月畔湾

姜鹏飞走出看守所，抬头看了看天，问："这是去哪儿？"

王皓说："到那儿就知道了。"

上车后，姜鹏飞坐到沈念青身旁。

沈念青隐隐闻到一股怪味，类似香水和体臭混杂的味道。

警车驶出市区,沿市郊公路直奔月亮湖。

姜鹏飞瞟了一眼窗外,嘴角浮起一丝冷笑,闭眼睡去。

两辆警车驶入月畔湾别墅,停在湖音阁前。

姜鹏飞下车,看见前面一辆警车上跳下一只体型硕大的德国黑背警犬,正虎视眈眈望着他,眼里闪过一丝恐慌。

王皓让他开门,他上前按下密码。

铁门徐徐开启。

警员们一拥而入,分头搜索别墅主楼和院落。

警犬显得异常兴奋,牵着训导员从楼里出来直奔后院,众人立刻围过去。

主楼后面的庭院一角,有一扇独立的灰色小门。

王皓问姜鹏飞:"这是什么?"

姜鹏飞说:"地窖。"

王皓说:"打开!"

木门打开后,露出一段水泥台阶直通地下。

姜鹏飞在前带路,训导员牵警犬,王皓、沈念青、刘睿和另外两名警员随后跟入。

地窖里,光线昏暗。

首先跳入眼帘的是一面储酒壁,上百只酒瓶插在木格里占据整整一面墙,酒架由玻璃墙封闭,里面配置调温器与外面隔离,地窖中央安放一张巨型橡木桌,桌上摆放杯碟等餐具。地窖顶部悬挂几十只印满外文包装纸的火腿,在另一个角落,堆放着高尔夫球具和一些落满灰尘的大理石雕像。

人犬进入后,空间显得格外拥挤,警犬在人缝里发出低吟,显得局促不安。

王皓命令姜鹏飞打开玻璃门,走近酒架仔细查看,全是国外酒庄上了年份的红酒,价值不菲。

刘睿和沈念青沿地窖四周翻查,最后目光落在那些火腿上。

沈念青说:"打开一只看看。"

姜鹏飞拿叉杆取下一只,在众目睽睽之下剥去外层包装纸,露出里面涂满白硝的火腿肉,肉味刺激了警犬,冲出人缝向前扑,被训导员拦住。

一番搜查之后,什么也没发现。

晚上,沈念青走进王皓办公室,里面没开灯。

他刚要开灯,被王皓制止。

朱强随后也走进来,他知道王皓的习惯,随手拉过一把椅子坐下。

王皓问:"沈念青,你现在是不是杀姜鹏飞的心都有?"

沈念青说:"可惜我身上穿着警服。"

朱强说:"快想想怎么办,时间不多了。"

王皓说:"姜鹏飞是律师,懂得钻法律空子,他现在的策略分两步走:第一步,把所有锅甩给姜卫国;第二步,与蒋梦丹建立攻守同盟。只要把这两个人控制住,我们就抓不到他任何把柄。他第一步很成功,现在姜鹏飞、姜卫国、蒋梦丹三人已形成稳定的三角结构。"

朱强说:"我们下一步怎么办?"

王皓说:"各个击破。大壮继续搜索姜卫国的下落,蒋梦丹是个变数,我们不知道夫妻攻守同盟地基到底牢不牢,这可能是下一个突破口,至于姜鹏飞,还要继续审,明天让沈念青审。"

沈念青说:"我?"

王皓说:"对,两次审下来,他对我的套路已经摸得差不多了,你就从南大碎尸案审起,一来你熟悉案情,二来他摸不透你。"

朱强说:"我看行。"

沈念青走后,朱强问王皓:"为什么让他审?"

王皓说:"因为他眼里有杀气,打破僵局靠的就是这股杀气。"

朱强说:"杀气可是'双刃剑'。"

王皓说:"所以让他审。"

黑暗里浮起几缕烟,看不清说话的人。

一个声音:"有个问题一直困扰着我。"

另一个声音:"你说。"

一个声音:"这个案子当年动静那么大,省厅专家来了,万名警力也出了,结果连凶手影子都没抓到,就这么个鬼见愁的案子竟然被两只菜鸟破了,你说到底为什么?"

另一个声音:"我认为有两个原因。"

一个声音:"说来听听。"

另一声音:"第一个原因是同理心。沈念青和孙梦瑶都来自小镇,跟凶手生活轨迹重叠,童年和少年是一个人人格特征的重要成型期,相似的人格塑造环境使他们在直觉上更接近凶手,沈念青的天赋在于他敏锐地抓住这个优势结合犯罪画像理论,找对了侦破方向,心理学叫同理心,我们叫代入法。"

一个声音:"第二个原因呢?"

另一个声音:"第二个原因是运气。我对犯罪画像理论一向敬而远之，我们国家的刑侦方针是证据第一，用已知探索未知，犯罪画像理论很容易掉进用未知证明已知的坑里。建立罪犯模型主观成分很大，一旦错了，后面越使劲儿离真相越远。说到这个案子，罪犯行为模式为：一个具备分尸和碎尸的条件，一个具备接触丁爱萍的条件，根据现有证据，你可以说父子协同作案、可以说夫妻协同作案，也可以说兄弟协同作案，它们都符合模型特征，那么只要存在多种合理选择，任何一个决定都带有冒险成分，因为每个选择背后都是截然不同的侦破思路和策略。沈念青的聪明之处在于，他选择概率最大的父子关系，赌对了，另外，即使错了也没关系，对于积案死案，侦破时间要求不高，试错成本也不大。所以这里面有运气成分。"

一个声音："运气是留给有准备的人的，他确实有过人之处。"

另一个声音："嗯，老天爷赏饭吃。"

10 三审姜鹏飞

第二天，王皓问："准备好了吗？"

沈念青说："准备好了，我向您汇报一下审讯方案。"

王皓挥手制止："告诉你一个好消息：大壮昨天在火车南站以北的涵洞里找到吴友福的遗物燃烧残迹，里面有你感兴趣的东西。"

他们来到市局一楼的物检中心，刘睿正和队员们忙得团团转。

沈念青一眼看见操作台上的玩具熊。

小熊烧得只剩下三分之一，两粒玻璃眼珠挂在烧焦的线团上。

沈念青说:"我的判断是对的。"

刘睿说:"可惜只剩下头,没发现跟死者相关的痕迹。"

沈念青拍刘睿肩膀:"再找找,会有的。"

晚上八时,第三次审讯开始。

姜鹏飞看上去已经习惯看守所的境况,从表情到眼神都显得相当平静。

在他面前,两名警员的位置做了调换,王皓坐在书记员位置,主审警员是一张年轻的面孔,两人对视瞬间,姜鹏飞的眼皮跳了一下。

沈念青问:"姓名?"

姜鹏飞:"姜鹏飞。"

沈念青:"年龄?"

姜鹏飞:"三十一岁。"

沈念青:"职业?"

姜鹏飞:"律师。"

沈念青问:"你最后一次见到周志鹏是什么时候?"

姜鹏飞想了想:"应该是六月十五日下午五点。"

沈念青问:"见面地点?"

姜鹏飞说:"在我办公室。"

沈念青问:"谁能证明?"

姜鹏飞说:"我的秘书 Lisa 可以证明。"

沈念青问:"你们当时说了些什么?"

姜鹏飞说:"当时聊的是周志鹏加盟律所的事。"

沈念青问:"六月十五日晚七时至九时,你在哪里?"

姜鹏飞说:"律所下班后我直接回家了。"

沈念青问:"谁能证明?"

姜鹏飞说:"我老婆也可以证明。"

沈念青又问:"你办公室保险柜密码是多少?"

姜鹏飞一怔:"上次搜查时不是告诉你们了吗?"

沈念青说:"再说一遍。"

姜鹏飞:"040916。"

沈念青说:"这几个数字代表什么?"

姜鹏飞说:"二〇〇四年九月十六日,设置密码的日期。"

沈念青:"再想想。"

姜鹏飞不耐烦:"你到底想问什么?"

沈念青说:"好吧,我来告诉你,040916这六个数字两两排列组成序号对应的字母分别是:D、I、P,转换成姓名是:丁爱萍,这个名字对你来说不陌生吧?"

姜鹏飞做梦也没想到自己设置的密码里面竟然藏着丁爱萍的名字,被沈念青一问,问得目瞪口呆。

沈念青说:"一九九六年一月十九日,古都市发生一起碎尸案,尸体被碎尸两千四百三十四块,抛弃在华侨路、南大校园、水荫街等十七处,受害人是南大信息管理系现代秘书与微机应用专业成教脱产班一九九五届新生丁爱萍。丁爱萍是江堰人,曾就读于江堰二中一九九五届文科班,当时班上有三名插班复读生,其中一名叫姜凤梧,就是你。想起来了吗?"

姜鹏飞说:"你这么一说,我倒是有点印象。"

沈念青说:"什么印象?"

姜鹏飞说:"我知道一九九六年南大碎尸案,也知道死者丁爱萍是姜堰二中一九九五届文科班插班生,仅此而已。"

沈念青说:"仅此而已吗?"说着从文件袋里取出一份资料,

念道:"别管以后将如何结束,至少我们曾经相聚过,不必费心地彼此约束,更不需要言语的承诺,只要我们曾经拥有过,对你我来讲已经足够,人的一生有许多回忆,只愿你的追忆有个我。这是你在丁爱萍的毕业留言簿上写的留言。"

姜鹏飞探头看:"没错,是我写的,有什么问题吗?"

沈念青说:"这是丁爱萍生前最喜欢的歌曲《萍聚》的歌词,你想表达什么?"

姜鹏飞说:"用歌词互赠留言是当年很流行的做法。"

沈念青从文件袋里拿出几份资料:"这是你写给其他人的留言,不论男女都是:祝你鹏程万里,大展宏图。这怎么解释?"

姜鹏飞说:"没什么可解释的,想写就多写几句,不想写就少写几句。"

沈念青说:"这倒也合理,交往浅的少写交往深的多写,这段歌词足以证明你跟丁爱萍的交往不浅。"

姜鹏飞立刻反驳:"凭几句歌词就得出这样的结论,是不是太武断了?"

沈念青说:"别急,还有。"说着从文件袋里抽出几页文件,走到姜鹏飞面前:"这是我们从死者丁爱萍外套里采集到的汽车票,起点是南大北站,终点是仙桃林站,也就是南财大,证明丁爱萍在一九九六年一月三日至十日之间曾经去过南财大,她遇害前找过你,对吧?"

姜鹏飞脸色渐变,呼吸也急促起来:"南方财大有近万人,怎么证明她找过我?"

沈念青说:"因为这近万人里面,丁爱萍只认识你一个人,毕业前一个月,你父亲姜卫国将你的户籍迁入贵州省贵阳市,你是以贵州籍考生名义考入南方财大的,正因如此,你躲过了一九九六年的警方排查,但是这并不能抹去你与丁爱萍的交往关系。"

姜鹏飞突然笑了:"原来你们拘我是为了南大碎尸案。"

沈念青说:"别装了,其实你一进看守所就知道我们为什么拘你,不,从你去祥和养老院那天开始,就已经知道我们盯上你了。"

姜鹏飞冷笑:"十年前的案子找我当替死鬼吗?"

沈念青说:"少废话,一九九六年一月三日至十日,你和丁爱萍之间到底发生了什么?"

姜鹏飞说:"怀疑我是凶手,证据呢?"

沈念青说:"汽车票就是证据,丁爱萍在遇害前去南财大找过你,你们之间到底发生了什么?"

姜鹏飞说:"汽车票是乘车凭证,只代表当事人曾经乘坐过某种交通工具,其他什么也说明不了。"

沈念青说:"一九九六年一月三日,丁爱萍乘坐3路公共汽车去过南财大,你是丁爱萍在南财大唯一认识的人,基于上述两点事实,我们有理由推断,丁爱萍在遇害前曾经找过你。"

姜鹏飞摇头:"汽车票在当事人口袋里,乘车的就一定是当事人吗?除了我,当事人在南方财大有没有可能存在一个你并不知情的熟人呢?如果不能排除这两种可能,你的推断就不成立。"

沈念青突然问:"你认识马桂花吗?"

姜鹏飞说:"不认识。"

沈念青说:"马桂花,女,时年三十三岁,原光明小区聚贤里三号业主,一九九五年八月失踪,四个月后推定死亡,房屋由其子吴斌顺位继承,实际代管权则由马桂花前夫吴友福行使。吴友福就是'6·13杀人案'的死者,凶手现已查明是你父亲姜卫国。吴友福在遇害前向警方提供了系列证据,包括一段三十八分钟的证人录音,还有一张房屋租赁的租金汇款单,汇款人是姜卫国,汇款时间是一九九六年一月,也就是说,南大碎尸案案发时,你父亲曾租住在光明小区聚贤里三号,职业是菜市场卖肉的摊贩。我接下来的问题是:你在南财大读书期间以及南大碎尸案案发期间,去聚贤里见过你父亲吗?想好了再说。"

王皓在笔记本上写了几个字,推到沈念青面前,上面写着:多提问,少陈述。

沈念青点点头。

听完沈念青一番话,姜鹏飞下意识改变坐姿,身体由前倾改为缩脖弓背,双臂抱起护住前胸,露出强烈的自我保护意识。

他说:"这个问题涉及父子关系,我没什么可说的。"

沈念青说:"你要证明自身清白,必须回答这个问题。"

姜鹏飞说:"见过。"

沈念青问:"见过几次?什么时候?"

姜鹏飞说:"两次,一次是我入学那天,另一次是他过生日。"

沈念青问:"一九九六年一月十日晚七时至八时,你在哪儿?"

姜鹏飞说:"这么久了,我怎么记得?"

沈念青说:"你在南大,有两位目击证人亲眼看见一九九六年一月十日傍晚,丁爱萍坐在一辆自行车上沿青岛路自南向北骑行而去。"

姜鹏飞问:"怎么证明是我?"

沈念青说:"目击者证实:当时丁爱萍手里拿着一只玩具

熊。"说着从文件袋里取出一页纸,走到姜鹏飞面前:"见过这只玩具熊吗?"

姜鹏飞看纸,摇头。

沈念青说:"画像是吴友福提供的,画上的小熊曾经出现在光明小区聚贤里三号,这是证明你那天和丁爱萍在一起的关键证据。"

姜鹏飞说:"凭一张画就证明我和她在一起,笑话!"

沈念青问:"不可以吗?"他回头看王皓。

王皓摇头。

姜鹏飞不屑地笑了。

沈念青说:"等等,还有。"说着文件袋里拿出一份资料:"这是从死者外套上采集到的纤维组织,经检验来自市面上的毛绒玩具,证明死者生前接触过玩具熊。"

姜鹏飞说:"不,也可能是玩具猫玩具狗,证明不了什么。"

沈念青回头:"证明不了吗?"

王皓又摇头。

姜鹏飞见状更得意了:"拿不出实物,你什么也证明不了。"

沈念青说:"你见到实物才认罪是吗?"

姜鹏飞:"你说的实物不可能存在。"

沈念青说:"一九九六年一月七日至十一日,你母亲罗玉梅住院做过一次心脏手术,这是姜卫国的手术签字和出院签字,他的离开为你和丁爱萍独处提供了条件,你就是在那天犯下了滔天罪行。"

姜鹏飞刚要开口,被沈念青打断:"证据,我知道你想说这个。案发后,你和姜卫国仓皇逃离聚贤里三号第一现场,逃离前,你们清理过碎尸现场,但是你们百密一疏,留下了它。"

说着，沈念青从文件袋里掏出一只棕色玩具熊，走到姜鹏飞面前："看清楚，这就是你要的实物，这也是姜卫国丧心病狂杀人灭口的原因。"

突如其来的关键证据令姜鹏飞目瞪口呆。

王皓放下笔，盯着姜鹏飞。

审讯室外，朱强和孙局站在窗前，看到这一幕，面面相觑。

赵长河不由皱起眉头。

沈念青继续说："我们从这只玩具熊上采集到一根体毛，经过DNA检测确认是死者留下的，到此为止一条完整的证件链已经形成，你还有什么可说的。"

姜鹏飞立刻意识到自己掉进年轻警察挖的悖论陷阱里了，这是一个随时置他于死地的陷阱，他为自己的大意惊出一身冷汗，幸亏发现及时，他很快冷静下来，千万次演练过的思绪瞬间在脑海里清晰，这是最后机会，他决定赌一把。

姜鹏飞问："你确定检测样本是体毛不是头发？"

沈念青说："确定。"

姜鹏飞突然大声说："你做伪证，我抗议！"

沈念青说："你说我做伪证，证据呢？"

姜鹏飞说："检测样本根本不存在。"

沈念青问："为什么？"

姜鹏飞说："她没有。"

沈念青问："她没有什么？"

姜鹏飞说："体毛。"

沈念青问："你确定？"

姜鹏飞说："我确定。"

沈念青看着他不说话。

姜鹏飞突然意识到什么，脸上表情凝固了。

过了一会儿，沈念青说："我刚才只是做个测试，测试你对死者到底了解多少。"

姜鹏飞气急败坏地说："你不是测试，你诱供。"

沈念青说："你说对了，当年法医提供的验尸报告里的确提及死者体表呈现雌性激素分泌失调的生理特征，我想问的是，死者这一隐秘生理特征恐怕连她父母都未必知道，你是怎么知道的？"

审讯室里的空气立刻凝固了，所有人的目光齐刷刷落在姜鹏飞身上。

姜鹏飞瘫在椅子上，露出疲惫不堪的神态。

沈念青说："说吧，时候不早了，早坦白早结束。"

姜鹏飞闭眼不说话。

沈念青回到座位上，与王皓对视一眼，又回到姜鹏飞面前。

他拿出一沓照片，一张一张拍到姜鹏飞面前："看看吧，这就是曾经与你有过约定的那个女孩儿，她在玻璃樽里等了你整整十年。"

姜鹏飞慢慢睁开眼，当他看到最后一张时，冷不丁打个寒战，他看见那双眼睛眨了一下，似乎认出他了，冲他投来愤怒的一瞥。

姜鹏飞嗓音沙哑，低声说："有烟吗？"

沈念青从口袋里掏出一包白沙烟，抽出一根递给他。

姜鹏飞看看烟，又看看沈念青，点燃后猛吸一口，缓缓吐出。

他说："我是在一九九五年复读时遇见她的，她家也在丁高镇，离我家只有五十米，当时她住在姐夫家，我住校，晚自习的时候经常遇见,慢慢熟了以后也偶尔聊几句。她不爱说话,我也是,也许正因为这样,我们之间反而有某种默契,也可以说惺惺相惜吧。随着高考临近,我们越来越渴望离开这个小镇去外面的世界看看。一九九三年,姜卫国开饭店欠了一屁股债,第二年年他跑到古都来躲债,后来靠战友帮忙在光明小区租了个摊档卖肉。他是一个暴君,在他眼里我只是一个可供他任意摆布的傀儡,他用一根无形的绳索套住我脖子,只要我稍作反抗,他就会勒紧绳索让我喘不上气来。一九九五年,我从贵州回到古都市,忍耐终于到了极限,便开始逃课抽烟喝酒找小妞儿。我的性启蒙是从校外录像厅开始的,当时南财大附近有十几家录像厅,每天晚上十一点以后开始播放黄色录像,看到男男女女们赤裸裸地交媾,我起初感到浑身不自在,口干舌燥,渐渐地就沉湎其中了,性的觉醒打开了潘多拉的盒子,我开始寻找身边目标作为偷尝禁果的对象。刚到古都市,身边没有什么朋友,我忽然想到她,有一次回江堰,我们在一家超市偶然相遇,得知近况后彼此留了联系方式,我能感觉到她对我有好感,但也只是好感而已,要达到目的还要继续接近她。父亲回江堰那几天给我制造了机会,一九九六年一月九日,我喝了酒,壮胆约她见面,在聚贤里三号她经不起我再三纠缠,终于和我偷尝了禁果。"

烟灭了,沈念青又给他续上一根。

姜鹏飞接着说:"偷尝禁果是肉体和精神的双重冒险,我只求欢,她却走了心,失贞以后,她精神处于高度紧张状态,身体也出现不适,一月十日那天,她要见我,我只好去南大将她带到聚贤里三号,那天晚上我们什么也没干,平心而论,她不是那种随时让人产生性冲动的女人。她说下面一直在流血,我慌了,去附近药房弄了点药给她止血,又给她吃了两片安眠药安顿她睡在卧室里,天快亮的时候,我被她的哭声惊醒,她说屋里有鬼,我问她鬼在哪儿,她说'你就是鬼,我被你害惨了'。我听了无言以对,当天有一场考试,不得不一早赶回学校,临走时,我嘱咐她走时记得锁门,当时,她背朝我一动不动。后来几天,我刻意回避她,以为这事慢慢就会淡漠,可是谁知一月十九日,南大碎尸案的消息铺天盖地传开,我慌忙去聚贤里三号,见到姜卫国,他说他是一月十一日回来的,房东通知他搬家,他正在收拾东西,我问他有没有看见丁爱萍,他说他从来没有见过这个人。"

说到这里,姜鹏飞停顿一下:"这就是一九九六年一月十日那天发生的事情。"

这个答案几乎是一份完美的脱罪说明,令沈念青猝不及防。

王皓脸色铁青,他知道沈念青设局是一招险棋——如果姜鹏飞撂了,皆大欢喜;如果姜鹏飞扛过去,沈念青和警方将被逼上绝境。

沈念青不甘心:"一月十日晚上,你是什么时候听见丁爱萍哭的?"

姜鹏飞说:"我刚睡着一会儿,哦,不,天快亮的时候。"

沈念青说:"到底什么时候?"

姜鹏飞说:"天快亮的时候。"

王皓见大势已去,站起来:"先审到这里,送他走。"

姜鹏飞走到门口时,沈念青喝道:"站住。"

姜鹏飞停步。

沈念青问:"孙梦瑶在哪儿?"

姜鹏飞说:"不知道。"说着拍了拍衣领慢慢抬起头:"知道也不告诉你。"

沈念青一拳砸在桌上。

审讯结束当晚,专案组在刑警队会议室召开复盘会议。

会上,赵长河问:"诱供是谁的主意?"

沈念青说:"我的。"

赵长河说:"为什么不事先通报?"

王皓说:"这事不能怪小沈,他来汇报方案的时候我刚好出去。不管怎样,我们刚才看到了最接近真相的场面,不是吗?"

朱强问:"现在线索全断了,我们不得不面对他的律师,人恐怕是留不住了。"

沈念青说:"这个家伙整晚都在撒谎,你们看不出来吗?我问他什么时候听见丁爱萍哭,他一开始说刚睡着,随后改口说天快亮的时候。"他越说越激动,打开电脑接通摄像机,"你们再看姜鹏飞的现场表现,人撒谎的时候,血液拥入鼻腔引起不适,会让人忍不住擦鼻子,他在不到三分钟时间里擦了五次鼻子;还有眼睛,向左看是回忆向右看是编造谎言,他一直看右方;另外,撒谎者下意识寻找安全感的时候会抱紧双臂,形成最小空间意识,你们看他,一直抱住双臂,右肩朝上微耸,这是典型的撒谎姿势。说到供述内容,过于完美的细节都是谎言的标志,姜鹏飞对十年前的事说得流畅清晰、滴水不漏,好像昨天发生的一样,你们听……"

其他人并没有认真听沈念青说什么,他们关心的显然不是姜鹏飞撒不撒谎的问题。

沉默片刻,沈念青说:"好吧,这是我的个人行为,如果上头查下来,算我的。"

王皓说:"先不说这个,现在最棘手的问题是姜鹏飞正在办理全家移民,很可能在近期出国,到时候就真的一点机会也没有了。"

朱强说:"是的,如果没有新证据,只能眼睁睁看他从眼皮底下溜走。"

王皓问:"他的律师是谁?"

朱强说:"陈天华。"

王皓说:"我知道这个人,一个混了十几年的老讼棍。"

朱强说:"他们明天下午见面。"

王皓说:"现在只能见招拆招了。"

11 重返杀人现场

王皓站在办公室窗前,望见沈念青骑电动车驶入市局大院,拿起电话打给他。

见面后,王皓问:"又失眠了?"

沈念青不以为然:"一直都这样。"

王皓倒了杯水递给他。

沈念青问:"上头怎么处理我?"

王皓说:"暂时还不知道,不过,我跟朱队商量,先放姜鹏飞走,条件是他们不追究我们诱供的事。"

沈念青说:"我不同意放走姜鹏飞,他是杀人凶手。"

王皓说:"放走姜鹏飞不是因为他无罪,我们需要一个棋子盘活现在的僵局。他困在我们手里,姜卫国和蒋梦丹都不敢动,让他们动起来我们才有机会。"

沈念青说:"万一他跑了呢?"

王皓说:"我让大壮二十四小时监视,他跑不了。"

沈念青不说话了。

王皓说:"我一直在想,姜鹏飞到底是一个什么样的人?"

沈念青说:"姜鹏飞昨天的供述有一点是真的,他是伴随暴君长大的,但是他隐瞒了人格分裂者的事实,他的血液里延续了姜卫国冷血和杀戮的基因,他才是真正的暴君。"

王皓问:"你是怎么看出来的?"

沈念青说:"在推理和事实之间,存在一个生成的过程,可是如果对过去推理,这个过程就不存在了,因为事实已经隐藏在岁月里,或被遗忘或被忽略。不过有一种可能依然可以折射出事实的影子,这就是轮回,在儿子人格形成初期,父亲的畸形人格在他心里撒下了恶的种子,每受一次伤害,就向深渊迈近一步,直到完成这个轮回。"

王皓站起来:"走,再去现场看看。"

在去梅园小区的路上。

王皓问沈念青:"040916 是怎么回事?"

沈念青回答:"纯属巧合。"

到了梅园小区,王皓将车停在楼下,和沈念青走进电梯。

走廊上有警员走动,过去一看,朱强站在案发现场门口。

他见到王皓和沈念青,立刻说:"你们来得正好,有新发现。"

屋里,物检组刘睿和助手趴在地板上,正往一层特制薄膜上喷洒荧光剂,很快,荧光剂上显现两道痕迹。

刘睿站起来说:"你们看,这是重物拖拽后在地板上留下的痕迹。"

王皓说:"像轮子滚动的痕迹"

刘睿说:"对,很像旅行箱拖拽痕迹。"

朱强说:"那就对了。"

王皓问:"当天小区里有人看见可疑人员托拽旅行箱走动吗?"

朱强说:"吕所报告说,悬赏通告发出后,有几个人报告过,但时间和地点都对不上。"

王皓说:"验尸报告确认死者死亡时间是六月十五日晚八时至九时之间,那么七时至八时死者应该正在回家的路上。"

沈念青说:"据孙梦瑶的室友说,她当天给周志鹏打电话的时间大概在七点三十分左右,那时周志鹏还在路上,等孙梦瑶到达周志鹏住处时他已经死了,而凶手还在。"

王皓问:"孙梦瑶和周志鹏到底是什么关系?"

沈念青说:"不知道。"

12 银丰律所董事会

律师陈天华约见姜鹏飞的前一天突然接到董事会通知,要求他立即赶到位于市郊的江南会所,参加临时召开的董事会紧急会议。

董事会由五名成员组成,他们是银丰律师事务所真正的幕后老板,实际掌握来自官场和商场的资源,与当地司法机构维系着高效而微妙的合作关系,是冰山水下那百分之九十。相比之下,高级合伙人只在其中充当职业经理人角色,只是水面上的百分之十。

董事长韩天笑,为人低调,对外的公开身份是安泰咨询公司董事长,很少有人知道他的另一个身份是古都市政法委某大人物的女婿。

关于此次会议的议题，陈天华已猜出八九分，高级合伙人出事，大佬们不可能无动于衷，是保是舍只有看姜鹏飞的造化了。尽管姜鹏飞的疯狂之举意外打乱了他与周志鹏的结盟计划，然而陈天华现在最关心的问题是，如何在不违背大佬们意愿的前提下，利用委托律师身份将自己的利益最大化，他不想放过这个千载难逢的机会，虽然跟魔鬼打交道是危险的，但他的座右铭是：没有永远的敌人，只有永远的利益。

江南会所位于龙王山下一片密林里。

陈天华将车停在园中指定处，在会所工作人员带领下，穿过几道门廊走到一扇雕花木门前，他站在门外整了整衣领敲门。

这是一间私密的小型会议室，会议室中央摆放一张圆形红木会议桌，坐北朝南的主宾位上端坐一名男子，年纪三十多岁，其他几位分坐两侧，明显年长许多。他们西装革履，衣冠楚楚，表情拘谨，主宾男子身穿藏青色纯棉中山装，面色红润，眉目俊朗，文质彬彬，像个书生。

陈天华对他并不陌生，韩天笑，一个低调的大人物。

韩天笑吩咐服务员给每人端上一杯绿茶，茶味清香，是上好的明前龙井。

喝过茶，韩天笑问陈天华："见到姜鹏飞了吗？"

陈天华说："约好今天下午见。"

韩天笑又问："你有几成胜算？"

陈天华想了想："九成。他们采集的证据基本没什么法律效力，只要把姜鹏飞和姜卫国切割开，人是可以保住的。"

韩天笑说："我只要一个结果：把人给我安安全全带回来。

顺便以我的名义给孙伟民带个话，目前全国司法体制改革，强调疑罪从无，切勿逆势而为成为反面教材，这也是老爷子的意思。"

陈天华连连点头："明白。"

韩天笑说："你去准备吧。"

陈天华走后，韩天笑对其他人说："这个蠢货，当初不听我的安排一意孤行，结果惹出这么大麻烦，你们最近把手里的东西理一理，跟这家伙做好切割，警察迟早会找上门来。"

他又说："这个人，我会想办法尽快处理。"说完，低头呷茶。

这番话令在座的几位董事噤若寒蝉，会场一片沉寂。

散会后，韩天笑私下唤来江南会所的保安队长李晓刚。

李晓刚，三十多岁，特种兵出身，身材魁梧，一脸横肉，退伍后被韩天笑招致麾下，凭借一身过硬本领，迅速成为韩公子的心腹。他平时指挥保安队负责江南会所的安保，私底下也经常受韩天笑指派干一些脏活儿。

见面后，韩天笑对李晓刚说："从现在开始，你帮我盯紧一个人。"

李晓刚问："谁？"

韩天笑掏出一张照片："姜鹏飞，银丰律所的高级合伙人，你见过。"

李晓刚又问："只负责盯梢吗？"

韩天笑说："对，先留着，还有用。"

李晓刚心领神会，受命而去。

13 律师陈天华

陈天华来到古都市第一看守所,在会客室里等姜鹏飞。

按照律师要求,他们的见面申请了警方回避。

姜鹏飞这几天恢复得不错,刮了胡子,换了身新衣服,精神状态比陈天华想象的好。

见面后,姜鹏飞板起脸责备道:"你怎么今天才来,我差点在认罪书上签字!"

陈天华苦笑:"我说了不算,你懂的。"

姜鹏飞问:"材料看过吗?"

陈天华说:"看过了。"

姜鹏飞问:"我什么时候可以出去?"

陈天华说:"南大碎尸案是部里挂牌督办的大案,十年来一直是社会关注的焦点,人人都在等凶手落网,你说他们会轻易放过你吗?"

姜鹏飞说:"你也怀疑我是南大碎尸案的凶手?"

陈天华避开姜鹏飞咄咄逼人的目光:"想听真话吗?"

姜鹏飞说:"你说。"

陈天华凑近姜鹏飞:"我对凶手不感兴趣,我只对当事人的利益感兴趣。"

姜鹏飞点头。

陈天华说:"南大碎尸案对你的指控基本不成立,所谓证据,一个来自当事人催眠后的梦境,一个来自脑部疾病患者的臆想,而且这名患者手术后部分脑丘和颞叶已切除,无法对先前的证词提供有效验证。"

姜鹏飞说:"还有做伪证诱供当事人。"

陈天华说:"这个先不提。"

姜鹏飞不解:"为什么?"

陈天华说:"因为这是筹码。"

姜鹏飞笑了:"看来你早已胸有成竹。"

陈天华摇头:"你现在面对的难题不是南大碎尸案,是周志鹏被杀案和孙梦瑶失踪案。"

姜鹏飞不说话了。

陈天华说:"五十万,一口价。"

姜鹏飞说:"说说你值五十万的理由。"

陈天华不慌不忙说:"如果你想从周志鹏被杀案和女警员失踪案中脱身,只有我能帮你,这值二十万。"

姜鹏飞问:"剩下三十万呢?"

陈天华说:"脱罪后你得面对董事会,家法大过天,这个道理你懂,如果让董事会放过你也只有我能帮你,这值三十万。"

姜鹏飞笑了。

陈天华问:"你笑什么?"

姜鹏飞说:"比我想象的少。"

陈天华耸耸肩:"你高估了我的贪婪,低估了我的善良。"

姜鹏飞说:"我有个条件。"

陈天华说:"你说。"

姜鹏飞说:"钱分三次给你,定金十万,撤案十万,移民三十万。"

陈天华说:"合理。"说着从公文包里拿出一份文件。

姜鹏飞飞快扫了一眼,提笔签字。

临别时,姜鹏飞对陈天华说:"给蒋梦丹捎个话,我很快回家。"

陈天华说:"好。"

姜鹏飞目送他离去,站起来面向墙上的监视器慢慢抬起头,笑容渐渐凝固在脸上。

朱强、王皓和沈念青围在监视器前。

王皓说:"签字那么果决,求生欲很强啊。"

14 一只小白船

下班后,蒋梦丹去幼儿园接女儿姜梓桐。

姜梓桐没见到爸爸,问:"爸爸为什么不来接我?"

蒋梦丹说:"爸爸出差了,过几天才回来。"

姜梓桐说:"哦。"

蒋梦丹问:"你想爸爸吗?"

姜梓桐说:"想。"

蒋梦丹搂紧她,问:"今天在幼儿园学什么了?"

姜梓桐说:"学唱《小白船》。"

蒋梦丹说:"来,唱给妈妈听。"

姜梓桐轻轻唱起来:

蓝蓝的天空银河里

有只小白船

船上有棵桂花树

白兔在游玩

桨儿桨儿看不见

船上也没帆

飘呀飘呀飘向云天外

蒋梦丹情不自禁跟着哼唱，唱着唱着，眼眶模糊了。

姜梓桐推她："妈妈，你怎么了？"

蒋梦丹说："桐桐唱得真好。"

回到家里，吃完晚饭，蒋梦丹哄女儿睡觉。

临睡前，姜梓桐从口袋里掏出一只小纸船，上面画了三个小人儿。

她说："爸爸、妈妈和我。"

蒋梦丹亲了一下女儿额头，起身关灯，悄悄离开房间。

蒋梦丹推开书房门，走到书柜前，拿起上面的全家福。

照片上，一家三口站在沙滩上，灿烂的笑容历历在目。

蒋梦丹捧出那只小纸船，轻轻放在全家福前。

书桌上放着一盒中华烟，蒋梦丹从烟盒里抽出一支烟给自己点上，刚抽一口，浓烈的烟草味呛得她泪流满面。

15 姜鹏飞脱身

第二天，蒋梦丹安排完手上的事，提前换上便装离开办公室，匆匆赶往医院对面的星巴克。

走进咖啡厅，见陈天华坐在角落里向她挥手。

蒋梦丹问陈天华："他还好吗？"

陈天华说："还好，我这次来就是向你报告他的情况，他这次能抗住全靠你的不在场证明。"

蒋梦丹说："既然已经提供不在场证明，为什么还不放人？"

陈天华说:"因为这次涉嫌的案件很严重,有一个女警失踪了,还有一名受害人叫周志鹏。"

蒋梦丹顿时焦虑起来:"那怎么办?"

陈天华说:"不要担心,我经办的案子很少失手,有个年轻警察在审讯姜鹏飞的时候做伪证诱供正在被调查。"

蒋梦丹皱眉:"做伪证诱供?"

陈天华说:"是的,他用一份伪造的DNA检测报告与现场标本做对比,企图证明姜鹏飞是凶手。"

蒋梦丹忙问:"结果呢?"

陈天华说:"当然没有得逞,姜鹏飞是见过世面的人,识破了他们的伎俩,清者自清嘛。"

蒋梦丹低声问:"到底是谁干的?"

陈天华说:"不知道,我也不想知道,我的任务是保证警方找不到理由给我的当事人定罪。至于凶手是谁,那是他们的事。"说着,他凑近蒋梦丹,"但是,我提醒姜鹏飞,出来以后尽快远走高飞,时间是你们现在手里唯一的筹码,这也是我想对你说的。"

蒋梦丹点点头。

陈天华离去后,蒋梦丹陷入沉思。

突然,一个念头闯进她的脑海,那天晚上姜鹏飞深夜回来告诉他见到姜卫国,其实不只是吃碗面那么简单,原来他们在密谋杀人。她现在顾不上探究他们为什么密谋杀人,令她感到无比焦虑的是,姜卫国的存在已经对她构成巨大威胁。姜鹏飞是枕边人,从某种意义上说是可控的;而姜卫国是不可控的,只要他存在,未知的灾祸就随时可能降临到他们一家三口头上。她同意陈天华的提醒,时间是他们现在手里唯一的筹码,如果要尽快远走高飞,必须清除这个不可控的威胁。

此时此刻,蒋梦丹和姜鹏飞都没有意识到,正是因为姜鹏飞那晚自作聪明,为了让蒋梦丹提供不在场证明而对她撒下的脱罪谎言,为姜卫国招来杀身之祸。

陈天华担任姜鹏飞的辩护律师以后,立刻高调介入案子的调查,显出一贯强势的行事风格。他指出专案组采集的关键证据玩具熊来自证人催眠后的梦境叙述,不具备法律效力,另一位证人因脑部手术无法对自己之前的证词做有效验证,同样不具备法律效力。同时,他保留对警方的诱供行为做进一步申诉的权利,对于周志鹏被杀案和孙梦瑶失踪案,他提供一份由蒋梦丹签字的证明,作为当事人的不在场证据。

不仅如此,陈天华在申诉书中还强调姜鹏飞是父亲畸形人格迫害下的牺牲品,是不幸童年的受害者,是值得同情的悲剧人物,并以国家司法改革倡导疑罪从无的法律精神向警方施压。

六月二十四日,专案组接到市局通知,解除对姜鹏飞的刑事拘留,改为取保候审,保证金二十万元由其本人交纳并于当日释放。

中午十二时,烈日当空。

古都市第一看守所铁门"咣当"一声打开了。

姜鹏飞从里面走出来,他抬头望了望天,表情木讷。

蒋梦丹快步向他走去,两人紧紧拥抱在一起。

蒋梦丹说:"我们趁早走吧,这里实在待不下去了。"

姜鹏飞轻轻拍她:"没事了,没事了。"

陈天华坐在车里,看着他们夫妻久别重逢,心里却在想一会儿见到韩天笑该说什么。

会议室里气氛凝重,朱强、王皓、沈念青和赵长河各坐一角默不作声。

前所未有的挫败感像瘟疫一样,无情地噬咬着每个人的自尊。

天黑以后,郭大壮赶到市局带回两个消息:一是通过走访环卫工人,找到一只黑色垃圾袋,里面装有一套西装和几件男性换洗衣物;经周志鹏妻子指认确为周志鹏遗物。二是六月十五日晚九时左右,梅园小区一居民遛狗时,目击一男子头戴黑色棒球帽背微驼,拖一只大旅行箱从案发楼前匆匆走过,当时他的狗一直冲旅行箱狂吠不止,引起他的注意,但天黑没看清该男子模样。

朱强听完汇报说:"你回来得正好,从现在开始对姜鹏飞二十四小时监控,发现异常立即报告。"

郭大壮应声而去。

王皓望着窗外茫茫夜色,冷不丁说:"时间不多了。"

第六章　绝地反击

1　丧家之犬

沈念青骑电动车刚到小区,天上开始稀稀拉拉滴雨,天色也越发暗了。

小区停车棚顶灯还没修好,沈念青停车时不小心碰倒一辆自行车。

他扶起车刚要走,忽然听见有人喊:他来了他来了。

一声比一声急,是一个女人的声音。

沈念青拔出枪,仔细辨认声音的方向,周围一片沉寂。

雨越下越大,远处传来滚滚雷声。

沈念青听见雷声,转身回到车棚,推出电动车向雨幕深处驶去。

窗外风雨交加,电闪雷鸣。

姜鹏飞站在窗前,一根接一根抽烟。

蒋梦丹走进书房,来到他身边:"怎么还不睡?"

姜鹏飞看着窗外:"你看那只狗,多可怜。"

楼下树丛里,一只哈巴狗趴在石凳下一动不动。

蒋梦丹将头伏在姜鹏飞肩膀上:"是啊,怪可怜的。"

姜鹏飞说:"你先睡吧,我再待一会儿。"

蒋梦丹松开他:"你也早点睡吧。"

姜鹏飞说:"雨季来了。"

蒋梦丹回头问他:"你说什么?"

姜鹏飞说:"雨季来了。"

蒋梦丹从书房出来,走进儿童房看望熟睡中的女儿,出来时见姜鹏飞往门口走。

她问:"你去哪儿?"

姜鹏飞说:"去买烟。"

蒋梦丹说:"带上伞。"

姜鹏飞说:"知道了。"

回到卧室,蒋梦丹蜷起身体将头埋在枕头里,忍不住哭了。

第二天。

吃早饭时,蒋梦丹说:"我送桐桐去幼儿园,你再睡一会儿。"

姜鹏飞说:"我送吧,反正我也要去一趟律所。"

吃完早饭,一家三口从地库取车。

车开出小区门口时,他们看见花坛旁围了一群人,一名小区保安手拿竹竿正从树上往下取东西,十几名跳完广场舞的老人围在一旁指指点点。

车辆驶近时,蒋梦丹看清树上吊死了一只狗。

等她反应过来,慌忙用手去遮挡姜梓桐眼睛,已经晚了。

姜梓桐问:"那是什么?"

蒋梦丹说:"什么也不是。"说着偷眼瞟姜鹏飞。

姜鹏飞坐在驾驶位上面无表情。

送走姜梓桐和蒋梦丹,姜鹏飞并没有去银丰律师事务所,掉转车头向市郊驶去。

江南会所里,韩天笑和众人围在一幅古画前指指点点。

古画上,山石突兀,上面立着一只鹰,鹰眼朝天怒目而视。

一名白发长者上前仔细端详古画落款,又后退几步上下打量。

长者姓杨,是韩天笑从古都市博物馆请来的古画鉴定专家。

杨先生对商人玩收藏不以为然,问:"你想听真话还是假话?"

韩天笑皮笑肉不笑:"当然听真话。"

杨先生说:"我去年在拍卖会上见过这幅画,当时劝他们不要拍,他们不听还是拍了。"

韩天笑问:"您的意思……"

杨先生说:"是赝品。"

众人发出一阵唏嘘。

韩天笑脸色铁青,一言不发。

送走杨先生,韩天笑走到古画前,取出打火机点燃画轴,古画瞬间化为灰烬。

一旁众人谁也不敢说话。

韩天笑不动声色道:"赝品是见不得人的。"

这时,一名工作人员将陈天华领到韩天笑面前。

陈天华说:"姜鹏飞来了,在外面。"

韩天笑听见"姜鹏飞"三个字,气不打一处来:"他来干什么,让他滚,滚得越远越好。"

陈天华见韩天笑正在气头上,只好先退出去。

来到外面停车场,他对车里等候召见的姜鹏飞说:"韩公子不在,改天再来吧。"

姜鹏飞望见停车场专用位上停了一辆白色劳斯莱斯,冷笑道:"没想到,我也沦落成丧家犬了。"

陈天华吩咐司机先走,自己上了姜鹏飞的车:"走吧,别看了。"

回市区的路上,姜鹏飞一言不发。

陈天华说:"你可以鄙视权贵的品位,但你不得不佩服他们的嗅觉,如果你当初听从韩公子安排,就不会像现在这样沦落成丧家之犬了。"

姜鹏飞说:"看来他们已经私下里完成了切割,撇清跟我的关系了。"

陈天华说:"难得韩公子放你一马,趁他没改主意赶紧走!"

姜鹏飞问:"取保候审多久能撤?"

陈天华说:"最快一个星期,你最好别再出什么纰漏,否则神仙也救不了你。"

送走陈天华,姜鹏飞独自驱车来到华光堂,教堂执事告诉他神父出去了。

又吃闭门羹,姜鹏飞心里不悦,面朝十字架上的受难耶稣祈祷一番后怏怏离去。

几天后,姜鹏飞的取保候审被解除。

他敦促四海通移民公司加快办理移民手续,不久,全家就接到美国领馆的签证预约通知。

郭大壮获知这个消息后立即报告朱强和王皓。

2 处理决定

虽然刑警队竭力淡化沈念青诱供嫌疑人的行为，但是这件事还是被捅到省厅了。

正值全国司法系统整顿风口期，在清理冤假错案，维护当事人正当权益，倡导疑罪从无的大环境下，省厅很快做出决定，沈念青调离市局刑警队专案组，遣回街道派出所留职查看一年，以观后效。

通报一出，朱强和王皓傻眼了。

两人愁眉不展，谁也不愿意对沈念青说出这个决定。

朱强说："一码归一码，像南大碎尸案这种案子，能挖出藏匿十年的犯罪嫌疑人，已经算天大的奇迹了，沈念青功不可没。"

王皓说："现在轮不到我们评论功过，还是想想怎么对他说吧。"

三号楼。

沈念青缩在办公桌前望着电脑屏幕发呆。

赵长河端起茶杯又放下，下意识看看墙上的挂钟。

沈念青突然说："对不起，前辈，都怪我，是我拖累大家，让案子陷入僵局。"

赵长河说："拖累谈不上，我们是一个集体，无论顺境还是逆境都要共进退，但你肯定是犯错了，而且错得不轻。接下来无论发生什么，你都要有心理准备。"

正说着，朱强和王皓推门进来。

两个人神色凝重，沈念青站起来。

朱强说："上头的处理决定公布了，具体我就不念了，大概意思是你离开专案组，遣回原地派出所，留职查看一年。"

王皓说："我和朱队的意思是，等这阵风波过去再欢迎你归队，刑侦大队需要你。"

沈念青问："案子呢？"

朱强说："案子我们一定会查下去。"

沈念青对这个处理结果并不感到意外。

他从背包里取出那只棕色玩具熊，递给朱强："这是孙梦瑶临走时送给我的，她说这是她的护身符，我现在送给你，你们要记住她，活要见人，死要见尸。"

朱强接过棕色玩具熊，郑重道："放心，我们一定找到她。"

王皓重重拍了拍沈念青肩膀："后会有期。"

他们离去后，沈念青对赵长河说："对不起，前辈，我让您失望了。"

赵长河摆摆手："你尽力了，我们都尽力了。"说完默默走出办公室。

傍晚，沈念青去车棚取车。

一辆崭新的银灰色丰田车停在他身旁，孟一凡从车里探头喊："大青子，上车。"

车上，孟一凡说："老爷子喊你回家吃饭。"

沈念青瘫在座位上不说话。

回到孟广田家，一桌丰盛的菜肴已经上桌了，有鱼有肉，热气腾腾。

张馨蕊也在。

孟广田拎出一瓶青川大曲对沈念青说:"陪我喝几杯。"

几杯酒落肚,孟广田说:"你的事赵长河跟我说了。"

沈念青说:"师傅,我想请假休息几天。"

孟广田问:"几天?"

沈念青说:"一星期。"

孟广田说:"行,好好睡一觉,醒来又是新的一天。"

沈念青不说话,坐了一会儿起身告辞。

孟广田对孟一凡说:"你送送他。"

张馨蕊站起来:"我去吧。"

张馨蕊在小区花坛旁赶上沈念青。

她说:"我都快认不出你了。"

沈念青取烟,掏打火机连打几次都没打着。

张馨蕊接过打火机,站到逆风位置替他点燃香烟。

沈念青吸了一口,看着远处不说话。

张馨蕊说:"跟我说说话吧。"

沈念青回头看她,仿佛看一个陌生人。

张馨蕊哽咽了:"跟我说说话啊,你怎么了?"

沈念青一脚踩灭烟头:"回去吧,一凡在等你。"

孟一凡站在远处,见张馨蕊走来,问:"他没事吧?"

张馨蕊摇头。

深夜,沈念青取出短枪熟练拆卸后,将泛着乌光的部件排列在地上,又拿出枪布一一擦拭。和平年代,枪是稀罕物,警校毕业后，沈念青很少摸枪，尽管如此，射击作为一项技能，对于他这类天赋型选手来说，一旦练成便成为傍身本领。练归练，不过保持高水平发挥还得归功于潜意识操控，只要潜意识对准目标，基本上可以保证弹无虚发。

枪是杀人武器，摸在手上就会想到死亡。沈念青熟练地组装枪身，举臂对准远处，然后掂了掂，再对准自己太阳穴，闭上眼睛……

3 与影子交手

古都市人民医院。

姜鹏飞涉案的消息在古都市人民医院不胫而走，蒋梦丹能感觉到人们向她投来的异样目光。好在她心理素质足够强大，假装看不见，每天依然按照固定流程照常工作。

这天，蒋梦丹巡诊后回到办公室，按惯例开始查阅患者病历，分析诊断病情，制订治疗方案。

一名男子从远处走来，此人头戴黑色棒球帽，帽檐压得很低，背微驼。

蒋梦丹听见敲门声，说："进来。"

男子推门而入。

蒋梦丹一见男子，下意识站起来："你怎么来了？"说着走去将门反锁上。

男子低声说："我来问问凤梧的消息，他还好吗？"

蒋梦丹说："他被警察带走了。"

男子说："他是清白的。"

蒋梦丹说："我知道，你快走吧，我这里也不安全。"

男子站在那儿，手不停搓衣襟。

蒋梦丹问："你怎么了？"

男子说："你有药吗？能不能给我一点。"

"药？"蒋梦丹皱起眉头。

男子说："吗啡。"

蒋梦丹转身深吸一口气，说："有，你等一下。"说着走进隔壁的实验室，大约五分钟后，她回来了，递给男子一个信封。

男子将信封塞进口袋刚要走，见蒋梦丹神色有些异样，就问："听凤梧说你们要搬到国外去住？"

蒋梦丹一愣，摇头："没有。"

男子说："那就好。"

临出门那一刻，蒋梦丹喊了声："爸！"

男子回头："啊？"

蒋梦丹说："雨季来了，您保重。"

男子一惊，连连后退，转身仓皇而去。

目送男子消失在走廊尽头，蒋梦丹"砰"地关上门，踉踉跄跄走到办公桌前，瘫在椅子里。

恍惚了一会儿，她站起来，从药柜里翻出一袋酒精棉，使劲擦拭双手，擦完一遍，闻了闻，又开始擦。

这时，耳边又传来敲门声。

蒋梦丹赶紧收起酒精棉，拢了拢头发，去开门。

沈念青大步走进来，向蒋梦丹出示警徽说明来意。

蒋梦丹的反应冷若冰霜："我没见过他。"

沈念青说："他是杀人犯，你见到他，要第一时间告诉我。"说着递给她一张名片。

蒋梦丹接过名片，随手扔在桌上："还有事吗？"
沈念青看看她身后的窗帘，转身走了。

沈念青走出办公室刚要离去，突然站住，往后退几步，掏出纸巾从地上捡起一粒烟头，上面印着两个字：白沙。
他转身推开办公室的门，蒋梦丹吓一跳，站起来。
沈念青说："他来过。"
蒋梦丹说："你不相信我，我也没办法。"
沈念青捏了捏烟头似乎还有余温，估计人没走远。
他对蒋梦丹说："我还会来找你的。"

离开办公室，沈念青快速下楼来到大厅。
他的目光扫过大厅廊柱，看见一个黑影在人群里忽隐忽现，立刻跟上去，黑影意识到有人靠近，突然加快脚步冲出大厅，穿过后门钻进一条小巷。
沈念青大喊："姜卫国！"
黑影一愣，沈念青冲到身后，伸手抓他后颈，不料黑影侧身使出反手擒拿技，差点锁住沈念青咽喉，吓得他连退几步。黑影趁势扑上来，沈念青不敢怠慢，先招架，摸清对方套路后变换身形开始反击，毕竟年轻，几个回合下来，黑影渐渐落于下风，正当沈念青以为胜券在握时，黑影突然腾空而起，借助巷道两壁左右腾挪，窜上墙头一闪不见了。
沈念青呆望墙头，一摸胁下发现刚才竟然忘记拔枪，心中懊悔不已。

4 秘密跟踪

自从姜卫国来取药差点被警察撞见，蒋梦丹发现自己被一个影子盯上了。这影子鬼鬼祟祟神出鬼没，无论上班、下班，还是工作中途去病房巡诊，总是不经意间从她眼前一闪而过。有时候，她坐在办公桌前查阅病历，会突然站起来冲到窗前掀开窗帘往外看，或者中午去食堂吃饭，吃着吃着会突然站起来，然后又坐下继续吃。

有一天深夜，蒋梦丹从睡梦中惊醒，忽地坐起来。

姜鹏飞打开床头灯，见她披头散发，额头上全是汗，忙问："怎么了？"

她说："我梦见一只鬼。"

蒋梦丹日渐憔悴的面容令姜鹏飞忧心忡忡，不得不劝她去看心理医生。

蒋梦丹回答："我就是医生，我心里比谁都清楚。"

是的，她心里清楚，这个世界上根本没有鬼，比鬼更可怕的是人。

当内心的恐惧和焦虑因人而起时，正常人的本能反应是：防御，然后反击。平心而论，蒋梦丹不是好斗的女人，她的职业和教养决定了她遇事不卑不亢的态度。在外人眼里，这或许叫优雅，对她来说则是对底线的坚守。当底线受到威胁时，她的反击也是异常猛烈的，甚至不惜同归于尽。

5 月畔湾野炊

在去幼儿园的路上，姜鹏飞说："告诉你一个好消息，我收到美国签证的预约通知了。"

蒋梦丹说："我也告诉你一个好消息，我哥帮我们物色到一套一千二百平方米的大别墅，上下两层还有一个游泳池。"

说完彼此的好消息，他们却并没有高兴起来。

吃晚饭的时候，蒋梦丹问姜梓桐："喜欢美国的大房子吗？"

姜梓桐说："喜欢。"

姜鹏飞说："明天是周末，我们去月亮湖野炊吧。"

姜梓桐拍手："好啊好啊。"

蒋梦丹说："你不早说，我好提前让清洁公司去收拾收拾。"

姜鹏飞说："如果什么事都按部就班，还有什么乐趣可言，对不对，梓桐？"

姜梓桐大声说："对！"

星期天，阳光灿烂。

姜鹏飞一家三口从光明新区出发，驱车前往月亮湖。

抵达后，他们先回湖畔别墅稍事休息，然后取出炊具来到湖畔烧烤营地。

野炊营地位于湖畔平坦的山坡上，山坡下是波光粼粼的湖面，湖边修了一条栈道供游人散步观赏，山坡上方覆盖茂密的树林，树林里有鹅卵石铺成的小径通往山顶，从山顶上可以俯瞰月亮湖全貌。

今天天气不错，野炊营地里一片欢声笑语。

姜鹏飞将车停在停车场，蒋梦丹和姜梓桐扎起头巾挽起衣袖，拿起食物袋向指定烧烤点走去，姜鹏飞怀抱炊具跟在她们后面。

蒋梦丹抬头看天:"时间还早,我们去湖边走走吧。"

他们从栈道下到湖边,姜梓桐看见湖水兴奋地脱掉鞋,光脚在沙地上奔跑嬉戏。

姜鹏飞和蒋梦丹坐在离女儿几步开外的长椅上。

蒋梦丹说:"我哥邀请我帮他打理在加州的华人社区医院,我在加州留学时的导师邀请我去他的实验室当助手,你说我选哪个好?"

姜鹏飞说:"这两个选项各有利弊,私立医院能赚到钱,但只能在华人圈里混,进不了主流社会;给老外当助手赚不到钱,但是属于主流精英。我推荐后者,因为我知道你喜欢搞科研,再说我们又不缺钱。"

蒋梦丹笑了:"跟我想的一样。"

姜鹏飞紧紧握住蒋梦丹的手:"什么也阻止不了我们离开这里。"

蒋梦丹说:"是呀,我恨不得明天就走。"

姜鹏飞望着远处姜梓桐一个人孤零零在沙地上玩沙子,对蒋梦丹说:"你看梓桐一个人多孤单,再生一个吧。"

蒋梦丹站起来:"我没问题,是你……"

姜鹏飞不解:"我怎么……"

蒋梦丹脸红了:"你老是心不在焉。"说完转身向女儿跑去。

眼看日头偏西,姜鹏飞召唤蒋梦丹和女儿回营地。

在营地,他熟练地搭起炭炉和烧烤架。

蒋梦丹突然说:"哎呀,忘记拿饮料了。"

姜鹏飞掏出钥匙:"给你,去拿吧。"

姜梓桐说:"我也去。"

母女二人来到停车场。

蒋梦丹打开后备厢拎出一袋饮料,刚要关车盖,看见角落里有一只灰色铁盒。

她取出铁盒打开一看,惊呆了。

铁盒里整齐排列着七八只形状各异的刀具,还有一只微型细齿钢锯,刀具由细纹精钢制成,刀刃闪着幽幽蓝光。

蒋梦丹抽出其中一把凑到鼻下闻了闻,闻到一股淡淡的腥味。

这时,身后传来一个声音:"这是费尔南多送给我切火腿的刀具。"

蒋梦丹浑身一哆嗦,放下刀具关上车盖。

返回营地途中,姜梓桐不停回头。

蒋梦丹问:"你看什么?"

姜梓桐举手握成望远镜的形状,对远处说:"有一个人躲在树林里偷看我们。"

蒋梦丹和姜鹏飞回头顺着她手指的方向望去。

山顶上果然有个人影站在树旁一动不动。

姜鹏飞说:"别理他,我们走。"

野炊结束后,姜鹏飞一家三口按照原计划就宿于湖畔别墅,次日返回市区。

梳洗完毕,一家三口来到二楼露台。

姜鹏飞从酒窖里取出一瓶法国红酒,开瓶后闻了闻,倒入醒酒器,又摆上两只水晶杯。

蒋梦丹看着他,笑而不语。

姜鹏飞问女儿:"梓桐,我和妈妈再给你生一个小弟弟好不好?"

姜梓桐说:"不好。"

姜鹏飞问:"为什么?"

姜梓桐说:"有了小弟弟,你们就不爱我了。"

姜鹏飞说:"不会,我们爱你,也爱小弟弟。"

姜梓桐跺脚:"不行,你们只能爱我。"

蒋梦丹放下酒杯,失望地看着姜鹏飞。

第二天一早,蒋梦丹下楼来到餐厅。

她见姜梓桐坐在餐桌前手托下巴不停打呵欠,问:"爸爸呢?"

姜梓桐说:"爸爸在做早餐。"

蒋梦丹去厨房,里面没人。

她嘱咐姜梓桐:"你哪也别去。"说着从餐厅侧门出去,穿过一条小路再下一段石阶,来到酒窖前。

酒窖门虚掩着,蒋梦丹推门进去。

姜鹏飞背对她站在木台前。

蒋梦丹问:"你在干什么?"

姜鹏飞转身,露出身后的铁支架,上面架了一只风干火腿,桌上白色瓷盘里摆满红白相间的火腿片。

他晃晃手中长刀:"我给你们切几片西班牙火腿尝尝。"说着起腕落刀,熟练地割下一片火腿肉。

姜鹏飞捻起一片火腿向蒋梦丹介绍:"这是西班牙伊比利亚火腿,火腿中的劳斯莱斯,用当地特产的黑毛猪后腿制成的,这种猪平时放养在树林里吃橡子长大,肉里有一股清新的橡子味,制成的火腿需要自然风干两到三年才能吃,吃的时候必须用特制的刀具切片,切片的技法需要专门学习,还有专门的考试,吃的时候要像喝红酒一样弄醒它,这样才能散发出百分之百的肉香。"

蒋梦丹对火腿不感兴趣。

她说:"这里好冷,我先上去了。"

姜鹏飞埋头切肉,似乎没听见。

回到餐厅,姜鹏飞兴致勃勃说:"火腿和红酒是绝配,古都的富人们现在都从我这里买火腿。"

蒋梦丹将信将疑,勉强夹起一片火腿放入口中,刚嚼一口立刻捂嘴冲进厨房,全吐到垃圾桶里了。

姜鹏飞对女儿说:"妈妈吃不惯,你呢?好吃吗?"

姜梓桐说:"好吃。"

姜鹏飞又夹了一片给她。

6 孤注一掷

回到市区,蒋梦丹开始一天的例行工作。

医院已经知道她移民的事,正在安排工作交接。

上午巡完诊回到办公室,蒋梦丹眼皮一直跳。

今天,她要做一个决定,决定见一见这只鬼,鬼终归要被送回到地狱,而她,为了女儿和家庭必须活下去。

大约十一点的时候,蒋梦丹从抽屉里翻出那张卡片,按照卡片上的电话号码拨了过去。

见面地点定在莉莉·玛莲西餐厅。

蒋梦丹放下电话,心情反而平静了。

她是那种遇到危险能攒集全身每个毛孔的力量奋力抗争的人,不明真相的人常被她优雅的外表迷惑,却不知她也有令人猝不及防的一面。

出发前，沈念青洗了一个热水澡，刮干净胡子，穿上新买的夹克衫，皮鞋也是新的。他对照镜子打量自己，看见下巴上有一缕血，随手一抹，手上却什么也没有，他对自己的样貌一向充满自信。

蒋梦丹头戴草编软边遮阳帽，一支宽框墨镜遮住了眉眼，她走到莉莉·玛莲西餐厅门口，抬头看天，天空比平时昏暗，似乎又要下雨了。

这个时间段，餐厅里冷冷清清。

蒋梦丹看见沈念青坐在走廊最末端的卡座里，上前问："外面停的警车是你的？"

沈念青说："不是，没人知道我来这里。"

这时，服务员端来两杯香草拿铁。

服务员离去后，蒋梦丹脱下遮阳帽，摘下墨镜，将外套搭在座位上。沈念青注意到她里面穿了一件浅灰色纯棉短衫，质地柔软紧贴肌肤，衬托出肩部的优美轮廓，颀长雪白的脖颈上戴了一条细若游丝的项链，坠子是一粒心。

她坐下的时候，沈念青闻到一股暗香，这是香水渗入肌肤后和呼吸、汗液或许还有体液发酵后混杂在一起的味道。

蒋梦丹呷了一咖啡，放下杯子开口道："果然是你！"

沈念青说："是的，是我。"

蒋梦丹说："你的行为是违法的，我可以举报你。"

沈念青说："可你没有不是吗，你选择了跟我见面。"

蒋梦丹说："你到底想干什么？"

沈念青说："我想跟你做笔交易。"

蒋梦丹问："你是代表警队在跟我说话吗？"

沈念青摇头："不，我代表我自己。"

蒋梦丹耸耸肩："你和我之间有什么可交易的。"

沈念青说："我下面说的话，请你仔细听，听完之后再下结论。"

蒋梦丹换个姿势："好，你说。"

沈念青说："我跟踪你的目的很简单，就是想见到姜卫国，我想他药物上瘾，迟早会来找你，可是当我跟踪到第三天时突然反应过来，他也许永远不会出现了，因为有一种毒药叫砒霜对吧？你们一家三口正在办理美国移民，此时跟一个通缉杀人犯产生纠葛，想必你心里也是无比厌恶的，所以不如神不知鬼不觉地一了百了。果然，自从你们上次偷偷见面被我被我撞见后，姜卫国就神秘失踪了。我敢肯定，此时此刻他的尸体正躺在某个角落里已经腐烂得只剩下一具骨架了。你杀了他。"

蒋梦丹坐不住了："纯属无稽之谈。"

沈念青说："请听我说下去。关于你的丈夫姜鹏飞，他可能从来没有跟你提起过十年前那起震惊全国的南大碎尸案，碎尸案就发生在古都市。一个同样来自江堰的女大学生被人碎尸两千多块，细节过于血腥，我就不多说了，你可以上网去查，我想说的是，经过我们侦查，这个案件的凶手就是姜卫国和姜鹏飞父子。前不久，在火车西站货场，姜卫国杀害了南大碎尸案最重要的证人吴友福，想必你也听说了。重点是，六月十五日那天，姜鹏飞又残忍杀害了周志鹏和有一名女警孙梦瑶，你还记得我们第二天讯问你，那天晚上七时至九时你跟谁在一起吗？你回答在家和他在一起。事实是，你做了伪证。你为了一个魔鬼向警方撒谎，这个魔鬼就是你的丈夫姜鹏飞。"

蒋梦丹皱紧双眉，摇头道："我为什么要坐在这里听你胡说八道？"

沈念青说:"我在胡说八道吗？你不妨回忆一下，在某些日子里，一个跟他交往着的女人是不是突然就不见了，就这么人间蒸发了，而且这个女人你也见过，也许你们还发生过争执。不要问我为什么知道这些，因为他的父亲姜卫国就是这样的人，当年那名人间蒸发的女子叫作：马桂花。"

蒋梦丹坐直身体，胸脯微微起伏，厉声道："我警告你，我的忍耐是有限度的，你说这些有证据吗？如果没有，我告你诽谤！"

沈念青突然不说话了，静静看着蒋梦丹，足足看了一分钟。

蒋梦丹和他对视几秒后移开目光低头喝起咖啡，再抬头问："你干吗这么看我？"

沈念青说："告诉我，那个女人叫什么名字？"

蒋梦丹不解："谁？"

沈念青说："那个人间蒸发的女人。"

蒋梦丹的脸色"唰"地白了，眼里闪过一丝惊慌。

沈念青说："你不是要证据吗？你的眼神就是证据。"

蒋梦丹冷笑："你们警察就是靠眼神破案吗？"

沈念青说："我说过，我现在以个人身份跟你对话，也可以说，我代表亡灵跟你对话。从道义上讲，你毒死姜卫国情有可原，他是魔鬼，死有余辜；而你为姜鹏飞做伪证也构成了犯罪，你让另一个魔鬼逃脱了法律的制裁。我可以明确告诉你，姜鹏飞是不会停止杀戮的，他患有严重的人格分裂症，他的基因里有嗜杀的成分。"

蒋梦丹强作镇定："证据呢？我要证据。"

沈念青说："想看证据，好吧。"说着从口袋里掏出微型相机，对准蒋梦丹按下录像播放键。

画面上发出"哗哗"的声音，是一个大雨滂沱的夜晚。

混沌的夜色里露出一片树林，过了一会儿，一个人影闪入画面，雨衣遮住了脸，他身后拽着一团黑影，黑影在雨中剧烈扭动，这时，画面往前推进，开始晃动，似乎在选择角度。当镜头再次从树丛缝隙对准黑影时，它已被绳索悬吊在半空，在雨中不停抽搐，镜头推进，这才看清原来是一条狗，雨衣人在树下站了一会儿，低头钻进雨幕，消失在夜色里。

沈念青将最后一个镜头定格放大，露出雨衣人的半张脸。

蒋梦丹看着画面，目光空洞呆滞。

沈念青冲她晃了晃相机。

蒋梦丹喃喃自语："太可怕了。"

沈念青问："你说谁，他还是我？"

蒋梦丹说："你，就是你！"

沈念青冷笑："真奇怪，你不认为真相可怕，却认为向你提供真相的人可怕。"

蒋梦丹不耐烦："说吧，你想怎么交易？"

沈念青说："很简单，你向警队坦白你为姜鹏飞做伪证，我替你保密毒死姜卫国的罪行。"

蒋梦丹说："无论做伪证还是毒死姜卫国，你都没有证据，凭什么跟我做交易？"

沈念青似乎被激怒了："我提醒你，千万不要低估警察寻找真相的决心，你以为我们找不到姜卫国的尸体吗？你以为我们找不到那名人间蒸发的女子吗？你以为我们找不到孙梦瑶吗？一切只是时间问题，我之所以跟你做交易是因为，我认为你也是受害者，不该为魔鬼殉葬。你不是在办理美国移民吗？为什么不趁此离开姜鹏飞，开始全新的生活？"

听了沈念青这番话，蒋梦丹脸上露出复杂的表情。

她说："我和姜卫国结婚五年了，我嫁给他的时候他还是一文不名的小公务员，我们一步步走到今天算是患难夫妻，还有我们的女儿……不，我不会跟你做交易的，你趁早死心吧。"

沈念青脸色铁青，蒋梦丹的态度出乎他的意料。

他轻叹一声："好吧，那就让法律做出公正的判决吧。"

蒋梦丹沉默。

沈念青补充道："我提醒你，在法律做出判决之前，你们哪儿也去不了。"

这句话似乎是压垮蒋梦丹的最后一根稻草。

她突然说："放过我们吧。"

沈念青一愣："你说什么？"

蒋梦丹说："放过我们吧。我们不是魔鬼，我们只是一个普普通通的三口之家，过着简简单单的生活，自从你出现以后，我们的天就要塌了，我几乎每一分每一秒都活在摇摇欲坠的恐惧中。连我五岁的女儿也开始做噩梦了，她常常在深夜里突然惊醒，问我：'妈妈，你和爸爸会离开我吗？'姜鹏飞原来是一个老实内向的人，自从被你们抓进去以后完全变了一个人，暴躁易怒，精神已处在崩溃的边缘。没完没了的跟踪，没完没了的问话，你到底想干什么？如果，我是说如果，姜鹏飞过去干过什么伤天害理的事，我们愿意赎罪，倾家荡产都可以，只求你放过我们。"

沈念青冷冷道："放过你们，怎么放？一个无辜的女孩被他们父子碎成两千多块，女孩的母亲悲伤过度半年后抱病离世，女孩的父亲无法承受痛苦，一年后也走了，姐姐得知妹妹遇害的时候正在怀孕，因悲伤过度流产丧失生育能力，好好一家人就这么毁了。还有孙梦瑶，如今活不见人死不见尸，你让我怎么放？"

蒋梦丹说："赔钱可以吗？我们可以赔他们一大笔钱，我们可以安排他们出国做试管婴儿，还有你，我们可以给你一大笔钱。"

沈念青冷笑："如果钱管用，还要警察干什么？"

这句话彻底浇灭了蒋梦丹所有幻想，她这才意识到自己刚才失态了，没想到眼前这个仪表堂堂的年轻人心这么硬。

她直起身，以一种奇怪的口气问道："你不肯放过我们对吗？"

沈念青耸耸肩，刚要开口，手机响了，他一看，立即起身："我出去一下。"

蒋梦丹看着他，不说话。

沈念青走到服务台一侧低头接电话。

王皓在电话里说："这几天兄弟们挺想你的，我和朱队这个周末在凤凰楼订了一桌酒席，算是为你送行吧，你一定要来。"

沈念青："好的，我一定来。"

远处，一对年轻夫妇正在给他们的双胞胎女儿过生日，耳边又传来那首熟悉的童谣。

接完电话，沈念青回到座位上，见蒋梦丹一副魂不守舍的样子。

他问："你怎么了？"

蒋梦丹无助地看他："你说我怎么了。"

沈念青说："我说过你可以离开他。"

蒋梦丹摇头："不，我也说过我们是患难夫妻。"

沈念青说："丁爱萍遇害前的晚上，他们偷尝了禁果，女孩身体受了伤，心里委屈和他发生争吵，丁爱萍说'我被你害惨了'。这是她的原话，也是女孩临死前对凶手说的最后一句话——我被你害惨了。"

蒋梦丹不停摇头："别说了，求求你。"

沈念青看表："我该走了。"说着端起桌上的半杯咖啡一饮而尽。

蒋梦丹说："你走吧，我再坐一会儿。"

见沈念青走远，蒋梦丹双手捂住胸口长吁一口气，随即起身戴上遮阳草帽和墨镜匆匆离去。

7 坠入深渊

蒋梦丹从莉莉·玛莲西餐厅出来，站在街头东张西望。

她觉得自己也是受害者，明知道眼前是深渊也只得往下跳，从今天起就当自己是一个死人吧。

古都市街头车水马龙，而她，竟然不知该往何处去，一股彻骨悲凉自心底油然而生。

电话响了。

姜鹏飞在电话里对蒋梦丹说："出门向右走十米，路边停靠一辆白色面包车，车牌古A2413，你直接上车，我在月畔湾等你。"

蒋梦丹四下张望，发现自己竟然鬼使神差般地回到人民医院门口。

她往前走几步，果然看见一辆白色面包车。

她低头钻进车里，车随即启动上路了。

蒋梦丹偷眼瞟驾驶座上的司机，司机刻意将黑色棒球帽檐拉得很低，背微驼，手上戴了一双黑色皮手套，她又望望车厢，车厢里空空荡荡，密闭空间里散发出一股类似菌类腐败的霉腥味。

电动车行驶到长江路与桥西路路口，沈念青的胃开始隐隐作痛。

时间不多了，他必须抓紧时间赶回住处，他想起多年前在青川镇街头，一场恶战之后，小伙伴们都跑光了，只剩下他一个人浑身是伤，当时最渴望的也是回家。

街头车水马龙，耳边的喧嚣渐渐远去，最后只剩下心跳声，从四肢滋生的痛楚正一点一点向心脏聚拢，他用力扶住电动车，好不容易行驶到水荫街幸福里，第一滴血从鼻孔涌出，滴落在手背上。

穿过一条宁静的林荫道，白色面包车停在湖音阁前。

蒋梦丹低头走进庭院，姜鹏飞冲司机挥挥手，白色面包车随即离去。

蒋梦丹气呼呼问姜鹏飞："你派人跟踪我？"

姜鹏飞说："今天下午中介公司带人来看房子，你忘了？"

蒋梦丹懵了：难道我在做梦吗？

这时，外面传来汽车声，车停在门口，从上面下来三个人。

姜鹏飞提醒蒋梦丹："来客人了。"

中介公司销售代表领着一对中年夫妇走进庭院，见到姜鹏飞和蒋梦丹立刻上前打招呼。

他们依次参观了主楼客厅、厨房、洗手间和二楼的主卧、儿童房和客房，销售代表向客人详细介绍别墅优越的地理位置、结构和设计细节。

正当客人在四周参观的时候,蒋梦丹对姜鹏飞说:"你进来,我有话对你说。"

姜鹏飞跟她走进客厅。

蒋梦丹从茶几上的烟盒里抽出一支烟点燃后吸了一口,鼓起勇气说:"我问你一个问题。"

姜鹏飞抬头看她:"什么问题?"

蒋梦丹说:"你到底是不是凶手?"

姜鹏飞说:"这个问题你心里已经有答案了吧?"

蒋梦丹说:"我想听你的答案。"

姜鹏飞说:"我的答案重要吗?"

蒋梦丹说:"对我来说很重要。"

姜鹏飞说:"好吧。"

蒋梦丹掐灭烟头,看着他。

姜鹏飞说:"我不是凶手,但是……"

蒋梦丹问:"但是什么?"

姜鹏飞说:"但是我有罪。"

姜鹏飞讲起童年时在父亲阴影下的不堪经历,讲起在江堰与丁爱萍短暂的交往,讲起青春期的迷茫与放纵,也讲了在错误的时间错误的地点与丁爱萍的重逢,他说他没有杀人,也没有看见别人杀人。

蒋梦丹问:"周志鹏被杀和女警察失踪是怎么回事?"

姜鹏飞说:"我让姜卫国干的。"

蒋梦丹听了一下捂住嘴,下意识往后退。

姜鹏飞上前一把搂住她。

蒋梦丹缩起肩膀浑身瑟瑟发抖,问道:"为什么杀人?"

姜鹏飞说:"别问了,你知道的越少越好,我不想拖累你。"
蒋梦丹说:"你已经拖累我了。"
姜鹏飞说:"都会过去的,只要我们离开这里,一切都会好起来,上帝保佑我们。"
蒋梦丹挣脱他,跌跌撞撞向楼上跑去。

沈念青将电动车推进车棚锁好,赶紧往楼上跑。
跑进屋时,已经浑身无力了。
胃里开始翻江倒海,喉咙像火在燃烧,他跟跟跄跄扶住鱼箱,眼前视线渐渐模糊,他拼命将头伸向鱼箱上方,一股浓烈的鲜血突然从鼻孔喷出,洒在鱼箱里,老狗鱼闻到血腥,蹿上来剧烈摆动鱼尾,鱼嘴快速地一张一翕。

蒋梦丹走进浴室,将水温调到皮肤能承受的最热温度,从头淋到脚,淋了一遍又一遍,仍觉得自己身上有什么东西还没有洗干净。突然门开了,姜鹏飞闯进来,光着身子,趁她恍惚之际,从后面紧紧抱住她,蒋梦丹拼命扭动腰肢试图摆脱他,却被他越抱越紧。
蒋梦丹一边挣扎一边说:"你把我害惨了。"
姜鹏飞含糊道:"你说什么?"
蒋梦丹大声说:"你把我害惨了……哎呀!"她尖叫起来。
姜鹏飞一手掐住她的脖子,一手按住她的腰,从后面撞向她。
蒋梦丹觉得自己的身体在一次又一次撞击下开始摇摇欲坠,炽热的气息阻在喉咙间令她窒息,正当她绷紧浑身每一根神经,准备迎接即将到来的死亡时,却发现那不是死亡,而是前所未有的快感，这快感像海浪一样将她推向高潮，久违的、妙不可言又飘飘欲仙的感觉瞬间在身体里蔓延开来。

她忍不住叫起来："用力、用力，再用力！"

在她的嘶喊声中，潮水漫过堤坝，没有罪孽，没有生死，只有剧烈的快感冲刷着他们的耻辱，吞噬着他们的良知。

沈念青将脸凑近水面，五脏六腑仿佛被无形的力量碾碎，巨大的痛楚正向全身蔓延，他伸手死死抓住鱼箱一边，试图将身体靠过去，就在他起身的瞬间，脚下一滑，连人带鱼箱一起翻倒，"哗啦"一声玻璃碎裂，箱水倾洒一地。

沈念青蜷缩在水渍里，血从眼睛、耳朵、鼻孔、嘴里不断往外涌。血水染红了地面，最后几分钟，沈念青不断抽搐身体，嘴一张一翕，在他旁边，老狗鱼也不停抽搐身体，嘴一张一翕……

8 沈念青之死

一名警员敲开朱强办公室的门，进去递给他一份文件。

朱强打开一看，顿时脸色铁青。

文件是姜鹏飞的委托律师陈天华对于当事人遭到警方无理跟踪监视的投诉书，由局长邓浩和副局长孙伟民转发下来的。

朱强阅罢去找王皓。

王皓看了文件，什么也没说。

朱强说："这是我干刑警这么多年最憋屈的案子。"

王皓指着电脑屏幕说："更憋屈的还在后面，你看这个。"

朱强看见屏幕上显示国际机票的电子文件，大吃一惊："周日的航班，今天已经周二了，还有四天时间。"

王皓说："他们已经跑到我们前头了。"

朱强问："怎么办？"

王皓说："我正在想办法。"

朱强又问："孙伟民知道吗？"

王皓凑近朱强压低声音说："段鹏看见陈天华昨天在他办公室里待了两个小时才出来。"

朱强不由倒吸一口凉气。

王皓说："案子到关键时刻了。"

朱强说："不管采取什么办法，一定不能让这家伙跑了。"

王皓说："我又把案子捋了一遍，总觉得还差那么一点点。"

这时，桌上电话响了。

王皓拿起电话刚接通，立刻跳起来："什么？！"

朱强问："怎么了？"

王皓说："水荫街孟所说沈念青出事了！"

朱强挥手："走，去看看。"

水荫街幸福里小区四幢一单元楼下围了一群人，几名民警拦在楼下。

朱强带队上前冲他们喊："留下知情人，驱散围观群众。"

二楼现场已经拉起黄色警戒线，孟广田和两名民警站在门口，房门半掩。

朱强上前问："孟所，什么情况？"

孟广田说："今天一早接到报警电话，说四幢一单元二〇一室渗水，让我们去看看，我一听，是沈念青的房间，立刻打电话给他，他不接，过来一看发现出事了。报警的是住他对面的一对老夫妻,当时正要出门去小区散步。"

赵长河也闻讯赶来了。

他拉起警戒线要往里冲,被朱强拦住:"师傅,这里交给我吧。"

王皓带法医和物检两组人员迅速进入现场。

孟一凡一见沈念青,扑上去大喊:"大青子。"

顾维真教授拉开他,喝道:"冷静!"

沈念青躺在地板上,四肢僵硬,已经毫无生命迹象。

地上水渍浸透他的身体,被水长时间浸泡过后,肿胀变形的嘴边留下深浅不一的血痕。

顾维真凑近看了看。

"中毒。"他说。

王皓问:"死亡时间呢?"

顾维真取出肝温测量计:"死亡时间不超过二十四小时,不过泡在水里太久了,要等尸检结果。"

朱强和王皓蹲下,仔细打量沈念青。

朱强说:"新衬衫、新外套、新皮鞋、新袜子,全是新的。"

王皓看了看鞋底:"外套没脱、皮鞋没脱,估计刚到家。"

朱强问刘睿:"发现遗书了吗?"

刘睿说:"没有。"

王皓说:"我昨天下午三点半给他打过电话,他说他正在见一个朋友。"

朱强说:"谁?"

王皓说:"他没说,当时电话里很吵,好像是一个酒吧。"

刘睿拎起一只塑胶袋,里面装着一部袖珍相机和一支录音笔:"你们看,从死者身上找到的,被水泡了,不知能不能提取到数据。"

王皓说："找专家尽快修复。"

朱强补充道："你亲自去办。"

刘睿应声而去。

王皓戴上手套，翻开沈念青身体一侧，露出压在下面的半截手臂。

他举起手臂，看见手里攥着一条鱼，鱼碎了，发出刺鼻的腥臭味。

王皓站起来，拍拍手："封袋运走。"

朱强拍拍孟一凡："别哭了，干活儿吧。"

孟一凡眼睛红肿，低头不语。

王皓走进厨房，打开冰箱取出火腿肠闻了闻又放回去，然后来到卧室。

他看见窗台上放置了一排空啤酒罐，床上棉被叠得整整齐齐。

与卧室相邻的书房，门虚掩着，王皓推门而入。

他走到写字台前，从桌面上拿起一张纸，上面写着：

灰色人格综合征

1. 臆想：与我同行者终得善终
2. 偷窥：寻找庇护所
3. 失眠：平行世界的另一个我
4. 控制：世间万物，只有死亡是真实的

王皓放下纸片，掀开黑色帷幕，背景墙上贴满黑白照片，有各类现场勘查照，有街头行人照，还有众多死者遗照。

王皓合上帷幕,打开桌上电脑,没想到开机需要密码,他只好又关上了,来到写字台另一侧的书架前,书架上大部分是刑侦专业书,也有世界文学名著和哲学专著。

王皓放下手里的书,回头看见一名警员走到窗前正要搬走一架望远镜。

他立刻制止:"等等。"走过去顺着望远镜对准的方向往外看,看见对面一幢楼里人影绰绰。

孟广田和赵长河站在楼下,脸色铁青,谁也不说话。

警员抬着运尸袋走出楼道,他们立刻跟上去,默默上车守在一旁。

朱强挥手示意出发。

王皓最后出来,对刘睿说:"把所有资料打包带回局里,还有电脑。"

张馨蕊正在水荫街派出所上班。

她接到孟一凡的电话,大惊失色,放下手里的文件冲出办公室,沿水荫街向幸福里小区狂奔,路上行人纷纷躲避她,张馨蕊冲进小区,正遇上警车鸣笛往外开。

孟一凡见张馨蕊站在路中央,慌忙跳下车,伸手去拉她。

张馨蕊大喊:"人呢?"

孟一凡抱住她:"让他们走。"

张馨蕊挣扎:"不。"

孟一凡硬生生将她拽到路边,挥手让警车走。

警车载着沈念青的遗体缓缓离去。

张馨蕊蹲在地上号啕大哭。

孟一凡将张馨蕊送回家里交给母亲，又安抚她一番，匆匆赶回局里。

他走进法医中心解剖室，顾维真教授已经带人对沈念青的遗体开始解剖了。

孟一凡默默换好工作服，强忍悲伤站到解剖台前，这注定是他一生中最艰难的时刻。

从七窍里流出的污血被清理干净后，露出一层铅灰色面皮，双目微张，瞳孔混浊，看着他了无生气任人摆布的样子，孟一凡怎么也不敢相信这就是不久前还跟他有说有笑的兄弟，想到这些，他的视线又被泪水模糊了。

警员遇害，对于任何一支警队来说都是无法承受之痛。

消息很快上报到市局高层，古都市公安局长邓浩闻讯后既震惊又愤怒，责令孙伟民立即召集南大碎尸案专案组全体成员到会议室候命。

十分钟后，邓浩走进会议室，他的目光从每个人脸上扫过，然后开口道："不到一个月，两名警员遇害，这在古都市警队建队史上是头一次，你们破纪录了，一个耻辱的纪录。悲剧的发生是因为你们无能还是玩忽职守，市局将深入调查，严肃处理，我们将根据调查结果，决定是否从省厅调派刑侦专家接手这个案子。"

这时，秘书慌慌张张进来，在他耳边低语什么。

邓浩站起来，手指朱强和王皓："你们愧对老沈在天之灵！"说完又看了赵长河一眼，匆匆离去。

邓浩走后，会场上鸦雀无声。

过了一会儿，孙伟民说："说说吧，是你们无能还是玩忽职守。"

朱强说："我认为现在不是追责的时候，我们的重点应该回到案子上。"

孙伟民说："你没听懂邓局刚才的话，他不是追责，他是怀疑你们的办案能力。"

朱强说："孙局，您跟局长说说，再给我们一次机会。"

孙伟民说："先接受调查吧。"

散会后，孙伟民叫住赵长河："节哀顺变，注意身体。"

赵长河摇摇头。

孙伟民问："死者家里什么情况？"

赵长河说："沈青山殉职后，家里就没什么人了，只有一个舅舅跟他有来往。"

孙伟民说："通知他了吗？"

赵长河说："通知了，正在路上。"

王皓到市局物检中心找到刘睿询问照相机和录音笔的修复情况。

刘睿说："情况不好，泡在水里太久了，属于物理性损伤，只有送北京找技术专家试试。"

王皓问："需要多久？"

刘睿说："不好说，也许几天，也许几周或更久。"

回到办公室，王皓极度失落。

朱强进来，随手关上门。

他说："邓局和孙局没有把话说死，给我们留了活口。"

王皓说:"可是姜鹏飞留给我们的时间不多了"

朱强说:"沈念青不信任我们,孙梦瑶失踪以后,他完全失控了。"

王皓递给他一张纸:"你看看这个。"

朱强见纸上写着"灰色人格综合征",问:"这是什么?"

王皓说:"他有抑郁症。"

朱强问:"借调体检时怎么没查出来?"

王皓说:"这种精神类疾病,体检是查不出来的。"

朱强不解:"那你是怎么知道的?"

王皓说:"顾维真告诉我的,他看出沈念青长期服用抗抑郁药物。"

朱强说:"这老头儿,怎么不早告诉我们。"

王皓说:"可能惜才吧。"

朱强小声问:"你说是不是姜卫国干的?"

王皓摇头:"不是,姜卫国的惯用手法是细绳索勒杀不是毒杀,一个人是不会轻易改变极端行为模式的,还记得警校教科书上怎么说吗?投毒杀人者多为女性。"

朱强说:"案发当天,他去见一个女人?"

王皓说:"是的,他抢在我们前面去见了她。"

朱强说:"他带照相机和录音笔去见这个女人,说明事先经过周密安排。"

王皓说:"可惜他的计划出了意外,照相机和录音笔都坏了。"

朱强说:"只要查出他被害的真相,我们就能拖住凶手。"

王皓说:"给我点时间。"

朱强走后,王皓打开电脑,调出沈念青生前储存在电脑硬盘里的文件一段一段看过去，发现大部分镜头都对准一个人，这个人就是蒋梦丹。

忽然，视频里出现姜鹏飞和蒋梦丹给女儿姜梓桐过生日的画面。

背景音乐正是歌曲《小白船》。

听着听着，王皓忽然想起打电话的时候，背景音乐也是这首歌。

他屏住呼吸盯着住画面，终于在视频结束最后一秒看见"莉莉·玛莲"四个字。

9 莉莉·玛莲西餐厅

莉莉·玛莲位于古桥区商业中心西侧一条僻静的林荫道上，这条街在民国时期曾经是名流荟萃之地，至今仍保留了成片的园林和别墅。

朱强和王皓走进莉莉·玛莲，亮明身份后，店员慌忙找来老板，老板是一位五十多岁、身材肥胖的法国男子，会说中文。听完两名警官说明来意显得非常紧张，立刻叫来当值女领班，她从王皓提供的照片里，很快认出其中两张，一张是沈念青，另一张是蒋梦丹。

王皓问她为什么这么肯定。

她说："星期一下午三点至五点是一天当中最冷清的时候，当时只有两桌客人，一桌是他们，另一桌是一对年轻夫妇为他们双胞胎女儿过生日，用的是店里五折优惠卡。"

王皓说："你说详细一点。"

女领班说："当天下午三点左右，男的先到，十分钟后女的才来,她戴着一顶草帽和墨镜,看不清脸。他们坐在过道最里面的卡座,每人点了一杯香草拿铁。大约过了半小时,男的出来接电话顺便把单买了;又过十分钟,男的先走了;几分钟后,女的也走了,她一直戴着草帽和墨镜,好像怕被别人认出来。"

朱强抬头看了看,问老板:"你们店里装监控了吗?"

老板说:"只装了两部监控,一部在前台,一部在后厨。"

朱强说:"把前台的监控调出来给我们看看。"

老板带他们来到后面的操作间,让一名员工调出事发当天的监控视频。

视频视角主要聚焦在收银台。

朱强和王皓看见时间指向三时三十二分时,前台出现沈念青的身影,他接过账单看了看,掏钱递给收银员,随后消失在画面外。

王皓痛苦地闭上眼睛,这个时间正是他与沈念青通电话的时间。

朱强对操作员说:"这份视频拷贝一份给我。"

王皓说:"带我们去他们坐过的卡座看看。"

女主管带他们来到卡座前:"就是这里。"

王皓和朱强面对面坐下。

王皓探身望出去,前方是服务台。

朱强说:"这是第一现场。"

回到市局,王皓立即向孙伟民提交刑事拘留蒋梦丹的申请。

孙伟民迟迟没有回复。

第二天下午才收到邮件,回复:证据不足,继续侦查。

朱强上楼直接找孙伟民。

孙伟民不在办公室，此时距离姜鹏飞全家出境只剩下三天时间，急得他和王皓如同热锅上的蚂蚁。

下班前，孟一凡将沈念青的验尸报告送到王皓办公室。

王皓打开报告，上面写着致死原因为三氧化二砷（俗称砒霜）中毒，死亡时间为二〇〇六年七月三日十五时至十八时。

王皓抬头看孟一凡，问："好些了吗？"

孟一凡说："没事了。"话虽这么说，他的眼圈却红了。

王皓放下验尸报告："我知道你们交情深，心里有什么话，跟我说说，不要憋在心里。"

孟一凡说："沈青山是警界传奇，生前破案无数，有些还是部里挂牌督办的大案，按理说有这样的父亲应该是一件值得荣耀的事，可对沈念青来说却是噩梦，因为在家里，父亲是暴君，母亲失踪那年大青子只有五岁。九十年代初，青川镇的治安环境非常混乱，他在街头混过几年，一九九九年迁居到古都投奔父亲，与我和张馨蕊同在古桥一中就读，警校毕业前一年，沈青山因公殉职，他成了孤儿，毕业后分配到古都市水荫街派出所在我父亲手下当普通片警。他继承了沈青山的天赋异禀，可惜一直没有机会施展抱负，这个案子对他来说是改变命运的一根稻草，可是你看，造化弄人。"

王皓问："你对沈念青遇害感到意外吗？"

孟一凡说："确实意外，大青子机敏过人，不可能意识不到危险。"

这句话引起王皓的注意，俗话说解铃还须系铃人，凶手的犯罪动机往往在被害人身上。

孟一凡说："我能说说我的想法吗？"

王皓说："你说。"

孟一凡说:"在公共场所下毒,必须控制受害人死亡时间,要求投放剂量精准到六十毫克左右,只有精通毒理的专家才能做到。三氧化二砷的医疗用途主要集中在血液病和一些恶性肿瘤的治疗上,我认为凶手可能是医生。"

王皓说:"你提供的信息很重要。"

太阳出来了,赵长河走出三号楼办公室独自来到花坛前。短短半年不到的时间里发生的一切,像放电影一样从他眼前一幕一幕划过。

他看见沈念青第一次来警队报到手足无措的模样。

他看见沈念青躲在角落里,聚精会神地翻阅南大碎尸案的卷宗。

他看见地库里,沈念青搜寻物证时犀利的目光。

他看见沈念青和孙梦瑶谈论案情时因意见分歧争得面红耳赤。

他看见案情分析会上,沈念青面对警队前辈们充满自信地侃侃而谈。

他看见沈念青站在父亲墓碑前,满怀忧伤却无处诉说的无奈。

他看见沈念青怀抱棕色玩具熊坐在地上绝望地哭泣。

他还看见沈念青和孙梦瑶深情地拥抱,依依不舍地告别。

最后,他看见沈念青倒在水渍里四肢僵硬,无助地看着他,再也站不起来了……

从警三十多年,赵长河早已心如磐石,不再轻易动情了,没想到故事即将结束的时候,悲剧的高潮才刚刚开始,令他猝不及防。他突然感到自己如此衰老，只能眼睁睁看着不幸接踵而至，却无能为力，像个懦夫，他甚至连死的勇气也没有，他害怕见到沈青山的时候不知该如何向他讲述白发人送黑发人的故事。他看见沈青山怨愤的目光像刀一样刺向他的胸膛，他退缩逃避，从梦里逃回现实，可剧烈的疼痛总让他无处可逃。

朱强过来，轻声问："师傅，您还好吧，我看您在这里坐了好久了。"

赵长河一怔："啊？哦，我还好，你去忙吧。"

朱强说："回队里吧，我把办公室给您腾出来了。"

赵长河说："好。"

朱强说："走吧。"

赵长河说："你去吧，我想一个人待会儿。"

自从南大碎尸案专案组两名警员遇害以后，三号楼已被视为不祥之地，人人忌讳不敢靠近。（一年后，市局决定拆除三号楼，建一座更大的花坛，原来存放在地库里的碎尸案物证被迁移到另一个地方，只有极少几个人知道具体地点。）

搬回总部后，赵长河变得沉默寡言，人也看着一天天衰老了。

沈念青遇害的消息很快传到律师陈天华耳中，他急急忙忙去找姜鹏飞。

陈天华说："又死一个警察，你知道吗？"

姜鹏飞说："知道。"

陈天华说："你是不是疯了，连警察也不放过？"

姜鹏飞说："你转告韩公子，人不是我杀的，请他放我一条生路。"

陈天华急了:"不是他,是警察,警察不会放过你。"

姜鹏飞摊开双手:"警察呢,警察在哪儿?"

陈天华说:"我听市局人说,案子惊动省厅了,他们正派人接手这个案子。"

姜鹏飞说:"那你还待在这里干吗,快去啊。"

陈天华问:"去哪儿?"

姜鹏飞突然吼起来:"去找韩天笑!"

10 幸福里小区

傍晚的时候,王皓又回到幸福里小区。

小区里的案发现场依然处于封闭状态,他在楼下遇见轮岗巡查的警员齐峰。

两人进屋后又搜了一遍,并没有什么新发现。

王皓来到窗前,顺着望远镜原先固定的方向向外望去,镜头里竟然出现一个熟悉的身影,定睛一看是孟一凡,他身边的姑娘应该就是张馨蕊,张馨蕊将头靠在孟一凡肩上默默看着窗外。

王皓放下望远镜,喃喃自语:"偷窥,寻找庇护所。"

11 绿皮火车

夕阳下,三名少年奔向火车南站货场西侧一角的荒草地。

领头的少年不过十一二岁,他望见荒草地里隐没了一节绿皮车厢,回头冲另外两名少年喊:"在那儿!"

说罢，三人奔过去，钻入草丛，摸近车厢。

生锈的车门被雨水封住，少年们花很大力气才拽开。

车门打开后，从里面冒出一股浓烈的腐臭味，呛得他们连连咳嗽，有人退缩了。

领头少年说："是死老鼠，不怕。"说着带头往车厢里走。

其他两人畏畏缩缩跟在后头。

差不多走到车尾的时候，他们没有看到死老鼠，却看见一个浑身沾满泥浆的人躺在长椅上，头被破报纸遮得严严实实。

领头少年拾起一根木棍，上前挑开报纸，突然大声尖叫起来，扭头就跑。

三人连滚带爬冲出车厢，向火车南站货场跑去。

货场上正在搬货的工人看见远处三个跌跌撞撞的身影向他们跑来，不知道发生了什么。

王皓回到办公室，从一只牛皮信封里取出一本泛黄的日记本，翻开日记本，扉页上印着"为人民服务"几个字，右下角签名是沈青山，里面纸页上布满密密麻麻的字迹。

王皓是古都市公安局名副其实的最强大脑，翻动页面的速度极快，双眼如同扫描探头过目不忘，近十年的从警生涯，让他有机会接触大量隐秘的个人档案，他的视野里自然比普通人多了无数景观。他是一个天性敏感的人，无数次被陌生人的遭遇刺痛之后，性情也变得越来越灰暗了，他对沈念青患抑郁症并不感到意外。

王皓合上日记本放回牛皮信封，突然从里面滑出一张照片，他拿起照片，发现是一张全家福。

他一眼认出全家福里的小男孩是沈念青，其身后威武的男子自然就是沈青山，王皓的目光最后落在女主人身上。

他越看越觉得不可思议，赶紧打开电脑调出沈念青之前拍的视频，定格其中一帧镜头再放大，画面上是蒋梦丹。王皓将全家福放到蒋梦丹旁边，两个女人竟然长得一模一样。

王皓心里哀叹：他以为她良心未泯，没想到她蛇蝎心肠。

这时朱强冲进办公室，大喊："南站货场发现一具男尸，快走！"

深夜，古都市火车南站货场西侧的荒草地上灯火通明，四台大功率夜间野外照明车分别从四个方向聚焦在废弃的绿皮车厢上。

车厢内外，孟一凡和刘睿带领各自团队紧张忙碌着。

车厢里臭气熏天，朱强、王皓和郭大壮跑到外面，每人点上一根烟。

朱强问："是他吗？"

王皓说："除了他，还能是谁？"

郭大壮指货场北侧："从这里往北五公里，就是发现吴友福遗物被烧成灰烬的地方。"

12 案情分析

南大碎尸案专案组连夜召开案件第二阶段案情分析会。

会上，孟一凡首先介绍了尸体情况：一、经过DNA比对，死者确系姜卫国；二、根据尸体上蛆虫的发育长度换算时间和胃部残留物分析，死亡时间可以精确到七日前即六月二十七日前后；三、根据体内毒素检测，死因为三氧化二砷中毒，手臂有注射点；四、完整尸检报告正在整理中。

刘睿接着介绍现场勘查情况：一、现场分别发现一次性注射器一支，空针剂瓶一支，牛皮信封一只，信封底部标注古都市人民医院字样；二、现场周围除死者和三名少年留下的足迹和指纹，未发现他者痕迹；三、死者上衣口袋发现细钢索一根，与吴友福颈部致死勒痕高度吻合，系同一种作案工具；四、完整物检报告正在整理中。

王皓问："北京那边有消息吗？"

刘睿说："还没有。"

王皓说："鉴于作案手段相同，案件背景相同，我和朱队决定将沈念青被杀案和姜卫国弃尸案并案侦查，目前采集到有价值的线索主要有以下几条：一、沈念青遇害第一现场在莉莉·玛莲西餐厅，有直接目击证人；二、姜卫国遇害时间为六月二十七日前后，沈念青遇害时间为七月三日下午三时至五时之间；三、嫌疑人确认为女性，根据沈念青中毒过程判断，下毒者的职业可能是医生；四、姜卫国死亡现场发现牛皮信封标签注明——古都市人民医院。"

说到这里，几乎所有人都猜到了凶手是谁。

王皓接着说："下一步侦查方向：一、安排姜鹏飞夫妇认尸，分别进行第一轮问讯；二、两起毒杀案均为三氧化二砷，先搜索毒源，重点是古都市人民医院。"

会议还没结束，王秘书推门进来，走到孙伟民身边耳语了几句。

孙伟民立即站起来匆匆离开会议室。

朱强冲郭大壮使了个眼色，然后对王皓说："你接着说。"

王皓对段鹏说:"你通知视频监控组去古都人民医院调取六月二十七日前后三天的监控录像,看看姜卫国是否去过那里。"

朱强站起来:"案子现在已经到了关键时刻,嫌疑人一家将于周日出境,留给我们的时间只有两天,我命令从现在起,专案组所有人员二十四小时在岗待命。"

散会后,朱强对王皓说:"沈念青私自行动,试图从蒋梦丹身上找到突破口,结果招来杀身之祸。"

王皓说:"他拿命为我们赢得了机会。"

朱强点点头。

13 认尸

法医中心,孟一凡连夜为姜鹏飞夫妇第二天认尸做准备。

七月天,一具死亡超过七天的尸体早已丧失了人形。

孟一凡只能对照照片将姜卫国修整得不那么难看。

天快亮的时候,他打电话给王皓:"现在可以通知他们了。"

姜鹏飞夫妇按照约定时间来到市局法医中心停尸间。

他们在门外等了大约十分钟,孟一凡才出现。

两人特意换上黑色素服——蒋梦丹一直戴着墨镜,脸色苍白;姜鹏飞表情阴郁,略显疲态。

停尸房日光灯照在冰冷的停尸床上,折射出清冷的白光,空调机的冷风吹得人浑身发冷。

孟一凡领他们走到停尸床前什么话也没说,转身"咣当"一声关上铁门。

尸体上盖了一层白布,蒋梦丹往后退,被姜鹏飞拽住她硬生生拖到停尸床前。

他伸手掀去白布,蒋梦丹挣扎着,姜鹏飞摘去墨镜,捏住她的下巴用力转向尸体。

这一幕被停尸房外的朱强和王皓通过监视器看得一清二楚。

14 串供

从停尸房出来,姜鹏飞和蒋梦丹分别被带到两间审讯室,等候他们的分别是朱强和王皓。

姜鹏飞问朱强:"他是怎么死的?"

朱强说:"中毒,砒霜注射。"

姜鹏飞说:"他从哪里搞到砒霜的?"

朱强说:"这得问你。"

姜鹏飞冷笑:"这不是你们警察干的活儿吗?"

朱强说:"所以我们从你开始调查。"

姜鹏飞说:"我什么也不知道。"

朱强问:"七月三日下午三点,你在哪里?"

姜鹏飞说:"我在月畔湾别墅。"

朱强说:"谁可以证明?"

姜鹏飞说:"我老婆蒋梦丹可以证明,还有房产中介也可以证明。"

朱强问:"你们在月畔湾待到几点?"

姜鹏飞说:"大概七点。"

朱强站起来,对看守警员说:"带他去按个指模留底。"

另一间审讯室里。

王皓问:"蒋女士曾就读于美国加州大学,攻读血液病治疗专业，对吗？"

蒋梦丹回答："是的。"

王皓说："二〇〇一年回国后供职于古都市人民医院血液病治疗中心，二〇〇四年晋升为血液病治疗中心副主任，对吗？"

蒋梦丹回答："是的。"

王皓问："七月三日下午三点你在哪里？"

蒋梦丹一怔："我在月畔湾别墅和我老公在一起。"

王皓问："谁可以证明？"

蒋梦丹说："他可以证明，还有房产中介也可以证明。"

王皓说："把那天的情况详细说清楚。"

蒋梦丹说："那天上午我在医院上班，中午在医院吃过午饭后就按照约定时间去月畔湾见姜鹏飞，那天他约了房产中介来看房，然后大约七点的时候，我们离开别墅回到市区。"

正当他们一问一答的时候，审讯室外，齐峰领莉莉·玛莲西餐厅当班主管来到窗前。

齐峰问女主管："是她吗？"

女主管往前凑了凑："像她。"

齐峰问："多像？"

女主管说："发型、脸型、身形都像，不过她当时戴着草帽和墨镜，我没看清眼睛。"

审讯室里，王皓站起来，对看守警员说："带她去按个指模留底。"

从审讯室出来，王皓见到朱强的第一句话就是："他们串供了。"

朱强问齐峰："莉莉·玛莲主管怎么说？"

齐峰说："像她，但是她当时戴着草帽和墨镜，没看清眼睛。"

离开审讯室，王皓来到物证检测中心。

刘睿正在电脑前审视古都人民医院的监控录像。

见王皓走来，他挥手大声说："王队，有发现！"

王皓快步上前。

刘睿说："视频组筛过一遍什么也没发现，我不甘心，看看能不能捡漏，你猜我发现什么？"说着打开一段视频，画面上显示古都市人民医院血液病治疗中心附楼大厅，大厅中央是导诊咨询台，周围人来人往。

王皓凑近问："发现什么？"

刘睿调慢帧幅速度："你看这里。"

这时，画面左下角一个人影快速穿过大厅，奔向右上角的侧门转眼不见了。

刘睿快按停止键将画面定格后放大，再增强锐度和清晰度："这个人影是不是很眼熟？"

王皓脱口道："沈念青！"

刘睿说："是他！"

王皓盯着画面，突然说："等等，倒放一下。"

刘睿调慢帧幅速度倒放。

王皓指画面："你看这里。"

画面上，当左下角人影向前快速移动时，右上角侧门方向有个人影明显跟着快速移动。

王皓说："放大。"

移动者是一个人的背影，面向侧门呈逃离状。

刘睿说："沈念青在追他！"

王皓说:"你调出姜卫国的照片看看。"

刘睿调出照片并列在电脑屏幕上,仔细端详片刻说:"根据身材比例和驼背程度,两者相似度百分之六十以上。"

画面显示时间:六月二十七日下午三时十五分。

王皓冲刘睿竖起大拇指:"鬼眼刘,名不虚传!"

刘睿揉揉布满血丝的眼睛,打了个大大的哈欠。

15 破釜沉舟

朱强从民政局出来,一屁股坐在门前台阶上,从口袋里掏出香烟点上猛吸一口,缓缓吐出。

办理完离婚手续的前妻马艳丽刚好从他身边经过,回头问他:"你笑什么?"

朱强说:"谢谢你。"

马艳丽瞪他一眼:"有病。"扭头走了,从此再也没有回头。

朱强望着她的背影,笑着笑着视线模糊了。

回到车上。

王皓透过后视镜偷看朱强,问他:"你还好吧。"

朱强说:"没事了。"

王皓随即将古都市人民医院附楼监控录像上发现的线索报告给朱强。

朱强听罢第一反应就是沈念青现身人民医院的目标是蒋梦丹,与姜卫国遭遇可能是一个意外,可是姜卫国为什么出现在那里呢?

王皓说:"为了吗啡。"

朱强恍然大悟。

他们几乎同时感觉到对于姜卫国和沈念青的遇害，蒋梦丹的涉案嫌疑越来越大了。

朱强对此表示不解："这个女人何至于此啊！"

王皓说："虽然我们不知道这个女人身上到底发生了什么，但现在的首要任务是拦人，他们一家三口后天离境，可以说形势到了千钧一发的时刻。"

朱强问："批捕申请递交上去了吗？"

王皓忧心忡忡道："递了，可是孙局没有反应，如果再不批，我们就没时间了。"

朱强说："没有如果，现在去找他。"

回到市局，朱强和王皓再次拿着批捕申请报告直接上四楼去找孙伟民。

他们刚走到楼梯口，远远望见一个人从孙伟民办公室出来。

朱强一把将王皓拉到墙角，目送那人经过走廊进入电梯。

王皓说："陈天华。"

朱强说："这是我第三次看见他了。"

王皓说："这么嚣张吗？"

说着去敲孙伟民办公室的门。

孙伟民见他们进来，放下手里的文件。

朱强说："孙局，《双毒案重大嫌疑人蒋梦丹实施刑事拘留申请》看了吗？"

孙伟民说："看了，这份报告我不能批，理由不充分。"

朱强说："如果不采取行动，他们后天就跑了。"

孙伟民问："拘捕的理由仅仅因为他们要跑吗？"

朱强说："我们有莉莉·玛莲西餐厅的目击证人，还有姜卫国尸体现场发现人民医院的信封，这些还不能证明蒋梦丹存在重大作案嫌疑吗？"

孙伟民说："目击证人只看见当事人外形没看清脸，信封说明什么，你们查到毒物来源了吗？"

这一问，问得朱强一时哑口无言。

王皓说："孙局，再给我们一点时间，这个案子肯定能破。"

孙伟民说："我理解你们的心情，但是我们实在耗不起了，下个月古都市召开亚洲青年运动会，市政府要求我们必须在这个月之前布置好相关工作，还要搞一次安保演习，这是政治任务。"

朱强说："那也不能眼睁睁看着犯罪分子逍遥法外吧。"

孙伟民脸一沉："你这话什么意思？"

王皓说："孙局，当初专案组是您成立的，现在眼看案子有了眉目，您却在中途打起退堂鼓，实在让人无法理解，您让我们怎么向牺牲的战友交代？况且……"

孙伟民挥手打断他："不要再说了，一切以大局为重，执行命令吧。"

朱强终于爆发了："孙局，今天拘捕令你签也得签不签也得签，大不了我不干了回家种地去。"

孙伟民见朱强竟然说出这么不计后果的话，拍桌子吼道："放肆，有这么跟领导说话的吗？"

朱强说："对不起领导，我现在严重怀疑你对警队的忠诚，这几天嫌疑人的辩护律师几次三番从我们眼皮底下走进你的办公室一待就是几小时，如果你不能给我们一个合理解释，我们就一起去省高检，让他们来评这个理。"

孙伟民说："这个主意不错，要证据吗？"

朱强脱口道："要。"

这时，办公室气氛骤然紧张起来，门外悄悄围过来一群人。

沉默片刻，孙伟民说："好吧，我给你。"

说着，从办公桌下拎出一只黑色砖头录音机，狠狠砸在桌面上，按下播放键。

一阵杂音过后，里面传来两个人的声音：一个是孙伟民，另一个是陈天华。

> 孙伟民："你刚才说的，我基本上听明白了，我有个问题请教你。"
>
> 陈天华："孙局，您别客气，请说。"
>
> 孙伟民："你是刑辩律师，请问在《中华人民共和国刑法》中，行贿罪如何定义？"
>
> 陈天华咳嗽一下："孙局，我明白您的意思，我只是传达当事人的意思，我本人不存在任何主观动机。"
>
> 孙伟民："我相信你是一个有良知的律师，你走吧。"

听到这里，孙伟民按下停止键，取出磁带扔给朱强。

两人面面相觑。

朱强突然立正大声说："对不起，我错了。"

孙伟民摆手："你没错，是我的错。"

朱强说："如果我们既能破案，又能在月底之前完成市政府的政治任务呢？"

孙伟民说："我问你，破案需要几天？"

朱强看了王皓一眼："十天。"

孙伟民说："不行，我只能给你七天，七月十五日之前我要看到凶手的认罪书。"

朱强咬牙道："行，签字吧。"

孙伟民说："签字可以，给我立军令状！七日之内破不了案，我扒了你的皮滚回派出所当片警去。"

朱强立刻拿笔写军令状，然后签字。

王皓说："算我一个。"

这时，赵长河推门进来，大声说："也算我一个。"

孙伟民说："老赵，你别凑热闹。我只对他，他是带头的。"

朱强催促："行，签吧。"

王皓一旁试探道："所以刚才孙局是激将法吗？"

孙伟民说："我哪有心情跟你们玩激将法，我在赌博懂吗？"

王皓说："懂。"

孙伟民说："你懂个屁！"

朱强拿到拘捕令，长吁一口气。

他们走后，孙伟民瘫坐在办公椅上。

他已经做出决定了，这个决定是福是祸一时无从判断。

他从抽屉里又拿出一盘电话录音，这是几天前与韩天笑见面时留下的，他试图从这份电话录音里听出一些弦外之音，他也需要安全感，这安全感来自良知也来自官场，有时候真分不清良知和官场谁更重要，也许它们本来就是一回事，但愿吧。

孙伟民："你的目的只有一个：要人，对吗？"

韩天笑："不，放人。不就是一个历史陈案嘛，恕我直言，你们现在并没有充分证据破案，即使破了又怎样，对你来说最大的好处就是仕途资本，这个我保证你通过其他方式也可以获得，条条大路通罗马。"

孙伟民："什么方式？"

韩天笑："邓浩眼看到退休年龄，老爷子跟我聊起继任者的时候特别提到你，现在只缺一把火。俗话说众人拾柴火焰高，关键时刻千万别把自己的路给堵死。"

孙伟民："明白了，但是现在有个坎过不去，死人了，知道吗？放人对下面弟兄没法交代。"

韩天笑："让省厅找个替罪羊不就行了。"

孙伟民："我一手督办的案子，替罪羊就是我，案子只能在我手里了结。"

韩天笑："话既然说到这个份儿上，我就不为难你了。"

孙伟民说："等等，承蒙老爷子厚爱，我下面说的话对你也很重要。"

韩天笑："你说。"

孙伟民："巨龙地产是你名下的企业吧，上个月在拆迁工地上打死人了，省厅正在调查这件事，我想这才是你现在最该处理的事，还有你那些所谓家族信托基金业务对有钱人的种种做法，虽然新鲜事物允许犯错，但是错的离谱就该去问问经侦了。"

韩天笑："这算是交易吗？"

孙伟民："你可以这么理解，一个等值公平的交易。"

韩天笑："好吧。"

孙伟民："需要我给你引荐负责经侦的赵局吗？"

韩天笑头都不回："不用。"

……

16 密室告解

傍晚时分，姜鹏飞来到华光堂，走进位于二楼的告解室。

他跪在木台前双手合十，低头沉思。

不一会儿，隔板那边传来一个声音："你想对我说什么？"这是神父的声音。

姜鹏飞问："你知道我是谁吗？"

神父说："当然。"

姜鹏飞又问："她来找过你吗？"

神父说："是的。"

姜鹏飞问："她说什么？"

神父："我不能说。"

沉默片刻。

姜鹏飞说："如果我是邪恶的，上帝当初为什么不惩罚我？为什么让我结婚生子又让我飞黄腾达？它让我尝到活着的甜头之后再用绳索套住我的脖子慢慢勒紧，它让我的罪恶在我的妻儿身上重生，让她们也成为罪人，这样的上帝是仁慈的吗？"

神父说："从你犯下罪恶的那一刻起，命运的绞索就已经套在你的头上了，你以为可以侥幸逃脱最初的惩罚，其实你后来赚取的每一份财富、享受到的每一分亲情都是令这绞索勒紧的一分力量，这是你无法承受之重。上帝不是法官，它无法审判人间之罪，更谈不上惩罚。它只接受忏悔，为救赎者降福。你为自己忏悔过吗？哪怕一丝的忏悔有过吗？如果没有，凭什么要求上帝是仁慈的。"

姜鹏飞说："我忏悔过。"

神父说："不够，与贪婪相比，你的忏悔微不足道。"

姜鹏飞说:"我不是圣徒,我只是一个想活命的凡夫俗子。"

神父叹息:"既然如此,那就接受命运的安排吧。"

姜鹏飞冷笑:"命运已经把我逼上绝路了,我决定离开这里,愿上帝保佑我们一家三口脱离苦海。"

神父沉默。

姜鹏飞说:"怎么,你不愿为我祝福吗?"

神父说:"但愿上帝是仁慈的。"

第七章　法网恢恢

1　机场抓捕

星期日,古都市国际机场。

由古都市飞往美国洛杉矶的东方航空ＭＵ2865航班起飞时间是二十三时二十五分。

按照惯例,国际航班需要提前三小时办理登机手续。

当天,姜鹏飞、蒋梦丹和姜梓桐一家三口不到八点即早早赶到机场。

来送行的除了蒋梦丹父母,还有陈天华。

进入安检之前,陈天华说:"到那边记得给我打电话。"

姜鹏飞拍拍他肩膀,转身走了。

姜鹏飞一家乘坐的是头等舱,安检一过,便有服务员领他们去机场专设的贵宾厅。

贵宾厅里播放着轻松的音乐,餐台上摆满各式小点心和饮料,还有一排按摩椅,却没什么人。

姜鹏飞盯着屏幕上不停跳动的航班信息,默默念叨着什么。

姜梓桐跳到餐台前,睁大眼睛盯着那些小点心。

蒋梦丹似乎在找人，她觉得周围太安静了，静得能听见自己的心跳声。

突然，姜梓桐对妈妈说："妈妈，你听，小白船。"

果然，背景音乐响起《小白船》的旋律。

歌声结束，广播里传来令他们振奋的消息："各位乘客请注意，由古都市飞往美国洛杉矶的东方航空ＭＵ2865航班开始登机了，请到十一号登机口登机。"

姜鹏飞和蒋梦丹不由暗松一口气，拾起行李拉着女儿向头等舱专用通道走去。

他们刚走到通道口，四名全副武装的警察迎面走来，挡住他们的去路，他们分别是古都市公安局刑警队长朱强、副队长王皓、刑警段鹏和齐峰。

面对眼前突然出现的四个人，姜鹏飞心顿时凉了半截，他下意识用手遮住女儿姜梓桐的眼睛。

朱强走到蒋梦丹面前，向她出示拘捕令："根据《中华人民共和国刑事诉讼法》第八十二条，你涉嫌重大刑事犯罪，现对你实施刑事拘留。"又对姜鹏飞："根据《中华人民共和国出入境管理规定》第十二条，你已被列为犯罪嫌疑人，自今日起限制出境。"

齐峰和段鹏上前，一左一右夹住蒋梦丹往外走。

蒋梦丹脸色惨白，眼神空洞而迷茫。

她甩了甩额前乱发，回头死死盯住姜鹏飞，嘴唇动了动。

姜鹏飞立刻懂了："活下去。"

她用唇语对他说："活下去。"

姜鹏飞心如刀割，喉咙仿佛被一块铁堵住了发不出声音，几乎窒息。

他望着蒋梦丹渐渐远去的背影万念俱灰,手臂无力地垂下来。

姜梓桐眨眨眼睛,发现妈妈不见了,"哇"一声大哭起来。

2 华光堂密室

姜鹏飞和姜梓桐当晚回到光明新区。

接近小区门口时,一股强烈的不安感莫名袭上心头,姜鹏飞下意识攥紧女儿的手,走到路口的时候,姜鹏飞看见楼下停了一辆黑色轿车,这显然是一辆陌生的车辆,他们立刻躲到树后。这时,车里亮起一点火光,有人在点烟,借着火光,姜鹏飞认出来人是江南会所保安队队长李晓刚。

姜鹏飞屏住呼吸,抱起姜梓桐从小区北门匆匆离去,他边走边想,现在只有去华光堂找王颂恩了。

陈天华推开铁栅门,沿着鹅卵石甬道走进华光堂,神父王颂恩迎上来。

陈天华跟他穿过走廊来到一间密室前。

王颂恩有规律地敲门,姜鹏飞打开一条门缝见是陈天华,开门让他进去。

陈天华说:"你怎么在这里?"

姜鹏飞说:"这里安全。"

陈天华说:"他们也没想到会这样,正在托人想办法。"

姜鹏飞说:"你问问他们,明里走不了暗里有没有办法。"

陈天华问:"偷渡?"

姜鹏飞说:"是的。"

陈天华说:"那蒋梦丹呢?"

姜鹏飞说:"他们是冲我来的,我走了她自然就没事了。"

陈天华说:"好吧,我去问问。"

姜鹏飞说:"越快越好,把我弄出去剩下的给你翻倍。"

陈天华说:"先不说这个。"

3 初审蒋梦丹

对蒋梦丹的提审于次日上午八时进行,由王皓主持。

审讯过程比预想的艰难得多。

王皓说:"我们开门见山吧,现在你知道我们为什么把你从机场拦下来请回警局了吧?"

蒋梦丹说:"我声明,我跟你们指控的两起案件毫无关系,我要控告你们限制公民人身自由。"

王皓说:"没有证据我们是不会拘捕你的,你最好配合我们调查,争取宽大处理。"

蒋梦丹说:"我要见律师。"

王皓说:"见律师可以,但是你现在必须如实回答我们的问题,否则将承担一切后果。"

蒋梦丹沉默了。

王皓说:"第一个问题,你最后一次见到姜卫国是什么时候?"

蒋梦丹说:"我从来没有见过他。"

王皓厉声道:"想好了再说!"

蒋梦丹说:"记不清了,他一直在养老院,我和他没有来往。"

王皓问:"六月二十七日下午三点前后,你在哪里?"

蒋梦丹想了想，说："我应该在医院上班。"

王皓又问："见过谁？"

蒋梦丹说："上班时间，我见过患者还有实验室的同事。"

王皓拿起监控录像截图向蒋梦丹展示："这是六月二十七日下午三时十五分的血液病治疗中心大厅的监控视频，认识上面这两个人吗？"

蒋梦丹仔细端详截图上经过放大的两个人影，摇头："不认识。"

王皓说："经过我们技术鉴定，这两个人分别是沈念青和姜卫国。"

蒋梦丹眼里闪过一丝惊讶。

王皓说："根据姜卫国的尸检报告，他正是六月二十七日遇害的，死因是砒霜中毒，我们在他的尸体旁找到一个古都市人民医院的信封。他那天去医院找过你对吗？因为除了你，他不可能从其他途径获得吗啡或致命毒药砒霜。"

蒋梦丹说："这只是你的推测，也可能他来医院真的一无所获，然后从其他途径获得了那些药物。"

王皓问："信封呢？"

蒋梦丹说："信封又不是违禁品，在医院里随处可以捡到。"

王皓说："你的实验室里有一个药品储存间吧？"

蒋梦丹说："是的，我们对吗啡和三氧化二砷这类针剂管理非常严格，每个月都会对电脑登记数量、库存数量、使用数量进行核销。"

王皓说："现在我们来说说沈念青，七月三日下午三点，你在哪里？"

蒋梦丹皱眉："我之前不是跟你们说了吗？那天下午我在月

亮湾别墅和我先生在一起。"

王皓说："可是根据莉莉·玛莲咖啡厅当日领班辨认，那天下午三点你和沈念青在一起。"

蒋梦丹不以为然："怎么可能，我又不会分身术。"

王皓点头："是的，你不会分身，可如果不是同一时间呢？"

蒋梦丹说："也可能不是同一人啊？"

王皓再点头："对，也可能不是同一人。那天你穿什么衣服？"

蒋梦丹说："那天从医院出来比较匆忙，来不及换衣服，我穿的是套装，米黄色的。"

王皓拿出根据莉莉·玛莲当日领班回忆绘制的服装图展示给蒋梦丹："是这种吗？"

蒋梦丹看了看，摇头："不是，这是浅灰色。"

王皓说："莉莉·玛莲当日领班在我们安排下辨认过你，她确定那天和沈念青在一起的人就是你，无论身材和装扮都和你一模一样。"

蒋梦丹说："你确定她说一模一样？"

王皓问："你想说什么？"

蒋梦丹说："我想说那位女领班看清我的脸了吗？"

王皓说："没有，她说你当时戴了一顶草帽，还戴着墨镜。"

蒋梦丹说："不，我纠正你一下，是另一个女人戴了一顶草帽还戴着墨镜。"

王皓接着问道："姜卫国死前知道你们一家三口移民美国的事吗？"

蒋梦丹反问："这个问题跟案子有关系吗？"

王皓说："当然。"

蒋梦丹说："我不知道，这个问题你要去问姜鹏飞。"

王皓刚要开口，蒋梦丹突然打断他："警察同志，我抗议，从第一个问题开始，你就用一些莫须有的证据对我做有罪推定，然后让我自证清白，这是诱供。我要见我的律师，在见到律师之前，我拒绝回答你的任何问题。"

蒋梦丹强硬地狡辩让王皓意识到他们手里的证据尚且欠缺，还不足以突破她的心理防线，但是猎手的直觉也告诉他，这个案子的线索指向集中明确，更多证据必将随着更多线索的发现而浮出水面。

审讯结束后，王皓见朱强和赵长河站在审讯室外面。

朱强说："好一个自证清白，四两拨千斤，又是一根硬骨头。"

王皓不以为然："料到了。"

此时，王皓心里已经有谱了，他决定从两点突破蒋梦丹的心理防线：一点是派人去古都市人民医院继续查找药品和毒源，另一点是核实七月三日下午蒋梦丹的真实去向，查找姜鹏飞做伪证的证据。

根据关联案件及当事人不得聘用同一律师原则，陈天华为蒋梦丹推荐了他的同学兼好友作为她的辩护律师，律师名字叫史俊生。

在市局刑警队接待室里，史俊生见到王皓。

他经陈天华授意向王皓出示一份申诉书，要求在没有确凿证据前提下必须无条件释放当事人，否则向省高检举报警员做伪证诱供当事人的渎职行为。

王皓翻了翻卷宗，不慌不忙地说："你的当事人现在涉嫌两起凶杀案，一起是沈念青被杀案，还有一起是姜卫国被杀案，我们现在是并案侦查，可是你的委托书上只有沈念青一案，可见当事人自知罪孽深重，对你隐瞒了实情。"

史俊生大惊失色："姜卫国被杀案是怎么回事？"

王皓说："这个案子目前正处于秘密侦查阶段，不便公布细节。你可以去问问你的当事人，如果问到有价值的线索也可以向我们举报。"

当事人隐瞒实情是刑辩大忌，史俊生遭到当头一棒，脸色铁青。

他收起资料，怏怏离去。

史俊生离去后，朱强和王皓立即分头行动。

4 幽灵车现身

朱强带郭大壮赴古都市人民医院查找毒源，王皓带刘睿持孙伟民签发的搜查令赴光明新区搜查姜鹏飞住宅。

抵达光明新区后，姜鹏飞不在家，王皓在光明新区居委会和当地派出所陪同下，对其住宅进行全面搜查，嫌疑人出国前将所有可疑物件全部搬移了，屋内一片狼藉。

刘睿在一个垃圾桶里找到一堆碎纸片，经过拼贴发现是一张邀请函，内容是古都市公爵酒庄开业邀请同业光临，邀请对象是古都市鹏飞酒业公司。

从光明新区出来，王皓按照邀请函地址，带队赶往鹏飞酒业公司。

鹏飞酒业公司位于金鼎大厦旁边一幢写字楼里，法人姓吴。

吴老板说姜鹏飞是公司合伙人，有欧洲酒庄高端红酒的货源同时又有固定高端客户群体，鹏飞酒业公司只是他销售的合法渠道，属于挂靠性质。

王皓要求查看姜鹏飞的详细销售记录，吴老板让秘书调出电子文档，里面记录了二〇〇六年至今的全部销售清单。

带着这份清单，王皓回到市局。

销售清单显示，姜鹏飞主要销售法国六大顶级酒庄年份红酒，单价均在万元以上，销量惊人，月均销售额居然在三十万元左右。主要客户有名爵酒庄、江南会所、天上人间夜总会、富源酒业、名仕俱乐部等十几家高档场所。

王皓调出自二〇一六年三月至六月的出货日期和地址，拿起电话打给段鹏。

他问段鹏："月畔湾管理处视频监控资料拿到了吗？"

段鹏回答："已经拷贝完毕，立刻给您拿来。"

王皓打开月畔湾别墅区视频监控资料，一帧一帧看过去，双眼如同扫描器一般，从画面上捕捉细微信息。

月畔湾别墅区共有三十二幢别墅，依山而建，呈"丰"字形，中间是主干道，东西两侧自南向北各有四条支道，每条支道上排列四幢别墅，东南西北各有一门，正门位于南部面向湖区，也是进入别墅区必经之地，视频探头除正门以外，在主干道与各支道交接处也各安置一部。

姜鹏飞的别墅是湖音阁，位于主干道西侧第一排第四幢，这个位置属于标注一号探头监控范围。

王皓调出一号探头视频资料，发现拍摄范围只能触及西侧第一排第三幢的湖光阁，邻近的湖音阁完全遮没在一片树荫里，什么也看不见。

王皓调出七月三日，沈念青遇害当天的正门监控资料，果然在临近中午十二时,发现一辆黑奔驰车驶入别墅区,车牌号古A7868,车主正是姜鹏飞。

王皓定格画面放大,看见前排只有姜鹏飞一人,后排被遮阳板挡住什么也看不清。

王皓随后调出一号探头自六月一日至七月三日的监控记录,看着看着,一辆白色面包车引起他的注意,这辆车频繁出现在主干道西侧第一排支道上,通过视频追踪行车轨迹,正门视频监控显示白色面包车车牌古A2413,驾驶室内的男子头戴黑色棒球帽,帽檐压得很低,看不清脸。

王皓再调出那份红酒销售清单,经过核对发现:送货日期与白色面包车出入月畔湾的视频监控记录惊人的一致,更诡异的是,在未被标注送货日期的七月三日那天下午四点二十三分,白色面包车又一次出现在月畔湾湖音阁所在支道上。

幽灵终于露面了。

王皓抄下车牌号,交给段鹏,命令他速查车源信息。

段鹏刚走,朱强回来了。

朱强说:"古都市人民医院血液病治疗中心主任告诉我们,吗啡和三氧化二砷属于严控药物,出入库必须经过库管员、主治医师、护士长三人签字。由于主治医师同时兼任病理研究任务,在实际临床时,往往根据研究进度调整用药量,因此单次使用药量和申领出库药量往往不统一,这样多余的药量就储存在主治医师管控下的临时药库里,定期核销。我们审查了蒋梦丹用药核销记录,没有发现任何异常。"

王皓说:"这说明她没有撒谎。"

朱强说:"是的。"

王皓将发现白色面包车经过向朱强做了汇报。

朱强问："车主是谁？"

正说着，段鹏进来。

他说："白色面包车是套牌车，车主资料跟嫌疑车辆对不上。"

王皓似乎早有预感，拿出送货记录清单："去这几家酒庄查查就知道了。"

5 这一生最美的祝福

华光堂里，神父王颂恩在弹风琴，布道台上站了两排唱诗班的孩子们。

他们正在练习颂歌《这一生最美的祝福》。

> 这一生最美的祝福就是认识主耶稣
> 这一生最美的祝福就是能信靠主耶稣

姜梓桐站在角落里，聚精会神地看着台上唱歌的小男孩们。

练习结束，王颂恩手牵姜梓桐往密室走。

密室里，姜鹏飞听见敲门声，过去打开一条门缝。

门一开，来人从陈天华身后闪出，冲上前一把抓住姜鹏飞衣领，将他推到墙角⋯⋯

"爸爸⋯⋯"身后突然传来一个稚嫩的声音。

来人回头，看见姜梓桐仰头怯生生看着他，只好放开姜鹏飞。

姜鹏飞对女儿说："你跟王伯伯先出去，爸爸跟这位叔叔说几句话。"

王颂恩看来人一眼,带姜梓桐走了。

姜鹏飞问:"你什么时候回来的?"

来人说:"昨天。"

来人是蒋梦丹的哥哥蒋梦豪,他在美国得知妹妹一家移民突生变故,立刻从美国飞回国内。他先见到父母,父母得知女儿被警方调查的事,当场崩溃,先后住进医院。

蒋梦豪去市局了解妹妹情况,被告知其涉嫌杀人正在接受调查,他立刻找到委托律师陈天华,陈天华征得姜鹏飞同意后便带蒋梦豪来见他。

蒋梦豪这些年在国外,对妹妹的家庭情况并不了解,对这位妹夫也只有几面之缘。

他问姜鹏飞:"这一切到底是怎么回事?"

姜鹏飞说:"都是误会,事情正在解决中。"

蒋梦豪不解:"为什么会发生这种事?"

姜鹏飞不耐烦:"我说过事情正在解决,一切都会好起来的,不信你问他。"

陈天华说:"是的。"

蒋梦豪说:"如果我妹妹有什么三长两短,我饶不了你。"

姜鹏飞面无表情。

6 嫌疑人栾涛

王皓率警队按照姜鹏飞的送货清单一家家查过去。

前几家酒庄确认从鹏飞酒业进过货,但是对送货人没什么印象,一般都是核对货单号和检查酒品包装后就入库了。

当查到名仕俱乐部时,负责进货的库房主管终于向警方提供了重要信息。

据他说，送货司机外号叫大黑，留有一个手机号码。

王皓立刻吩咐段鹏去电讯公司查这个手机号。

很快，电讯公司回复说手机机主叫栾涛，并提供了此人的身份证号码。

王皓顺藤摸瓜，根据身份证号码很快查到栾涛在古都市的住址。

此人有前科，三年前因盗窃被刑事拘留过，一年前又因打架斗殴被判拘役六个月，目前无业，离异，住址是古都市古桥区西岗村东二街三栋二〇一室。

西岗村是一处城中村，村里道路纵横交错，环境十分混乱。

王皓与当地派出所取得联系，得知栾涛目前的确居住在西岗村东二街三栋二〇一室。

据派出所民警反映，此人没有固定工作，社会关系复杂，生活也没有什么规律，不过最近倒是没犯什么事，他有一辆白色面包车，与王皓提供的照片上的车辆吻合。

王皓留下段鹏和齐峰原地蹲守，自己返回局里与朱强会合。

第二天，齐峰和段鹏回来报告，栾涛一直待在屋里，只有饭点时间下楼到街边餐馆吃点东西，其他未见异常。

朱强当即决定傍晚饭点时间实施抓捕。

傍晚时分，西岗村东二街上人来人往，街边餐馆开始忙碌起来。

七时左右，东二街三栋二楼楼道里走出一个人，身穿短裤背心，叼着烟，摇摇晃晃向不远处的沙县小吃走去。

此人正是栾涛。

郭大壮从车上下来，一眼看见他，冲车上朱强做个手势，自己快步上前。

栾涛回头见一名陌生男子快步向他走来，冲到路边骑上一辆电动车就跑。

郭大壮见他钻进小巷，在巷口拦住一男子，出示警官证后接过电动车骑上就追。

两人相距二十米左右，一前一后，在狭窄的巷道里追逐，路上行人两边躲闪，不时发出尖叫声。

栾涛熟悉路况，左突右拐，向城中村出口驶去。

他刚出村口，一辆警车突然冲过来一个急刹车挡住去路。

郭大壮随后赶到，从后面将他摔倒顺势反剪双手上了铐子。

车上，朱强问栾涛："你跑什么？"

栾涛说："你们抓我，我就跑啊。"

朱强说："你怎么知道我们是来抓你的？"

栾涛说："我猜的。"

朱强喝道："胡说，你心里有鬼！"

审讯由朱强主持，郭大壮笔录。

朱强："姓名。"

栾涛："栾涛。"

朱强："年龄。"

栾涛："三十一岁。"

朱强："职业。"

栾涛："无业。"

朱强："知道为什么抓你吗？"

栾涛："不知道。"

朱强："你和姜鹏飞是什么关系？"

听到"姜鹏飞"三个字，栾涛愣了一下。

他说："我帮他送过货，其他没什么关系。"

朱强："送什么货？送过几次？"

栾涛："送酒，几次记不清了。"

朱强："从哪里上货？送哪里？"

栾涛："从月畔湾湖音阁，送一些酒庄和俱乐部。"

朱强："那辆车牌古 A2413 的白色面包车是怎么回事？"

栾涛："那是我在二手市场买的。"

朱强喝道："是买的还是偷的，老实交代！"

栾涛："买的买的，是姜律师出钱给我买的，不信你们问他。"

朱强说："你刚才不是说除了送货，其他没什么关系吗？"

栾涛："姜律师给我买车也是为了帮他送货。"

朱强："二〇〇二年，你打架斗殴被判三年，是姜鹏飞找人捞你出来，结果只判了六个月拘役，对吗？"

栾涛低头："有这么回事。"

朱强："从此以后，你就成了姜鹏飞的马仔，替他干些脏活儿对吗？"

栾涛立刻否认："不不，姜律师是我的恩人，他劝我不要干泼油漆那种事，找份正经工作养活自己，可你们不知道，我们这种人找工作多难。"

朱强："七月三日下午五点，你在哪里？"

栾涛一怔："让我想想，在家，对，在家。"

朱强："在家干什么？"

栾涛："睡觉。"

朱强："胡说，看看这个。"递给他一张视频截图："老实交代,你去月畔湾干什么?"

栾涛看截图:"哦,想起来了,那天下午姜律师让我接蒋医生去月畔湾。"

朱强:"蒋医生是谁?"

栾涛:"姜律师的老婆。"

朱强:"从哪里上的车?"

栾涛:"人民医院门口。"

朱强:"时间?"

栾涛:"大概下午五点,具体记不清了。"

朱强:"然后呢?"

栾涛:"人送到,我就走了。"

审讯结束,栾涛继续在押,随时候审。

南大碎尸案专案组所有成员来到会议室,由朱强主持召开新一轮案情分析会。

会上,栾涛成为众人关注的焦点。

王皓说:"栾涛和白色面包车的出现,为案件提供了新的侦查方向,这个方向就是月畔湾,月畔湾有不可告人的秘密。"

朱强问郭大壮:"姜鹏飞现在在哪里?"

郭大壮说:"他藏起来了。"

朱强看了他一眼,没说什么。

孙伟民问:"对蒋梦丹的审讯有进展吗?"

王皓说:"栾涛刚才的供述证明她撒谎了。"

孙伟民说:"我提醒你们,时间不多了。"

会场陷入一片沉默。

7 密室惊现

王皓打开古都市建筑设计院提供的月畔湾别墅建筑图纸，从图纸上找出湖音阁建筑剖面图，剖面图上标注湖音阁地下室占地四十平方米，形状呈长方形。王皓居住的单身公寓面积正巧也是四十平方米，但是湖音阁地下室实际看上去明显小得多。

这个疑点引起王皓的警觉，他调出上次搜查湖音阁酒窖的录像，看了几遍之后打电话给刘睿。

王皓指电脑屏幕问："这是你拍的？"

刘睿说："是的。"

王皓说："怎么全是人，连镜头都挡住了。"

刘睿说："地方太小，转不开身。"

王皓问："你目测一下酒窖面积多大？"

刘睿说："二十平方米左右。"

王皓问："你确定？"

刘睿拍胸脯："如果误差超过一平方米，你把我鬼眼刘眼珠抠出来当灯泡踩。"

王皓一拳砸在桌上："找到了。"

朱强闻讯赶来，听完王皓的分析，情不自禁击掌相庆。

他立刻吩咐郭大壮带人去抓姜鹏飞，自己和王皓带队与他在月畔湾会合。

华光堂门外的林荫道上停着一辆黑色轿车，车里坐着两个人，他们的目光一直盯着远处的铁栅栏。

过了一会儿，铁栅栏门开了，姜鹏飞探头往外看。

黑色轿车里的男子刚要下车，被另一人拦住。

只见一辆灰色桑塔纳疾驶而至,一个急刹车停在姜鹏飞面前,从车上跳下两个人,不由分说拽住他往车里塞,姜鹏飞挣扎一下就放弃了。

他回头向华光堂望去,王颂恩站在窗前也在望他,旁边还站着一个小女孩。

眼前这一幕发生得太突然,两名男子一时没反应过来,只好眼睁睁看着灰色桑塔纳扬长而去。

车里,姜鹏飞问:"你们带我去哪儿?"

郭大壮说:"到那儿就知道了。"

姜鹏飞打量郭大壮:"你们是警察?"

郭大壮没理他。

抵达月畔湾湖音阁时,朱强和王皓率警队已在门口恭候他们。

姜鹏飞问:"你们不是搜过了吗?怎么又来了?"

朱强向他出示搜查证:"再搜一遍,请你配合。"

铁门缓缓开启,警犬冲出人群直奔酒窖。

酒窖里,刘睿用侧尺测量墙体:"长四米,宽五米,一共二十平方米。"

王皓走到酒窖储酒壁前,对姜鹏飞说:"打开吧。"

姜鹏飞脸色苍白:"我听不懂你说什么。"

王皓说:"我们查过月畔湾别墅开发商建筑图纸,每幢别墅地下室面积为四十平方米,而且我们刚刚从旁边的湖光阁实地验证过,你还有什么可说的?"

朱强从后面狠狠推姜鹏飞一下。

姜鹏飞走到密码锁前按下一串密码,玻璃门缓缓开启。

王皓走到木架前。

众人围过来，屏住呼吸，目不转睛盯着他。

王皓迈上木梯，站到木架顶部，沿第一排木格一支一支数过去，数到第四支时，停住了，回头看姜鹏飞。

姜鹏飞双唇紧闭，面无表情。

王皓轻轻拽出第四支酒瓶，酒瓶露出半截时里面竟然是空的，他用力拽，只听"咔嗒"一声，好像被什么卡住了。

众人哗然。

姜鹏飞绝望地闭上眼睛。

第二支酒瓶出现在第一排第九支。

第三支酒瓶出现在第二排第十六支。

王皓走下木梯按住木架一侧，用力往前推，整座木架竟然移动起来，当木架旋转至九十度时，所有人被眼前一幕惊呆了。

木架后面果然是一间密室。

一股浓烈的腐腥味从密室涌出，呛得众人下意识往后退，警犬兴奋地狂吠起来。

再看密室，墙壁未经任何修整，表面凸凹不平，泛着青灰色暗光。

密室中央立起一根巨型木桩，木桩足有两米高，柱体呈长方形，长宽约二十厘米，木桩通体覆盖一层深浅不一的褐色污迹，底部由两根十字形木板固定在地面上，顶部伸出一根手指粗的铁钩，钩尖向上闪着寒光。这根木桩给人的第一印象酷似古代的刑具，王皓知道，这是早年屠宰场上屠夫们用来钩挂牲畜剥皮去骨的立柱，不过，此时此刻出现在这里，给人一种不寒而栗的感觉。

除了木桩，密室一角还有一只雪柜，雪柜上指示灯忽明忽暗地闪烁着。

训导员牵警犬欲进密室，谁知警犬四足撑地死活不前，嘴里不时发出阵阵哀鸣。

朱强问姜鹏飞："这是什么？"

姜鹏飞说："木桩。"

朱强问："干什么用的？"

姜鹏飞说："这是姜卫国留下的。"

王皓走到木桩前，探头嗅了嗅，对刘睿说："收拾好，带回局里。"

他又来到雪柜前，打开封盖，里面是空的。

刘睿叫助手向四周墙壁喷洒鲁米诺试剂，在靠近雪柜的墙壁根部很快显现一片喷射状蓝紫色荧光。

朱强问姜鹏飞："尸体在哪里？"

姜鹏飞故作镇定："我听不懂你说什么。"

朱强说："事到如今，你还死扛，有意思吗？"

姜鹏飞不吭声。

朱强说："带走。"

姜鹏飞被带走后，刘睿递给朱强一只物证袋："从碎石堆里发现的。"

物证袋里装了一只破打火机，打火机上的图案依稀辨出天上人间四个字。

回到市局，孙伟民和赵长河闻讯赶来。

孙伟民说："这是南大碎尸案到现在为止最重大的突破，没想到南大碎尸案第一现场核心物证居然以这种方式现身。"

赵长河问："现场发现孙梦瑶了吗？"

朱强说："没有，不过密室墙壁上发现喷溅血迹，初步判断是杀人现场。"

8 天上人间

天上人间夜总会老板是一名风姿绰约的中年女子，名叫国木兰，行内人称兰姐。

兰姐见多识广，行事风格低调得体，见到朱强很客气，有问必答。

谈及钱莉莉，她说钱莉莉是姜鹏飞的情人，两人交往一年多了，姜鹏飞给她介绍过不少圈内的朋友，让她赚了不少钱，失踪前钱莉莉曾找过她，说她不想干了，因为她不是头一次说这种话，当时也没在意，没想到真出事了。

朱强问："失踪前，她除了对你说过那些话，还有什么异常举动吗？"

兰姐说："没有，在这里上班就是跟顾客打成一片，玩得越开心越好，不想干可以随时离开，我不会拦的。"

朱强问："依你看，她跟姜鹏飞处得怎样？"

兰姐说："还能怎样，逢场作戏呗。"

朱强说："她会不会对姜鹏飞真有想法？"

兰姐说："我告诉过她，在这里是找不到真爱的，如果做不到心如死水就趁早离开，她有没有听进去，我就不知道了。"

朱强说："你有她的照片吗？"

兰姐打开对讲机："伊莲娜，你拿一张钱莉莉的照片过来。"

很快，伊莲娜进来递给兰姐一张照片。

朱强看过照片，对兰姐说："带我们去她住处看看。"

钱莉莉住处位于天上人间旁边一幢公寓楼里。

走进房间，里面凌乱不堪，梳妆台上化妆品东倒西歪，几件女式内衣扔在沙发上，看上去很久没有清理了，空气中残留着过期香水和类似汗液体味混合的酸腥味。

兰姐说："她失踪以后，警察来过一次，让我们不要动这里。"

朱强留下刘睿和助手现场提取钱莉莉DNA物证，继续勘查现场，自己离开天上人间直奔古桥区公安分局。

钱莉莉失踪案之前是古桥区公安分局经办的案子，这个案子疑点这么多，居然被划到人口失踪一类，令朱强百思不得其解。

接待他的是古桥区公安分局刑警队副队长黄志刚。

听说朱强要调取钱莉莉失踪案的档案资料，黄志刚说没问题，不过最好先跟刑警队长徐海涛打个招呼，这是他负责的案子。

朱强问："他在哪儿？"

黄志刚说："去外省办案了。"

朱强认识徐海涛，掏出手机给他打电话。

徐海涛在电话里说："这个案子报案的时候，对相关嫌疑人做过排查，都提供了不在场证据，实在找不到线索，暂时按人口失踪处理。"

朱强问："姜鹏飞呢？他是主要嫌疑人。"

徐海涛说："他也提供了不在场证据。"

朱强说："你核实过这些证据吗？他的动机那么明显，为什么不深挖？"

电话那头沉默。

过了一会儿，徐海涛说："朱哥，借一步说话。"

朱强看黄志刚一眼,走出办公室。

徐海涛说:"悠着点。"

朱强不解:"悠着点是什么意思?"

徐海涛说:"水深,查不下去。"

朱强说:"我的案子已经死了两个弟兄,都跟姜鹏飞有关,现在又牵扯到钱莉莉,你说我该不该查下去。"

徐海涛问:"有什么新发现吗?"

朱强冷笑:"姜鹏飞杀害钱莉莉的第一杀人现场都被我找到了,案子我已经替你破了!"

徐海涛惊呼:"哦哦,那我现在要做什么?"

朱强说:"立刻把这个案子交到市局来。"

徐海涛说:"好好,我马上让黄志刚去办。"

9 死期将至

古都市第一看守所。

姜鹏飞在接待室见到陈天华,他们这次见面同样申请警方回避。

姜鹏飞问:"蒋梦丹还好吗?"

陈天华说:"还好。"

姜鹏飞说:"她是无辜的。"

陈天华说:"现在说这些没用了。"

姜鹏飞低头:"是没用了。"

陈天华说:"有什么需要我去办的吗?"

姜鹏飞问:"钱收到了吗?"

陈天华说:"收到了。"

姜鹏飞说:"帮我安顿好桐桐。"

陈天华说:"好。"

姜鹏飞说:"还有……"

陈天华:"你说。"

姜鹏飞:"替我转告蒋梦丹,是我害了她,欠她的下辈子还。"

陈天华说:"好。"

沉默片刻。

姜鹏飞突然说:"现在我跟你说一件重要的事,你仔细听好。"

陈天华凑过去。

姜鹏飞压低嗓音说:"我在中国人民银行有一个秘密保险柜,目前警察还不知道,里面有一盘磁带,上面录了一份重要资料,你务必赶在警方之前取出来,这份资料可以改变你的命运。"

陈天华问:"为什么告诉这个?"

姜鹏飞说:"因为你答应保护我女儿,如果这份资料落在警察手里,韩天笑一家必遭灭顶之灾,他一定会报复我,找我女儿麻烦。"

听到"韩天笑"三个字,陈天华心里咯噔一下:"你的意思是让我把磁盘交给韩天笑?"

姜鹏飞说:"你自己决定吧。"

陈天华点点头。

姜鹏飞说:"我现在告诉你保险柜密码。"

陈天华取笔:"我记一下。"

姜鹏飞拦住:"别用笔,"指了指头,"用这里记。"

陈天华放下笔,闭眼默诵几遍然后说:"记住了。"

姜鹏飞小声问:"带烟了吗?"
陈天华说:"带了。"
姜鹏飞说:"给我。"
陈天华犹豫了一下,掏烟藏在文件底下悄悄递给他。
姜鹏飞说:"还有火机。"
陈天华又掏出火机从桌底下塞给他。
姜鹏飞低头见打火机上印着四个字:天上人间,笑了。

10 钱莉莉的故事

陈天华从看守所出来直奔中国人民银行古都分行,根据姜鹏飞提供的密码,从地库保险柜里顺利取出磁盘,磁盘装在一只牛皮信封里,被封条封住。

回到家,陈天华钻进书房,解开牛皮信封上的封条,取出磁盘插入电脑。电脑屏幕上随即跳出一个密码输入框,陈天华一看,傻眼了。

他来回踱步,口中喃喃自语:密码密码……这时耳边传来一个声音:用这里记!

姜鹏飞说话时诡异的表情又浮现在眼前,陈天华回到电脑前小心翼翼输入那串银行保险柜密码,果然不出所料,屏幕闪了闪,一串文件列表跳到在屏幕上。

陈天华点住第一条文件,重重按下启动键。

文件里传来姜鹏飞的声音。

下面是根据姜鹏飞的讲述还原的事件经过:

三年前，姜鹏飞陪客户去天上人间，在美女堆里一眼相中钱莉莉，她那时刚出道，浑身散发着青春少女特有的味道，令人垂涎欲滴。两人交往不久，姜鹏飞发现，钱莉莉不仅漂亮也很聪明，她知道刚出道最重要的是寻得一个靠山，见姜鹏飞对自己有意思，又见他在大佬圈里呼风唤雨，经不起几番勾引就投怀送抱了。

有一次姜鹏飞和钱莉莉在宾馆幽会。

一番云雨过后，钱莉莉问："我和你老婆谁漂亮？"

姜鹏飞说："都漂亮，风格不一样，她是知识分子。"

钱莉莉撇嘴："知识分子最骚了。"

姜鹏飞哈哈大笑："论骚，你可是天下独一份，谁也比不过你，你说你怎么那么骚，轻轻一碰就浑身发抖。"

钱莉莉脸红了："我也不知道，天生的吧。"

姜鹏飞说："你这张脸纯洁得像天使，骗了多少男人？今后不知还有多少男人要死在你床上。"

钱莉莉说："不管死多少男人，我只希望最后剩下的那个是你。"

姜鹏飞问："为什么？"

钱莉莉说："因为你最有劲儿，弄得我最舒服，有句话怎么说来着，欲仙欲死。"

姜鹏飞跟钱莉莉交往，除了满足私欲之外还有一个目的，钱莉莉后来也察觉到了，但是她不说，风月场上没有什么忠贞可言，大家开心就好。

姜鹏飞每次带钱莉莉出去应酬，都说她是南大艺术系的大学生，看着她在男人堆里左右逢源如鱼得水，心中不由暗暗感叹，这真是一个天生尤物啊。

有一天，韩天笑向姜鹏飞打听钱莉莉，姜鹏飞立刻心领神会，暗自狂喜，他等这一刻已经很久了。

第一次送钱莉莉去江南会所，姜鹏飞刻意让钱莉莉将头发拉直做成清汤挂面式，上身穿藏青色小翻领西装，下身穿深蓝色百褶裙，露出两条黑丝大长腿，看上去既像大学生又像交际花。

下车时，钱莉莉说："你记住，我肯这么做都是为了你。"

姜鹏飞掏出南方大学学生证扔给她，她转身一刹那，姜鹏飞竟然觉得有些悲壮。

随着江南会所的一次次幽会，姜鹏飞在银丰律所的地位也一天比一天高。

出事那天没有任何征兆。

从江南会所出来，姜鹏飞发现钱莉莉神情不对，将车停到路边，一把掀开她制服衣领，看见雪白的脖颈上留下几道血痕，忙问："他喝醉了？"

钱莉莉低语："没有。"

姜鹏飞问："那怎么会这样，你不是说他很斯文吗？"

钱莉莉突然骂了一句："老畜生，死变态，差点把我奶头咬下来！"

姜鹏飞大吃一惊："老畜生是谁？"

钱莉莉不耐烦："别问了，知道对你没有好处。"

后来几天，钱莉莉称病躲在公寓里谁也不见，两周后，当她再次出现在姜鹏飞面前时，手里拿着一张古都市人民医院妇产科的化验单：她怀孕了。

姜鹏飞私下去医院核查，医生告诉他，化验单是真的。

这个结果根本不是韩天笑的行事风格，进一步做实了姜鹏飞的猜测。

原来黑夜深处还有更黑的地方。

消息捅到韩天笑那里，姜鹏飞得到的回复只有冷冰冰两个字：做掉。

苦差事又落到姜鹏飞身上，只有他是知情人。

姜鹏飞本以为安抚一番再给点钱就可以摆平钱莉莉，没想到钱莉莉不答应，她很清楚肚子里这个孩子的分量。

钱莉莉对姜鹏飞说："我不能让那老畜生白折腾一晚上，他得付出代价。"

姜鹏飞问："什么代价？"

钱莉莉说："赔我一千万，还有，我要出国再也不回来，这不过分吧？"

韩天笑被钱莉莉开的条件激怒了，在他眼里她的命都不值一千万。

钱莉莉遭到拒绝后，索性破罐子破摔，扬言要鱼死网破。

姜鹏飞警告她：这招对韩天笑没用，网破不了，鱼得死。

钱莉莉见斗不过韩天笑，就把最后希望寄托到姜鹏飞身上，钱和人她总得要一样啊。

她对姜鹏飞说："事情是由你引起的，你得对我负责，我要跟你在一起。"

姜鹏飞说："跟我在一起可以，先把孩子打掉。"

钱莉莉说："把孩子打掉可以，先结婚。"

姜鹏飞也被激怒了："养你可以，结婚免谈。"

分歧太大，两个人根本谈不到一块，事情就这么拖着，钱莉莉的肚子一天比一天大。

压垮钱莉莉的最后一根稻草是,她得知姜鹏飞全家正在办理美国移民的消息。

眼看鸡飞蛋打人财两空,她决定孤注一掷,竟然挺着肚子去见了蒋梦丹。

事后蒋梦丹警告姜鹏飞,如果钱莉莉肚子里的孩子真是他的,她就离婚,带女儿走。

姜鹏飞在万般无奈之下,只好将事情全部经过告诉了蒋梦丹,得知真相后,蒋梦丹暗松一口气,但是她给姜鹏飞下最后通牒:马上断绝和钱莉莉的一切交往。

凭良心讲,作为妻子,她的要求并不过分。

见面后,钱莉莉更加绝望了,她意识到自己根本不是蒋梦丹的对手。无论容貌气质财富还是头脑,姜鹏飞除了身体,确切说是下半身偶尔属于过她,其他任何部分都跟她无缘。她感到委屈不甘,可又能怎样呢?看来,网真的破不了,鱼真得死了。

钱莉莉的做法彻底突破了姜鹏飞心理底线,他是舍不下血缘关系的,对他来说,钱莉莉只是一个风月女子,仅此而已。

再见钱莉莉,姜鹏飞确定她正走在一条不归路上。

11 铁证如山

南大碎尸案专案组搭建证据链的工作正在紧张进行。

在王皓提议下,专案组第三次案情分析会于次日在刑警队会议室召开。

会上，物检中心刘睿首先汇报对月畔湾湖音阁密室的现场勘查情况。

他打开投影仪："这间密室配备水龙头、排水沟、电线、通风口，显然经过特别设计，我们在密室墙壁上发现被刻意擦洗的血迹，血迹呈喷射状，初步判断为第一杀人现场。我们还在雪柜内壁缝隙发现七根头发，在雪柜封盖上发现六枚指纹，经鉴定指纹是姜鹏飞留下的。"

法医中心孟一凡汇报："经过DNA比对，我们确定血迹和头发与四月十三日失踪的天上人间夜总会小姐钱莉莉的高度吻合，确定为同一人。另外，我们从密室木桩表面沉淀血迹提取到三个人的DNA样本，经过比对鉴定，分别来自是南大碎尸案受害者丁爱萍、钱莉莉，另一人暂时不明，目前正在采集原光明小区失踪者马桂花的DNA做进一步比对。"

王皓说："我补充一点，今天去天上人间夜总会调查，一名自称钱莉莉闺蜜的女孩向我们提供了一条重要线索，在四月三十日傍晚，她亲眼看见钱莉莉走出夜总会上了姜鹏飞的黑色奔驰车，这条信息通过天上人间夜总会大门监控探头和月畔湾大门视频监控均得到证实。"

朱强说："到此为止，姜鹏飞杀害钱莉莉的犯罪事实已经铁证如山，证据链完整，不管他认不认罪都难逃法律严惩。"

赵长河问："其他两名受害者的调查有什么进展？"

朱强说："还没有找到孙梦瑶，看来只能从姜鹏飞嘴里挖了。"

王皓说："我建议先审姜鹏飞，通过钱莉莉案突破他的心理防线。"

赵长河说："你们忘了一个人。"

朱强和王皓异口同声问:"谁?"

赵长河说:"栾涛。"

王皓立刻反应过来:"对,怎么把他忘了。"

赵长河说:"周志鹏和孙梦瑶遇害那天,凶手是带着行李箱离开现场的,他需要交通工具,而那天姜鹏飞的黑色奔驰车行车路线从金鼎大厦到光明新区并无异常,这意味着存在另一辆车。"

朱强说:"是栾涛的车。"

赵长河说:"对。"

王皓冲赵长河竖起大拇指。

12 再审栾涛

朱强和王皓赶到古都市第一看守所。

再次见到警察,栾涛脸上露出迷茫的表情。

他一直对自己被抓感到不解,隐约觉得跟姜鹏飞有关,可是他并没有参与姜鹏飞任何活动,为什么警察不放过他呢?

审讯室里,朱强主审,王皓做笔录。

朱强:"姓名。"

栾涛:"栾涛。"

朱强:"年龄。"

栾涛:"三十一岁。"

朱强:"职业。"

栾涛:"无业。"

问罢,朱强突然一拍桌子:"栾涛,你不老实!"

栾涛慌了:"没有啊,该说的我都说了。"

朱强："我问你，六月十五日晚上八点至九点，你在哪里？"

栾涛说："这么具体的日子，我哪记得？"

朱强说："我提醒你，那天是星期四，晚上大概九点的时候，姜鹏飞在十分钟之内接连给你打过三个电话，想起来了吗？"

栾涛翻起眼珠想了一会儿："哦，我想起来了，那天晚上他让我把车开到梅园路去接他。"

朱强和王皓对视一眼。

朱强问："然后你们去哪里了？"

栾涛说："见面后，他让我把车借给他，说第二天还我，然后就开走了。"

朱强说："说说当时的情况。"

栾涛说："那天晚上大概九点半，我开车到那儿的时候，看见他站在梅园新村的路口。"

朱强问："只有他一个人吗？"

栾涛说："一个人，哦，他拖了一只旅行箱，灰色的，很大，有这么大。"他比画起来。

朱强说："他没有跟你说他去哪儿？"

栾涛说："没有，他看上去很着急，我也不敢问，再说车是他出钱买的，他想什么时候用就什么时候用呗，我也不好说什么。"

朱强问："那辆车现在在哪儿？"

栾涛说："在西岗村旁边的社会停车场。"

从看守所出来，他们立刻赶往西岗村停车场。

王皓路上打电话给刘睿，让他带人到西岗村会合。

在西岗村旁边的社会停车场，他们找到了那辆白色面包车。

刘睿和助手对整车包括底盘仔仔细细查了一遍，没有发现行车记录仪,也没有发现任何异常痕迹。

王皓问:"轮胎和挡泥板上有残留物吗?"

刘睿摇头:"被清洗过了。"

13 姜鹏飞认罪

当天晚上,姜鹏飞被押送到市局刑警队。

审讯由王皓主审,段鹏笔录。

再次见到姜鹏飞,王皓吓了一跳。

他仿佛一夜之间老了几十岁,跟上次见面时判若两人,脊柱弯曲,下巴拉长,鼻翼两侧露出深深的法令纹,眼角下垂,目露困兽之光,这突如其来的变化令他的体貌特征迅速退化成一个老人。

王皓想起沈念青对他说过的一个词:轮回。

王皓说:"根据现场勘查,我们在月畔湾湖音阁的密室墙壁上发现大量喷溅血迹,同时在密室的雪柜封盖上发现了你和钱莉莉的指纹。还有,据钱莉莉好友罗艳反映:四月三十日即钱莉莉失踪当天下午三时,她在天上人间夜总会门口看见钱莉莉上了你的黑色奔驰车,天上人间大门口视频监证实了她的说法,同一天,我们在月畔湾南门视频监控中也查到你驾驶黑色奔驰车进入别墅区的录像。你有什么要说的吗?"

姜鹏飞耷拉脑袋,心不在焉地听着。

王皓提高嗓音又问一遍:"你有什么要说的吗?"

姜鹏飞说:"我认罪。"

王皓一怔:"什么?你再说一遍。"

姜鹏飞说:"我认罪。"

审讯室外，朱强对眼前发生的一幕感到不可思议："这么快就撂了？"

孙伟民说："听他说什么。"

王皓说："一个一个来，你对杀害钱莉莉的犯罪事实认罪吗？"

姜鹏飞说："认罪。"

王皓说："你对杀害周志鹏的犯罪事实认罪吗？"

姜鹏飞说："认罪。"

王皓说："你对杀害孙梦瑶的犯罪事实认罪吗？"

姜鹏飞说："认罪。"

王皓说："你对杀害丁爱萍的犯罪事实认罪吗？"

姜鹏飞看王皓一眼："认罪。"

王皓说："现在把杀害上述四人的犯罪动机和详细经过一个一个说清楚。"

姜鹏飞说："有烟吗？"

段鹏掏烟替他点上。

姜鹏飞吸了一口，缓缓道来："杀丁爱萍是我第一次过失杀人。一九九六年一月，姜卫国回江堰为我母亲安排手术，我以考试为借口留在了古都。一月八日，我带丁爱萍去聚贤里的住处跟她发生了性关系，那是她的第一次，事后吵着要我负责，一月十日我们又起了冲突，我不小心掐死了她。当时我不知道该怎么办，只好打电话向姜卫国求救，他当天赶回来，让我什么也别管，继续去学校上课。直到一月十九日那天，他找我过去帮他抛尸，我才知道发生了什么。

"杀周志鹏的原因很简单，他背叛了我，我本来安排他接替我在国内的律师业务，没想到他竟然向董事会举报我，我一怒之下跟他发生争执，失手杀了他。

"那天我处理完尸体刚要离开，突然听见有人敲门，门外传来那个女警官的声音。当时我别无选择，只好让她闭嘴，也怪她运气不好吧。

"钱莉莉也是，本来逢场作戏，可她偏偏假戏真做用怀孕威胁我，这种女人注定没有好下场。"

审讯室外，朱强说："四条人命，作案手段并不高明，落网是迟早的事，他也是搞法律的，为什么对法律这么缺乏敬畏之心呢？真搞不懂。"

孙伟民说："这种人常年游走在灰色地带，目睹无数通过不择手段达到目的的案例，久而久之产生了侥幸心理。"

审讯室里。

王皓说："说说你的父亲。"

姜鹏飞说："他当过兵，脾气不好，复员后做生意失败欠下一屁股债，不得不跑到古都市来躲债，后来通过一个战友在光明小区菜市场租下一个档口卖猪肉。出事以后，他跑了，我也不知道他去了哪里。二〇〇一年，他突然来找我，我只好把他安排在祥和敬老院，尽了我应尽的义务。"

王皓问："马桂花呢？"

姜鹏飞说："这个我不知道。"

王皓说："说说你母亲。"

姜鹏飞说："她身体不好，手术后又活了一年就走了。"

王皓突然问："十年前，你参与分尸了吗？"

姜鹏飞咽了口吐沫，颤抖着说："没有。"

这时，姜鹏飞眼前升起一团白雾。水蒸气从门缝里漫延出来了，姜鹏飞屏住呼吸，看见小木屋里蒸汽弥漫，白炽灯透过雾气闪烁不定。姜卫国赤裸上身，粗壮的脖颈上系着黑色胶皮围裙，正仰头喝一瓶清川大曲，他一口气喝了半瓶，酒气混杂着血腥气夺门而出，呛得姜鹏飞差点昏倒。姜鹏飞捂脸再看，姜卫国背对门，挡住了矗立在面前的一根十字木桩，木桩顶端露出一丛凌乱的黑发，黑发凝结成一缕一缕，浓稠的鲜血正沿着发端源源不断往下滴。

王皓又问："抛尸呢？"

姜鹏飞闭眼回答："参与了。"

那天夜里，姜鹏飞匆匆赶到聚贤里三号，迎面撞见姜卫国从小木屋里出来。他冲进去，看见十字木架上空荡荡，地上堆起七八只黑色塑料袋，里面鼓鼓囊囊。

姜卫国走到他身后说："跟我走一趟。"

他摇头。

啪，一耳光！

姜鹏飞躲闪不及，被扇得一个趔趄，只得拎起塑料袋跟在父亲后面跌跌撞撞走出小巷。

突如其来的大风雪导致气温骤降，姜鹏飞坐在自行车后座上浑身冻得直哆嗦。父子俩迎着风雪穿行在狭窄昏暗的巷道间。行至巷道口，姜卫国停车，从他手里拿过黑色塑料袋扔到垃圾箱旁，然后继续往前。

随着自行车一路颠簸，姜鹏飞怀里的黑色包裹不时撞击着他的臂膀，似乎做着无望的挣扎，也好像无声的叹息。

王皓厉声道："接着说！"

姜鹏飞猛吸一口烟，声音沙哑低沉，他的叙述竟然验证了沈念青在案情分析会上所做的推测性陈述。

听着听着，王皓惊讶地发现眼前这张脸与绿皮车厢里那张腐烂的死尸的脸渐渐重叠了，脱离时空界限，最后只看见一具死尸在说话。也许他们根本就是同一个人。这个念头从王皓脑海一闪而过。

王皓说："既然聊开了，我问你一个问题，你如实回答我。"

姜鹏飞又续上一根烟："你问吧。"

王皓说："为什么留下那根木桩？"

姜鹏飞说："一个念想。"

王皓不解："就这么简单？"

姜鹏飞说："就这么简单。"

沉默片刻，王皓问："最后一个问题，孙梦瑶在哪儿？"

姜鹏飞慢慢抬起头，突然像换了一个人，面部扭曲，目露凶光。

他说："终于来了。"

王皓警觉起来："什么意思？"

姜鹏飞说："七月十五日是王警官生日吧？"

王皓诧异："你怎么知道？"

姜鹏飞说："这不重要。"

王皓站起来："你回答我的问题，孙梦瑶在哪儿？"

姜鹏飞说："既然你这么想知道，我把她当生日礼物送给你吧？"

审讯室外。

朱强说："他想干什么？"

赵长河说："他的意思是，如果我们三天之内找不到孙梦瑶，他会在七月十五日王皓生日那天告诉他，很明显，他在羞辱王皓和警队。"

朱强愤然道："人渣。"

审讯室里。

王皓走到姜鹏飞跟前，面对面，足足看了他一分钟，一字一顿说："你死定了。"

姜鹏飞耸耸肩："人总是要死的，什么时候死，怎么死，死在哪儿，重要吗？"

王皓对守卫警员说："带下去！"

走出审讯室，孙伟民对王皓和朱强说："虽然他认罪了，该收集的证据还要收集，防止疑犯在诉讼阶段翻供。"

朱强和王皓说："明白。"

孙伟民和赵长河离开后，朱强问王皓："你没事吧？"

王皓说："没事。"

朱强说："你放心，我不会让他得逞的。"

王皓说："不要被他牵着鼻子走，只要能找到孙梦瑶，怎么都行。"

朱强说："这不是你个人的问题，这是一场心理战，如果我们输了，可能会给诉讼阶段带来麻烦。"

王皓说："你说得也对。"

朱强说："接下来我负责找孙梦瑶，你专心对付蒋梦丹吧。"

王皓说："好。"

朱强不放心："找到审蒋梦丹的切入点了吗？"

王皓说："暂时还没有。"

朱强说："我记得师傅说过，女人心里都有一个痛点。"

王皓问："什么痛点？"

朱强说:"回去好好想想。"

王皓站在原地,目送朱强离去。

回到办公室,王皓调出第一次提审蒋梦丹的录像资料,心想:这回轮到你了。

齐峰和段鹏围过来。

王皓说:"案子遇到瓶颈的时候,最简单的办法就是回到起点重新出发。"

看完录像,他问齐峰和段鹏:"你们发现什么了?"

两人摇头。

王皓重新播放录像,在某些段落,暂停后回放,再暂停再回放,然后说:"你们看,在这段不到五分钟的供述里,蒋梦丹三次提到数量这个词:电脑登记数量、库存数量、核销数量,她是不是太刻意强调数量这个概念了?还记得去年'3·25祥瑞金铺盗窃案'吗?库管员监守自盗,我们审他,他也一直强调数量问题,结果暗中用假黄金偷梁换柱。"

齐峰问:"你怀疑她偷换库存药物?"

王皓说:"是的。"

段鹏说:"那我们……"

王皓说:"那你们还坐在这里干吗?快去查啊。"

两人起身冲出办公室。

14 再审蒋梦丹

第二天一早,齐峰和段鹏来找王皓。

他们奉命对人民医院血液病治疗中心属于蒋梦丹接手的库

存药品进行全面核查,除了核对数量,也对药品名称与成分进行检测,结果发现库存中的三氧化二砷针剂有两批各四支被偷换成生理盐水,时间分别是六月底和七月初,真正的药物不知去向,针剂剂量为三十毫升,两剂共计六十毫升,这是足以致死的剂量。

这一发现无异于雪中送炭,是目前最关键的证据。

齐峰和段鹏见王皓又坐到电脑前,忍不住问:"什么时候审蒋梦丹?"

王皓说:"还差点什么。"

这时,刘睿兴冲冲闯进办公室。

他劈头就问:"邮件看了吗?"

王皓问:"没有。"

刘睿说:"北京那边修复了一段音频,你快打开看看。"

王皓打开电脑,调出音频。一段杂音过后,录音里传来说话声。

> 蒋梦丹:"赔钱可以吗?我可以赔他们一大笔钱,我可以安排他们出国做试管婴儿,还有你,我可以给你一大笔钱。"
>
> 沈念青:"如果钱管用,还要警察干什么?"
>
> ……

音频很短,前后不到三十秒。

王皓一拍桌子:"等的就是这个!"

王皓去洗手间,用凉水洗了一把脸,回到办公室拿起电话通知警队:提审蒋梦丹。

也许不习惯看守所的生活，蒋梦丹看上去十分憔悴。

再次坐在审讯室里，她依然给人冷漠不容侵犯的感觉，而这一切在王皓看来不过是一层脆弱的伪装，他虽然看不见她的恐惧，但对击垮她充满信心。

审讯开始后，王皓先发制人。

他说："开始审讯前我们先向你通报一个消息，你的丈夫姜鹏飞已经认罪了，他对杀害丁爱萍、周志鹏、孙梦瑶和钱莉莉的犯罪事实供认不讳。"说着打开播放器，播放姜鹏飞的审讯录像，录像里姜鹏飞一一认罪。

蒋梦丹看得很认真，当看到姜鹏飞最后陈述犯罪动机和经过时，脸上露出复杂的表情，一团灰雾笼罩在眉眼之间，她紧咬下唇一声不吭。

王皓拿出一张照片问蒋梦丹："认识这个人吗？"

蒋梦丹看了一眼说："见过几面。"

王皓说："他叫栾涛，是姜鹏飞的马仔，根据他的供述，六月十五日案发当晚九时左右，他驾驶一辆车牌为古A2413的白色面包车抵达梅园小区亲自将车辆交给姜鹏飞，姜鹏飞也对自己当晚所犯罪行供认不讳，这说明那天晚上他不可能和你在一起，你替姜鹏飞做了不在场的伪证，你的行为已触犯法律，从现在开始，你要如实回答我的问题，争取宽大处理，明白吗？"

蒋梦丹不说话。

王皓提高嗓音："明白吗？"

蒋梦丹说："你问吧。"

王皓问："七月三日下午三点，你在哪里？"

蒋梦丹说："我说过了，我在月畔湾和我老公在一起。"

王皓说："撒谎！根据栾涛交代，那天下午五点是他在人民医院门口接你去的月畔湾。"

蒋梦丹说："我可能记错了。"

王皓说："我再问一遍，七月三日下午三点到五点你在哪里？"

蒋梦丹说："我想起来了，我在医院对面的星巴克喝咖啡。"

王皓说："和谁？"

蒋梦丹说："一个人。"

王皓说："看来你是不见棺材不落泪了。"说着打开录音播放器。

  蒋梦丹："赔钱可以吗？我可以赔他们一大笔钱，我可以安排他们出国做试管婴儿，还有你，我可以给你一大笔钱。"
  沈念青："如果钱管用，还要警察干什么？"
  ……

蒋梦丹听到录音惊呆了，脸色煞白，睁大双眼问："这是哪来的？"

王皓说："这是沈警官生前留下的现场录音，里面记录了你们那天在莉莉·玛莲咖啡厅对话的全过程。"

蒋梦丹飞速地回忆了一遍他们那天对话的内容，并没有发现致命破绽，对方咄咄逼人的言辞反而为她制定对策提供某种印证，她还有一口气，她要活下去。

她说："好吧，我承认那天我们见过面。"

王皓问："你们当时说了什么？"

蒋梦丹疑惑："你们不是有录音吗？"

王皓正色道："我们现在在审问你，要你说！"

蒋梦丹的声音沙哑低沉。

她说:"你们都听到了,沈警官要跟我做交易,他让我向你们坦白我替姜鹏飞做伪证,条件是他替我隐瞒毒死姜卫国的事。但是我拒绝了,我不可能出卖我的丈夫。"

王皓说:"这么说,姜卫国在遇害那天的确来医院找过你。"

蒋梦丹一怔,立刻说:"不,这是沈警官的一面之词,我谁也没见过。"

王皓说:"你继续。"

蒋梦丹说:"见我拒绝,他就开始威胁我,在没有任何证据的情况下一口咬定我是毒死姜卫国的凶手,他还编出一个所谓人间蒸发的女人来恐吓我。"

王皓脱口道:"人间蒸发的女人?"

蒋梦丹说:"是啊,真是莫名其妙。"突然意识到什么,抬头看王皓。

王皓换了一个姿势:"你继续。"

蒋梦丹说:"我要说的都在录音里,没必要重复吧。"

王皓瞪眼:"我们现在在审问你。"

蒋梦丹说:"后来我苦苦哀求,求他放过我们一家三口,他还是拒绝了,他当时的样子就像一个恶魔……"

王皓打断:"注意你的用词。"

蒋梦丹说:"他不分日夜跟踪我,他用污言秽语羞辱我,他逼我背叛我的丈夫,他好像很享受折磨我的过程,为什么?就因为他是一个警察?"

王皓说:"所以你就对沈警官下毒手是吗?"

蒋梦丹说:"不,我没有。"

王皓说:"首先,沈警官并没有无中生有诬陷你,的确有个人间蒸发的女人,她叫钱莉莉,杀害她的凶手就是你的丈夫姜鹏飞,我们已经在你们月亮湾别墅的后院里挖出她的尸骸。其次,医院的监控录像证明,沈警官是姜卫国遇害那天去医院找你的目击者。最后,你刚才的叙述恰恰证明,你有毒害沈警官的犯罪动机。"

蒋梦丹冷笑:"原来你们是一伙的。"

王皓说:"沈警官生前犯下最大的错误就是过高估计了你的人性,他不惜破坏警队纪律试图挽救你,而你却执迷不悟还反过来诬陷他,看来你要一条道走到黑了。"

蒋梦丹说:"谢谢沈警官的好意,恕我承受不起。"

王皓说:"那就让证据说话吧。"说着拿出古都市人民医院血液病治疗中心实验室药品库存核销清单和库存药品检验报告:"根据这份报告,我们对血液病治疗中心实验室库存药品进行了检测,结果发现在六月底和七月初的两批库存药品中分别发现各有两只三氧化二砷针剂被调包,每批合计剂量是六十毫升,这是致死剂量而调包的时间刚好与姜卫国和沈警官的遇害时间吻合。你怎么解释。"

蒋梦丹接过检测报告仔细看完后还给王皓。

王皓从她脸上并没有看到期待的表情,反而读出一种异样的感觉,有点厌恶有点绝望,但绝不是崩溃,崩溃的先兆是魂不守舍茫然无措,而她却始终坚定如初,甚至可以用无惧来形容,她到底想干什么?顽抗到底吗?

蒋梦丹平静地说:"血液病实验室里能够接触到库存药品的人不止我一个,算上护士长起码不下六人,为什么偏偏是我?"

王皓说:"因为你前有动机后有结果,中间有偷药举动,已经构成一个完整的犯罪链条。"

蒋梦丹说:"库存药品被调包和我杀人之间不是唯一必然关系,你们要我自证清白,我做不到。"

审讯室外,孙伟民、赵长河和朱强围在窗户目不专情注视着里面发生的一切。

孙伟民说:"老调重弹,她好像找到我们的软肋了。"

审讯室里。

王皓说:"你出身名医世家,也算是年轻有为的知识分子了,本该对自己的行为有清醒的认知,但是你现在这样撒谎狡辩已近似无赖,很让人不齿,给自己留点尊严吧,别让人看不起。"

蒋梦丹说:"我没有撒谎,你们只听见他说什么,没有看见他做什么。"

王皓问:"他做了什么?"

蒋梦丹说:"他没日没夜地跟踪我、窥视我、羞辱我、恐吓我,你知道我为什么说他是恶魔吗?"

王皓:"为什么?"

蒋梦丹反问:"你不是有录音吗?你应该知道为什么。"

王皓说:"我再提醒你一遍,现在是我们在审问你。"

蒋梦丹说:"因为他说他不会放过我们。我问他凭什么?他说凭我们犯下的罪,我又问他证据呢?他说我就是证据,我宁可跟你们同归于尽也不会放过你们,你听到了吗,为了置我们一家三口于死地,他宁可拿命跟我们同归于尽,这已经不是一个有理智的正常人的行为了,我只好哀求他放过我,可他就这么看着我,脸上露出一种无法用语言描述的笑容,那种笑我一辈子也忘不了。"

沉默片刻。

王皓突然说:"你为什么撒谎?"

蒋梦丹一惊。

王皓说:"你明明知道我们已经掌握了你和沈警官的对话内容,为什么还要诬陷他,说他宁可同归于尽也不放过你们。"

蒋梦丹支吾着:"我……"

王皓举起录音笔说:"好吧,我来告诉你,你做这番陈述无非企图诱导我们得出一个结论:沈警官死于自杀。这回你赌输了,你的误导恰恰证明你的真实目的是掩饰你犯下的罪行。"

蒋梦丹摇头:"不,你们是一伙的,我要见律师,见到律师之前我什么也不说了。"说完她闭上了眼睛。

她的举动令审讯一时陷入僵局。

王皓看着眼前这个女人,心里在犹豫。

这对貌似体面的夫妻天真地以为只要投奔到大洋彼岸就可以将过去的罪行一笔勾销,没想到为求生而迸发出的邪恶力量却令他们彻底失控了,他们犯下的每一桩罪行都是在清醒状态下有预谋地杀戮,跟谋财害命目的简单的低端冲动型犯罪相比,他们更加可怕。

沉默片刻。

王皓突然问:"你有几天没见到女儿了?"

听到"女儿"两个字,蒋梦丹浑身一颤:"她在哪儿?"

王皓说:"她在华光堂,我们找到她时,她正跪在耶稣像前乞求上帝宽恕你们的罪行。"

蒋梦丹紧咬嘴唇,脸色苍白。

王皓走到蒋梦丹面前，递给她一只纸叠的小船："认识这个吗？"

蒋梦丹一见纸船，眼泪夺眶而出。

王皓说："多漂亮的小船，上面写了你们一家三口的名字。"

蒋梦丹哭着说："为什么这么对我？"

自从失去逃亡机会，蒋梦丹心里最牵挂的就是女儿姜梓桐，警察此时抛出女儿的话题一下击中她的痛处，她知道警察想要什么，经过几番审讯再加上姜鹏飞的认罪，她手里的筹码已经所剩无几，因此顽抗也就失去了意义。在剩下的时间里，女儿是她唯一的念想，她要见女儿最后一面，她要将女儿的样子铭刻在脑海里去往另一个世界。

蒋梦丹挥手抹去眼泪："如果我认罪，可以见到女儿吗？"

王皓说："可以。"

蒋梦丹长叹一声："好吧，我认罪。"

王皓说："一个一个来，你对杀害姜卫国的犯罪事实认罪吗？"

蒋梦丹说："认罪。"

王皓说："你对杀害沈念青的犯罪事实认罪吗？"

蒋梦丹双唇微颤，牙缝里挤出两个字："认罪。"

王皓说："你知道认罪对你来说意味着什么吗？"

蒋梦丹说："意味着死。"

王皓问："你怕死吗？"

蒋梦丹惨然道："没什么可怕的，我当医生见过太多的生离死别。"她突然提高嗓音，"我是无辜的，我只是为了求生被你们逼成了杀人犯，你们才是真正的凶手。"

王皓说："你连一个五岁的孩子都不如，孩子还知道忏悔，你呢？对所犯罪行毫无悔意，对法律缺乏起码的敬畏之心，你和姜鹏飞一样，都是极端自私的利己主义者，为达到个人目的不择手段，等待你们的只有法律的严惩。"

蒋梦丹低头不说话。

王皓说："签字按手印吧。"

王皓等蒋梦丹签完字按完手印，对看守警员说："带下去。"

蒋梦丹说："等等。"

王皓问："干什么？"

蒋梦丹指认罪书，眼神已近似哀求："我什么时候可以见到女儿？"

王皓没有看她："你不是请律师了吗？"

审讯后的复盘会议上。

朱强问："我们只拿到三十秒的对话录音，你怎么肯定她撒谎呢？"

王皓说："是的，我不经意犯下的一个错误被她看出了破绽。当我意识到她发现我并不知道录音全部内容时，也想掩饰一下，可又一想干脆将计就计，看她出什么幺蛾子，果然她冒险赌了一把，企图把案情往沈念青自杀方向诱导，于是我跟她对赌。我赌沈念青是一个好警察，不可能像她说的那么邪恶，她果然崩溃了，女儿只是压垮她的最后一根稻草。"

赵长河叹息："女人还是心软。"

孙伟民说："乘胜追击，继续完善证据链，别忘了我们的一贯方针是事实重于口供。"

众人离去后，会议室里只剩下王皓和朱强两个人。

朱强走去关上门，回来说："我有一个疑问。"

王皓说："你说。"

朱强说："蒋梦丹说沈念青约她见面是为了跟她做交易，你觉得是真的吗？"

王皓说："我觉得是真的。"

朱强不解："他为什么要救蒋梦丹？"

王皓说："我可能知道答案，不过这也是我的猜测，仅限于你知道。"

朱强说："你说。"

王皓从公文包里取出两张照片，分别是蒋梦丹和唐宛如。

朱强接过来一看，惊呼："太像了！"

王皓说："我猜沈念青面对蒋梦丹的时候可能想到了自己的母亲。他不是一直怀疑唐宛如的失踪跟沈青山有关吗？所以他劝蒋梦丹离开姜鹏飞的时候，内心的真实想法也许是希望当初唐宛如离开沈青山，心理学上这叫潜意识心理补偿，说明他童年时期因父母失位而导致的人格缺陷在成年后的潜意识里隐藏着强烈的心理补偿冲动。"

朱强担忧道："这种冲动会让他采取极端行动吗？"

王皓说："这也是我担心的，我看过沈青山留给他的日记，其中有一段写沈青山酗酒家暴后的忏悔，他写道：我苦苦哀求宛如留下，她哭着答应了，她留下来不是为我而是为了青儿，她是一个好母亲，可我不是一个好父亲，更不是一个好丈夫。"

朱强问："你的意思是？"

王皓说："我想当沈念青读到父亲这段话时心里一定非常愧疚，他一定觉得自己是这场悲剧的罪人。"

朱强说："所以这个交易是他的赎罪。"

王皓说:"对。"

朱强说:"那你说蒋梦丹拒绝跟他交易时,他会采取极端行动吗?"

王皓说:"我认为不会。"

朱强问:"为什么?"

王皓说:"因为在那三十秒的录音里,他也拒绝了蒋梦丹的求生诉求,这意味着那一刻他清醒了,知道蒋梦丹不是唐宛如。"

朱强长吁一口气:"那就好,证明我们没有冤枉蒋梦丹。"

王皓说:"孙局说得对,尽管她认罪了,但是还需要更多证据,必须做到定罪的唯一合理性。"

朱强点头。

朱强走后,王皓坐在椅子里疲惫地闭上眼睛,不知过了多久,他突然睁开眼从公文包里取出一本书,那是沈念青留下来《圣经》。

王皓翻动书页,手指停在一张折页上。

他顺着页面一行一行往下读,当读到提摩太后书第四章第七节时,心往下一沉,忍不住又读了一遍,读罢大脑一片空白,无力地瘫在椅子里。

华光堂里,神父王松恩在弹风琴。

布道台上,唱诗班的孩童们站成两排在唱赞美诗。

姜梓桐身穿小白袍站在最前面。

唱歌的时候,她的小脸上泪痕未干,双眼一直盯着礼堂门口。

这一生最美的祝福就是认识主耶稣

这一生最美的祝福就是能信靠主耶稣

15 寻找孙梦瑶

朱强在办公室里盯着电脑屏幕发呆。

齐峰和段鹏凑到电脑前:"你在干吗?"

朱强挠头:"找线索。"

齐峰说:"现在只剩下孙梦瑶了,找到她就可以结案了。"

朱强瞪他:"我这不是在找吗?"

段鹏问:"找到线索没?"

朱强说:"没有。"

中午去公共食堂吃饭的时候,朱强遇见王皓。

王皓坐在角落里发呆。

朱强坐到他对面:"想什么呢?"

王皓回过神:"哦,没什么。"

朱强说:"姜鹏飞和蒋梦丹都撂了,你怎么反而高兴不起来呢?"

王皓不吭声。

朱强试探:"因为孙梦瑶吗?"

王皓说:"你这一说倒提醒我了,找到线索了吗?"

朱强摇头问:"你有什么建议?"

王皓想了想:"解铃还须系铃人,从姜鹏飞身上找线索,根据他的活动规律锁定抛尸地点。"

朱强一拍脑门:"我怎么没想到。"

这时,公共食堂的电视里正在播放一则新闻:邻省警方刚刚破获一起五年前的绑架案。

五年前,当地一名富豪被三名歹徒绑架后惨遭撕票。根据犯罪分子交代,他们杀害人质后,残忍地将尸体封藏在水泥桶里沉入当地一处湖泊中,警方根据他们的供述,果然从湖底打捞出水泥桶,找到遇害人质。

王皓盯着电视屏幕,冷不丁冒出一句:"湖底沉尸。"

朱强听了,眼前一亮。

两人同时站起来。

警队集合完毕。

王皓对朱强说:"你带刘睿和大壮去吧,我留守大本营。"

朱强说:"也好,你这几天太累了,回去好好睡一觉,等我们好消息。"

月亮湖位于古都市西南部,距市区大约三十公里,占地面积一千六百多亩,状如弯月,四面环山,北岸是疗养区和生态植物园区,南岸是月畔湾别墅区、湖边栈道风光带和一处正在修建的游泳场,东岸对接市区公路和住宅区,西岸尚未开发,草木杂生,沿岸分布着一些荒滩和丛林,自从去年建成环湖公路,来西岸探险的人也渐渐多起来。

警队抵达湖区后,朱强根据湖区地形分布情况决定先从西岸开始搜索。

警车沿环湖公路驶向西岸途中经过多处岔路,这些岔路向湖区延伸,隐没在岸边的灌木丛里。

刘睿建议,每一处通向湖区的岔路都是抛尸的可疑地点,不能轻易放过。于是,他们一处一处查过去。他们必须先勘查到凶手在湖岸抛尸的确切位置,然后再请古都市专业打捞队进行水下打捞,否则茫茫湖面根本无从下手。

王皓在市局从下午一直等到傍晚,没有任何消息。

天黑以后,他驾车离开市局,驶上市区主干道长江路。

林荫道上行人匆匆,他打开车窗,任凭夜风吹起带来阵阵凉意。

驶过几个路口,他来到古城区的护城河边,这里是喧嚣都市里一个僻静的去处。

月光下,河面泛起粼粼波光,岸上行人稀少,远处偶尔有车辆驶过。

在这难得的清净时刻,王皓忽然觉得很空虚,空虚得如同一粒尘埃。

他对自己说:如果我是一粒尘埃该多好啊。

这时,手机响了。

朱强在电话里说:"找到了。"

王皓立刻赶回市局,直奔法医中心。

在法医中心解剖室里,孟一凡和助手正在紧张忙碌着。

朱强迎出来,面色凝重。

王皓从他身后,看见远处人缝里露出一团凌乱的黑色发丛。

朱强说:"被你说中了。"

王皓来到解剖台前,眼前一幕令他不寒而栗。

尸体已高度腐烂,四肢蜷缩在一起,依然保持着死前被密封在旅行箱里的姿势。

死者的脸部被湖水腐蚀后肿胀变形,经过剥蚀后的嘴部露出白森森的牙齿和颌骨，颌骨上下扩张至极限，似乎正在发出凄厉的号叫，再看双手，手指向外绷开，指甲全部脱落，露出灰白色指骨。

王皓问孟一凡："怎么回事？"

孟一凡说："肺部发现大量积水。"

王皓一惊："她不是被勒死的，是溺水窒息死的？"

孟一凡说："是的。"

这个结论意味着孙梦瑶被装进旅行箱沉入湖中之前还活着！

孟一凡说："她死前剧烈挣扎过，你看她的手和嘴。"

这时，刘睿走进解剖室对王皓和朱强说："你们来一下。"

王皓和朱强来到物检中心。

刘睿打开银灰色旅行箱，里面经过湖水浸泡沾满泥沙，形状有些变形。

刘睿指着旅行箱内壁："看这里。"

旅行箱内壁的衬布已被撕裂，上面布满一道道沾染血迹的抓痕，抓痕经湖水浸泡后淡化洇散留下浅褐色痕迹。

朱强咬牙切齿说："这个畜生，他怎么可能听不到旅行箱里的动静！"

王皓说："这是虐杀，比碎尸更残忍。"

16 死神来了

古都市第一看守所，深夜。

姜鹏飞蜷缩在囚室一角，慢慢抬起手，手里攥着从打火机上卸下来的小铁片。他朝铁片吐了口唾沫，按在地上磨，磨几下摸摸锋口继续磨，一边磨一边等天亮。

当天晚上，王皓没有回家，留守在市局等法医和物检的检验报告。

天快亮的时候，他躺在办公室行军床上做了一个梦。

他梦见一场灯火辉煌的聚会，聚会一直持续到深夜，散场时，每当一个人离场，便会熄灭一盏灯，渐渐地，灯光熄灭的速度越来越快，最后只剩下一个人一盏灯，他站起来向门外走去，这时最后一盏灯也熄灭了，四周一片黑暗，黑暗中，他听见有人呼喊他的名字，回头一看，原来是朱强。

朱强说："你总算醒了，快起来，出事了。"

王皓眯起眼睛，见窗外已天光大亮，问："出什么事了？"

朱强说："看守所来电话，姜鹏飞自杀了。"

王皓一跃而起。

两辆警车从市局大院呼啸而出，直奔古都市第一看守所。

抵达看守所后，所长和看守警员立即带他们去自杀现场。

刚走进囚室，一股浓烈的血腥味迎面扑来。

姜鹏飞躺在床上，棉被已被鲜血浸透，血沿着床沿往下滴，滴到地上积了厚厚一摊。

王皓留下孟一凡和刘睿，走出囚室，忽然想起什么，大喊一声："不好！"

朱强问："怎么了？"

王皓问看守所长："蒋梦丹在哪儿？"

所长回答："在楼下。"

众人直奔楼下，打开囚室。

蒋梦丹趴在床上，脸埋在被子里。

王皓上前翻开她，只见脸色铁青，嘴唇青紫，已毫无生命迹象。

王皓一拳砸在墙上。

现场勘查工作一直持续到傍晚。

回市局的路上，王皓一言不发。

朱强问："你在想什么？"

王皓说："我在想姜鹏飞死得太轻松了。"

朱强说："也许他就是为了死得轻松才这么干的。"

王皓沉默了。

警车快到市局的时候，王皓突然说："有时候我在想，沈念青和孙梦瑶，他们就像上帝派来的复仇天使，半年前我们还不认识他们，他们像流星一样划破夜空突然出现在我们眼前，帮我们找到那些藏在黑暗里的魔鬼，然后把它们赶入地狱。"

朱强说："听上去像一个神话故事。"

王皓说："你说如果我当初不打那个电话，故事的结局会改写吗？"

朱强回答："不会。"

王皓问："为什么？"

朱强说："因为你不打，我也会打。"

王皓看他一眼，不说话了。

面对当天的突发事件，孙伟民立即召开南大碎尸案专案组紧急会议。

会议决定对外统一口径：犯罪嫌疑人姜鹏飞和蒋梦丹因罪行败露畏罪自杀。

南大碎尸案专案组提前进入结案阶段，由王皓起草结案报告向上级汇报，同时，专案组全体成员接受上级部门调查，对于借调民警沈念青和实习警员孙梦瑶的遇害，市局内部定性为因公殉职，对外则不做表彰。

17 投名状和抚养权

姜鹏飞的死讯很快传到江南会所。

韩天笑在董事会上唏嘘感叹一番，心里却暗松一口气。

第二天，他找来陈天华，听他汇报事情经过。

陈天华一夜没睡，反复掂量姜鹏飞给他留下这份资料的价值，资料里涉及的权色内容已关联到古都市权力最高层，没落到警方手里算是万幸，否则一座大厦顷刻覆灭，不过，现在落在他手上也是一颗定时炸弹。如何处理呢？神不知鬼不觉地销毁，还是作投名状献给韩天笑？

天亮的时候，陈天华决定赌一把，他的人生格言就是：富贵险中求。

在江南会所的密室里，陈天华见到韩天笑，将准备好的汇报材料递给他。

韩天笑翻了几页放在茶几上，问："姜鹏飞跟他父亲到底什么关系？"

陈天华说："我没见过他父亲，他也很少说。"

韩天笑盯着陈天华，又问："他最后没什么特别交代吗？"

陈天华咽了口吐沫，壮起胆说："有。"

韩天笑说："什么？"

陈天华从公文包取出牛皮信封。

韩天笑接过信封掂了掂："这是什么？"

陈天华说:"他让我把这个交给您,如果落在警方手里您会有麻烦,这是他的原话。"

韩天笑看见信封上有封条:"你看过吗?"

陈天华连连摆手:"没有没有。"

韩天笑说:"姜鹏飞是个人才,我本来打算今年下半年邀请他加入董事会负责海外业务,可惜后来接到一份匿名举报信,举报他跟一起人口失踪案有关,现在看来这封举报信不是空穴来风。"

陈天华低头:"举报信是我写的。"

韩天笑指他:"我猜就是你,你这个卑鄙小人。"

陈天华吓得浑身哆嗦:"是是,我卑鄙。"

韩天笑话锋一转:"不过,你这么做也是为我好,证明你对董事会是忠诚的。"

陈天华一听,悬起的心又落下了,拍胸脯说:"我在律所做牛做马整整十年,从来没有干过对不起您的事。"

韩天笑只顾喝茶,没理会他的表白,放下茶杯问:"姜鹏飞的女儿现在在哪里?"

陈天华一时没反应过来。

韩天笑不耐烦:"我说他女儿现在在哪里?"

陈天华说:"现在跟她舅舅蒋梦豪在一起。"

韩天笑说:"我想收养这个小姑娘,你觉得怎样?"

陈天华想了想:"这恐怕不行,按照法律规定,姜梓桐抚养权归蒋梦丹的哥哥蒋梦豪所有。"

韩天笑说:"一点办法也没有吗?"

陈天华说:"除非……"

韩天笑:"除非什么?"

陈天华说:"除非我们有姜鹏飞和蒋梦丹亲笔签名的姜梓桐

监护权委托书。"

韩天笑说:"那就去办吧。"

陈天华哭丧起脸:"可是他们都死了。"

韩天笑说:"你一定有办法。"说完站起来,转身刚要走忽然想起什么:"哦,对了,新董事的位子现在还空着,我等你好消息。"

从江南会所出来,陈天华一路愤愤不平,心里暗骂:一份投名状还不够吗?还要抚养权,真是吃骨头连渣都不吐。

此时,蒋梦丹的哥哥蒋梦豪正好回国处理家事。父母得知女儿去世后双双进了医院重症监护室,蒋梦丹的后事正在处理中,还有女儿姜梓桐的监护权问题。

陈天华是姜鹏飞和蒋梦丹共同的律师,也需要与蒋梦豪接洽相关事务。

他们约好在银丰律师事务所见面。

见面后,蒋梦豪情绪十分低落,口口声声说这是他人生最艰难的时刻,需要得到陈天华的帮助。

当他们谈到姜梓桐的监护权时,陈天华无意间问道:"你决定带姜梓桐出国定居吗?"

蒋梦豪的回答大大出乎陈天华意料,他说:"我准备回国了,父母年迈需要照顾,姜梓桐还小,出国生活不习惯,还有,我计划在古都市投资一家私人医院,今后的事业重心将放回国内。"

陈天华听了眼前一亮,神经立刻绷紧了。

他不动声色说:"投资私人医院可是一件大事,这里跟美国不一样,需要处理方方面面的环节,一个环节打不通,事情就可能泡汤。"

这句话引起蒋梦豪深深共鸣："那是那是，我前期对接过一些资源，政府的和行业的，没想到效率那么低，跟我在国外听说的完全不一样。"

陈天华故作神秘："那是因为你没找对人。"

蒋梦豪表示不解。

陈天华说："中国是一个人情社会，人情是效率的润滑剂。"

蒋梦豪问："你是律师，人脉一定很广，你能帮我找到那个对的人吗？"

陈天华笑而不语。

蒋梦豪立刻说："当然不让你白干，我付你公关费，这种工作在国外也有。"

陈天华笑不是因为这点公关费，是因为他没想到这么快就看见困局中的一道曙光。

在陈天华撮合下，蒋梦豪在江南会所见到韩天笑。

见面后，双方谈得十分融洽。

韩天笑对蒋梦豪的项目很感兴趣，不仅承诺为他打通所有关节，还提出入股的要求，这正是蒋梦豪求之不得的，这意味着从今以后他们是一根绳上的蚂蚱了。

接下来谈到姜梓桐抚养权问题。

韩天笑说："弟妹身体不好，婚后一直没有生育，我们正在考虑收养孩子问题，可是找来找去一直没有遇到合适的，可能缘分没到吧。听说姜鹏飞夫妻二人出事以后，他们的女儿姜梓桐由您抚养，不知道这是不是我们的缘分呢？"

蒋梦豪立刻说："陈律师跟我提过这件事，姜梓桐能有你做养父是她这辈子的福气，至于我，我还是姜梓桐的舅舅，这是毫无疑问的。"

姜梓桐抚养权的问题就这么在愉快友好的气氛中解决了。

通过这件事，韩天笑对陈天华的办事能力刮目相看，他加入董事会自然水到渠成。

董事会正式任命那天，陈天华满面春风，这无疑是他人生的高光时刻，他为自己一举创下三赢局面沾沾自喜，同时也替姜鹏飞感到惋惜，不得不说一切都是命运的安排啊！

尾　声

天黑了。

王皓驾车驶出市局大院，他不想回家也不想去别的地方，正在茫然之际，手机"叮"响了一声。

他掏出手机，屏幕上出现四个字：生日快乐。

他突然想起今天是他生日，不仅他没想起来，朱强和警队同事都没想起来。

他打电话给段鹏，让他查询陌生号码来源，锁定信息发出位置。

过了五分钟，段鹏回复：手机号码是用假身份证登记的，机主名也叫孙梦瑶，发送方位在水荫街幸福里小区一带。

王皓立即掉头直奔水荫街。

警车刚驶进水荫街，迎面扑来一片密集的雨滴，噼噼啪啪打在车窗上水花四溅。

王皓打开雨刮器，眼前一片迷蒙。

警车拐进幸福里小区，停在第四栋楼下。

远处树丛里，几名警员身穿雨衣正在收拾现场准备撤离。

王皓下车，冒雨过去问："发生什么了？"

一名警员见到王皓颇感意外，慌忙脱雨衣，被王皓拒绝了。

另一名警员说："刚才接到报警，有人在树上吊死一只狗。"

王皓抬头看见悬挂在树干上的吊索。

吊索在雨中随风不停摆动，穿过吊索圆形套扣，王皓看见远处二楼窗户还亮着灯。

他指灯光问警员："有人上去过吗？"

警员回答："没有。"

王皓说："那怎么亮着灯？"

警员说："不知道。"

王皓说："给我钥匙，我去看看。"

一名警员递给他钥匙，问："要不要我们陪你？"

王皓说："不用，你们回去吧。"说完扭头走了。

王皓上楼，拨开警戒线，开门走进屋里随手关上门。

他脱下被雨水淋湿的外套挂到衣架上。

客厅地面上依然保留着黄色胶带摆出的尸体形状。

王皓低头看了一会儿，走进对面书房。

书房里一片狼藉，王皓走到窗前，望远镜还在，他凑到镜筒前向外望。

雨停了，对面窗户里，一对老夫妻坐在沙发上看电视，旁边窗户里，一男一女站在窗前向外张望，女人双手托住腹部，头靠在男人的肩膀上。

王皓转身来到书桌前，上次收集物证时警员们洒落一地碎纸片。

王皓放下纸片来到书架前，他将头靠在书架一端向另一端望，发现有一本书的书脊明显突出来，他抽出那本书，书名是《药物毒理学讲义》。

王皓翻了几页将书放回原处，书被书架里一个硬物抵住了，他伸手从空格里掏出硬物,发现是一只绿色玻璃瓶。他晃了晃玻璃瓶,从自己口袋里也掏出一只绿色玻璃瓶,两只玻璃瓶一模一样,瓶底都贴着一样的标签:百草园。

王皓打开瓶盖,从里面倒出两粒红色胶囊放入口中。

他抬腕看表,从电视柜上拿起遥控器,按下播放键。

一片雪花过后,沈念青出现在屏幕上。

他说:"我不想在跟魔鬼打交道的时候自己也变成魔鬼,现在的结局就是最好的结局。"

王皓隔着屏幕问:"什么结局?"

沈念青似乎听见了,他说:"首战即终战。"说着凑近镜头直视王皓:"那场美好的仗我已经打完了,应该走的路我也走完了,应该守护的信仰我也守护了,剩下的交给你们,千万别放弃,见到孙梦瑶的时候,我要对她说,凶手已落网,这回不用等十年。"

王皓对屏幕说:"是的,凶手已落网。"

沈念青笑了,定格。

画面消失,又剩下一片雪花。

王皓盯着画面,那些死去的冤魂们在他眼前一一浮现:丁爱萍和孙梦瑶、马桂花和钱莉莉、吴友福和周志鹏,还有沈念青和……

愿他们在天堂安息。

王皓站起来关掉电视,回到客厅再次站到尸体轮廓前,地面上的水渍已经干透了,留下斑驳的痕迹,这些痕迹看上去酷似婴儿蜷缩在母体里的姿势。

王皓躺下慢慢缩起四肢。

现在,他们终于在一起了。

谨以此文献给奋战在一线的公安干警们

愿逝者在天之灵安息

愿凶手早日落网

图书在版编目（CIP）数据

南大命案追凶/陈勇著. — 北京：新星出版社，
2024.10. — ISBN 978-7-5133-5686-2

Ⅰ．I247.5

中国国家版本馆 CIP 数据核字第 20247P1G73 号

午夜文库
谢刚 主持

南大命案追凶

陈勇 著

责任编辑 王 萌
责任校对 刘 义
责任印制 李珊珊
装帧设计 人马艺术设计·储平

出 版 人 马汝军
出版发行 新星出版社
　　　　　（北京市西城区车公庄大街丙 3 号楼 8001　100044）
网　　址 www.newstarpress.com
法律顾问 北京市岳成律师事务所
印　　刷 北京天恒嘉业印刷有限公司
开　　本 910mm×1230mm　1/32
印　　张 12.875
字　　数 185 千字
版　　次 2024 年 10 月第 1 版　2024 年 10 月第 1 次印刷
书　　号 ISBN 978-7-5133-5686-2
定　　价 59.00 元

版权专有，侵权必究。如有印装错误，请与出版社联系。
总机：010-88310888　　传真：010-65270449　　销售中心：010-88310811